Allitera Verlag
Krimi

Thomas Giesau heißt im wahren Leben nicht so. Den Namen Giesau, zusammengesetzt aus den Münchner Stadtvierteln Giesing und Au, hat er als Pseudonym für seine vierteilige Krimireihe um den Münchner Privatdetektiv Mike Moser angenommen. Der gebürtige Münchner war viele Jahre als Filmjournalist tätig, heute ist er Buch- und Drehbuchautor.

Thomas Giesau

Unschuldige Seelen

Der zweite Mike Moser Krimi

Allitera Verlag
Krimi

Weitere Informationen über den Verlag und sein Programm unter:
www.allitera.de

September 2015
Allitera Verlag
Ein Verlag der Buch&media GmbH, München
© 2015 Buch&media GmbH
Umschlaggestaltung: Moritz Mayerhofer | studionice, Berlin
ISBN PRINT 978-3-86906-760-5
ISBN EPUB 978-3-86906-795-7
ISBN PDF 978-3-86906-796-4
Printed in Europe

Der Vorhang begann sich zu schließen. Langsam glitten die beiden Hälften von rechts und links aufeinander zu, aus Lautsprechern im Hintergrund erklang *Greensleeves*, der helle Raum in der Mitte der Bühne, zwischen den Vorhanghälften, wurde immer schmaler. Ein paar Leute in der ersten Reihe erhoben sich, auch ich, in der vorletzten, stand auf und schaute auf den von vier mehrarmigen Leuchtern angestrahlten Sarg und das darauf abgelegte Gebinde dunkelroter Rosen. Dann war der Vorhang zu, die Musik von hinten lief noch weiter, und von vorne hörte ich unterdrücktes Schluchzen. Und einen Augenblick lang dachte ich, nun müsse sich der Vorhang teilen, Udo Stutz müsse heraustreten und sich verbeugen. Aber dazu war Udo nicht mehr imstande, er lag im Sarg und würde sich in Kürze bei knapp tausend Grad Celsius in Asche verwandeln.

Nur dreiundfünfzig Jahre war er alt gewesen, der Privatdektektiv Udo Stutz, als er mit dem Motorrad aus der Kurve geflogen und dann von einem kräftigen Ahorn gestoppt worden war. Höchstens sechzig Stundenkilometer sei er gefahren, hatte mir die Witwe erzählt, als ich ihr vorhin, vor Beginn der Zeremonie, kondolierte, und er sei ein guter Fahrer gewesen. Keiner von diesen Geschwindigkeitsfreaks, die Kopf und Kragen riskierten, und er habe die Strecke gut gekannt.

»Er ist oft da raus gefahren«, sagte sie. »Es hat ihn entspannt. Aber ich habe trotzdem immer Angst gehabt.« Die unterdrückten Tränen erstickten ihre Stimme, sie konnte nicht weitersprechen, ihr Sohn, den ich bei dieser Gelegenheit zum ersten Mal sah, legte den Arm um ihre Schultern und zog sie weg. Er mochte um die Zwanzig sein und sah seinem Vater sehr ähnlich. Ich war ihm dankbar, was soll man bei solchen Anlässen schon sagen.

Die Familie, die Verwandten, die Freunde und die Bekannten hatten dann die vorderen Reihen im Krematorium des Münchner Ostfriedhofs okkupiert, sie füllten den kalten, mit pseudogriechischen Säulen ausgestatteten Raum gut zur Hälfte. Da ich mich zu keiner dieser Gruppen zählte, hatte ich mich weiter hinten in eine leere Stuhlreihe gesetzt.

Und da sah ich, dass ich nicht der einzige Trauergast war, der sich von den anderen abgesondert hatte. Noch jemand saß da, zwei Reihen vor mir, zwischen unbesetzten Stühlen, ich erkannte zarte hellblonde Locken über einem hochgeklappten Mantelkragen, und als sie den Kopf ein wenig zur Seite drehte, wurde meine Vermutung zur Gewissheit: Es war Christa Berner. Ich hätte sie gerne angesprochen, aber das hier war wohl nicht die richtige Gelegenheit dafür. Noch bevor die Musik verklungen war, stand sie auf und verschwand im Ausgang.

Gleich danach ging auch ich. Grau und windig war's draußen, ein Wetter, das zum Anlass passte, aber ich war trotzdem froh, der düsteren Stimmung da drinnen entkommen zu sein. Es bleibt ja niemandem erspart, hin und wieder einen anderen Menschen auf seinem letzten Weg zu begleiten, und früher hatte mir das auch nicht viel ausgemacht. Aber in den letzten Jahren war das anders geworden, und ich hatte gerade wieder einmal erkennen müssen, dass diese Entwicklung weiterging. Die ganze Atmosphäre, die Ansprachen, die Musik, die trauernden Angehörigen und schließlich ganz einfach die schwer begreifbare Tatsache, dass jemand, der immer dagewesen war, plötzlich nicht mehr da ist – all das hatte mich schon ganz schön ins Grübeln gebracht. Und während ich den schmalen Weg zwischen den Gräberreihen entlangging, wurde mir klar, dass es weniger das unwiderrufliche Verschwinden der Person Udo Stutz war, das mir zu schaffen gemacht hatte, als meine eigene Vergänglichkeit, die sich da ins Bewusstsein drängte, mich die Distanz verlieren ließ und sozusagen mich selbst in den Sarg legte. Immerhin hatte ich ja die Mitte vierzig schon eine Weile hinter mir, damit bestimmt auch mehr als die Hälfte meines Lebens, und da darf man schon mal nachdenklich werden. Ich ging schneller, ich musste raus aus dem Friedhof. Dann erreichte ich den Ausgang, sah einen Strafzettel unterm Scheibenwischer und wurde so ins reale Leben zurückgeholt. Weiter vorne, an der Bushaltestelle, sah ich Christa Berner stehen. Ich hätte sie mitnehmen sollen, aber ich blieb meinem Vorsatz treu und sprach sie nicht an.

Dafür sprach mich jemand an. Ich erkannte sie sofort, trotz der tristen Aufmachung mit dunklem Mantel und übergezogener Kapuze. Sie hieß Gloria Pokalke und war zu dessen Lebzeiten die Sekretärin von Udo Stutz gewesen. Ich kannte sie nur aus seinem Büro, wo sie im Vorzimmer die Anrufe und die Besucher empfing und, wie Stutz mir einmal sagte, alles perfekt im Griff hatte, auch sein großes Archiv, das er sich im Laufe der Jahre angelegt hatte und das sie, nach einem selbst entwickelten System, in den Computer übertrug. »Sie findet alles«, hatte er gesagt. »Manchmal sogar mehr als sie soll.«

Wahrscheinlich hatte er damit einen gelegentlichen Übereifer ausdrücken wollen, aber ich hatte nicht nachgefragt. Es hatte mich nicht interessiert, was vielleicht auch daran liegen mochte, dass die Dame selbst mich nicht interessierte. Sie erinnerte mich an eine Englischlehrerin, die ich auf dem Gymnasium gehabt hatte. Mittelblondes, streng nach hinten gekämmtes und dort von einer farbigen Klammer zusammengehaltenes Haar, prüfender Blick durch leicht getönte Brillengläser, distanziertes Gebaren und norddeutsche Sprechweise. Sie war sehr schlank, ziemlich groß, Mitte bis Ende dreißig, und sie pflegte mich nicht stärker zu beachten als ich sie.

»Tag, Herr Moser, kann ich Sie kurz sprechen?«, fragte sie.

»Bitte«, sagte ich, nicht sehr erfreut über diese Verzögerung.

»Es geht um die laufenden Fälle von Udo. Es gibt da ein paar, die sich nicht so ohne Weiteres abwickeln lassen. Ich habe mit Frau Stutz gesprochen, und sie wäre damit einverstanden, dass Sie das übernehmen. Darf ich Sie dazu in den nächsten Tagen mal anrufen?«

Deshalb hätte sie mich nicht extra hier ansprechen müssen. »Natürlich, jederzeit«, sagte ich. Die zu erledigenden Fälle stapelten sich ja nicht gerade bei mir.

Aber sie blieb stehen.

»Ist noch was?«, fragte ich, bemüht, meine Ungeduld nicht sichtbar werden zu lassen.

»Vielleicht. Es betrifft den Unfall. Es gibt da etwas, das ich noch klären muss …« Sie sprach immer leiser, zögerlicher. »Vielleicht werde ich Sie bitten müssen, mir zu helfen. Udo war doch Ihr Freund, oder?«

»Nun ja«, erwiderte ich. Es klang nicht sehr überzeugt.

Aber das machte nichts, Gloria Pokalke schien bereits zu bereuen, was sie gesagt hatte. »Ich will Sie nicht länger aufhalten«, sagte sie. »Ich rufe Sie an. Wegen der offenen Fälle.«

Sie ging rasch weg und ich sah zu, dass ich nach Hause kam.

Da sah es inzwischen nicht mehr aus wie zu Hause. Überall standen Umzugskartons, teils gefüllt, teils noch zusammengefaltet. Halb ausgeräumte Schränke, abgenommene Bilder und Vorhänge verkündeten, dass hier bald ein Umzug stattfinden sollte. Ich hatte mich dazu entschieden, meine Dachwohnung in Haidhausen zu verlassen. Der Entschluss war endgültig, aber ich wusste noch immer nicht, ob er richtig gewesen war. Meine zukünftige Bleibe lag im Münchner Norden, in Schwabing, nicht weit vom Mittleren Ring, eigentlich eine recht schöne Wohnung, wenn auch nicht so groß wie meine jetzige, aber darin hatten wir früher ja auch zu dritt gewohnt. Udo Stutz hatte sie mir vermittelt.

Auch so ein Entschluss hat seine Geschichte. Die hier begann in einer Nacht, in der ich hundemüde von einer ergebnislosen Observierung zurückkam und keine, aber wirklich überhaupt keine Lust mehr hatte, die fünf Treppen zu meiner Dachwohnung hochzusteigen. Natürlich stieg ich dann doch hoch, aber ich beschloss, nun endlich das in die Tat umzusetzen, was ich mir schon lange vorgenommen, aber immer wieder verschoben hatte: Ich wollte mir eine andere Wohnung suchen. Eine mit Lift. Man wird ja nicht jünger.

Nachdem ich das zwei Monate lang getan und nichts Passendes gefunden hatte und die Sache allmählich begann mir auf die Nerven zu gehen, erzählte ich Udo Stutz davon. Udo war auch Detektiv, ein paar Jahre älter als ich, er hatte früher bei einer großen Detektei gearbeitet, sich dann selbstständig gemacht, aber immer noch gute Kontakte zu ein paar großen Wirtschaftsunternehmen, von denen er regelmäßig Aufträge bekam. Er hatte es zu einem Reihenhaus, einem eigenen Büro und einer Sekretärin gebracht, und manchmal leitete er einen Auftrag an mich weiter, wenn er keine Zeit dazu hatte. Oder keine Lust, wie ich vermutete, denn es waren nicht gerade die attraktivsten. Überprüfungen von Firmenmitarbeitern, vor allem von solchen, die sich um einen wichtigen Posten bewarben, Aufklärung von internen Diebstählen und so weiter. Aber mit irgendetwas muss man schließlich sein Geld verdienen.

»Vielleicht kann ich dir helfen«, hatte Udo gesagt, und tatsächlich rief er mich ein paar Tage später an. Er kenne da einen Hausbesitzer, bei dem sei gerade eine Wohnung frei geworden. »Das Ganze läuft über ein Maklerbüro, dagegen ist nichts zu machen, aber du kannst es dir ja mal ansehen.«

Drei Zimmer, Küche, Bad, Balkon, stand in den Unterlagen der Maklerin, die sie mir zufaxte. Und dazu das Übliche: Quadratmeter, Stockwerk, Preis. Und ganz wichtig: *Lift.* Ein Altbau in Nordschwabing, teilrenoviert. Das alles klang nicht schlecht, ausgenommen das Stadtviertel, mit dem Münchner Norden hatte ich es nicht so. Aber daran würde ich mich eben gewöhnen müssen.

Ich redete mir also ein, das wäre vielleicht eine gute Gelegenheit und schritt deshalb recht zuversichtlich gestimmt mit der Maklerin über die einhundertzwei Quadratmeter Parkettboden, hörte mit halbem Ohr, wie sie die Vorteile der Wohnung pries, platzierte in Gedanken schon Schreibtisch, Besucherstuhl und Kaffeeautomat und suchte die Ahnung zu verdrängen, dass ich ganz schön verdienen musste, um mir das hier auf Dauer leisten zu können.

»In drei Wochen können Sie einziehen, dann ist alles fertig renoviert«, sagte die Maklerin, eine rundliche Frau fortgeschrittenen Alters, die auf erstaunlich hohen Absätzen übers Parkett stöckelte.

»Sehr schön«, sagte ich.

Die Wohnung lag im vierten Stock, bis hierher reichte auch der Lift. Darüber gab es noch zwei kleine Wohnungen unterm Dach. Eine der Wohnungen, hatte die Maklerin gesagt, sei die des Hausmeisters.

Als ich wieder zu Hause war, setzte ich mich in meinen alten Ohrensessel, und mir wurde klar, dass das hier bald nicht mehr mein Zuhause sein würde. Und das nur wegen des fehlenden Lifts. Oder gab es noch andere, tiefer liegende Gründe, das hier aufzugeben und in den gesichtslosen Münchner Norden zu ziehen? Natürlich gab es die, da machte ich mir nichts vor.

Es waren unzählige Gründe, es waren all die glücklichen Stunden, die ich hier zusammen mit Tania und unserem Sohn Patrick verbracht hatte, bevor alles auseinanderfiel. Das hing noch in der Luft, klebte unsichtbar an Möbeln und Wänden, begrüßte mich, wenn ich morgens aufstand und verfolgte mich abends ins Bett. Natürlich nicht unentwegt und jeden Tag, die Scheidung lag ja schon ein paar Jahre zurück, und in der Zwischenzeit war auch schon mal das eine oder andere weibliche Wesen hier über Nacht geblieben. Aber es war nie von Dauer gewesen. Ich führte das immer auf die Umstände zurück, es hatte halt nicht so gepasst, doch in Wirklichkeit wusste ich genau, warum das so war. Und damit sollte jetzt Schluss sein, ich würde umziehen und diese Vergangenheit für immer hier zurücklassen.

Drei Tage später ging ich wieder zur zukünftigen Wohnung, um einiges auszumessen. Ich solle mir vom Hausmeister den Schlüssel geben lassen, hatte die Maklerin gesagt. Den Vertrag hatte ich schon unterschrieben, ich wollte jetzt nicht mehr lange überlegen. Als ich in den Lift stieg, drängte sich noch einer mit hinein, ungefähr mein Alter, leicht transpirierend, das hellblaue T-Shirt spannte überm Bauch. Einer von der jovialen Sorte, mit der ich noch nie viel anfangen konnte.

»Sie sind der neue Mieter, stimmt's?«, sagte er.

»Stimmt«, sagte ich.

»Na, dann auf gute Nachbarschaft. Ich heiße Nagler, ich wohne direkt unter Ihnen. Schaun S' doch einfach mal bei uns rein.«

Er streckte sogar die Hand aus, ich ergriff sie – sie fühlte sich teigig an – und nannte meinen Namen.

Dann waren wir im dritten Stock, er stieg aus, grinste mich aus seinen rötlichen Bartstoppeln heraus an und rief über die Schulter zurück: »Man sieht sich!«

Der Hausmeister hieß Korreuter, so stand es an der Tür im fünften Stock. Bevor ich läutete, warf ich einen Blick auf die Tür gegenüber. Ein Zettel war drangeklebt, darauf stand in rundlicher, etwas krakeliger, schwer lesbarer Schrift ein Name, den ich als Berner entzifferte. Ich läutete beim Hausmeister.

Der Mann, der die Tür öffnete, trug einen grünen Trainingsanzug, der aussah, als würde sein Besitzer auch darin schlafen. Er mochte etwa Mitte dreißig sein, geschätzte fünfzehn, zwanzig Kilo Übergewicht, nicht besonders groß, eine Bierfahne umwehte ihn, obwohl es erst drei Uhr am Nachmittag war, und ich dachte, als ich ihn so ansah, dass Namen wie Öztürk oder Lazarides besser zu ihm passen würden als Korreuter. Runder Kopf, dichtes, zu einer Bürste geschnittenes schwarzes Haar, dunkler Fünftagebart, dazu helle blaugraue Augen, die mich nicht sehr freundlich ansahen.

»Herr Korreuter?«, fragte ich sicherheitshalber.

»Ja, und?«

Ich sagte, wer ich war und was ich von ihm wollte. Er händigte mir die Wohnungsschlüssel aus, ich bedankte mich und ging zu meiner zukünftigen Bleibe hinunter.

Es mochte etwa eine Viertelstunde vergangen sein, ich war gerade mit den Schlafzimmermaßen beschäftigt, als ich im Treppenhaus eine laute Auseinandersetzung hörte. Zwei Männer stritten miteinander. Mir war, als hätte ich auch noch eine Frauenstimme gehört. Ich öffnete leise die Tür, machte einen Schritt hinaus und schaute nach oben. Ich konnte nur die untere Hälfte der beiden Männer sehen, eine davon gehörte, die grüne Trainingsanzughose verriet es, zu Korreuter. Ihr gegenüber standen hellblaue Jeansbeine, die ziemlich designermäßig aussahen und unten mit braunen, feinen, bestimmt recht teuren Schuhen abschlossen.

»Unverschämtheit! Was mischen Sie sich hier ein, das geht Sie überhaupt nichts an!« Das waren die Designerjeans.

»Was mich was angeht, des entscheid' i selber«, antwortete Korreuter. »Sie lassen gefälligst die Frau Berner in Ruhe, und damit basta. Und jetzt verschwinden S' freiwillig, bevor S' die Treppn runterfliegn!«

»Nicht anfassen!« Der mit den Jeans trat einen Schritt zurück. »Gut, ich gehe. Aber das wird Ihnen noch leid tun. Ihnen beiden!«

Ich ging rasch wieder in die Wohnung zurück, zog die Tür zu

und lugte durch den Türspalt hinaus. Ich konnte den Mann, der da die Treppe herunterkam und auf meiner Etage die Kurve nahm, nur ein, zwei Sekunden lang sehen, ich erkannte eine Lederjacke und ein Aktenköfferchen, vom Gesicht nur noch die linke, unrasierte Seite. Alt konnte er nicht sein, dazu ging er auch zu schnell. Und er verzichtete auf den Lift.

Oben war jetzt wieder die weibliche Stimme zu hören. Ich konnte nicht verstehen, was sie sagte, sie war ziemlich leise, und deshalb trat ich wieder auf den Treppenabsatz hinaus. Das alles ging mich überhaupt nichts an, ich hätte mich weiter mit meinem Metermaß beschäftigen sollen, aber wer kann da schon widerstehen! Die Neugier ist eine durchaus legitime menschliche Eigenschaft, dazu braucht man nicht mal den Detektivberuf als Ausrede.

»… aber das war doch selbstverständlich«, sagte Korreuter gerade. »Wenn Sie der Kerl wieder belästigt … gleich bei mir klingeln!«

Die Antwort konnte ich nicht verstehen, ich machte also noch einen Schritt auf die nach oben führende Treppe zu, das schon leicht wellige Treppenparkett knarrte – und oben erschienen zwei Köpfe und schauten zu mir herunter: der von Korreuter und noch ein zweiter …

Engel können nur ganz oben wohnen, gleich unterm Dach, das ist nur natürlich. Ich sah hellblonde Locken, die ein zartes, blasses Gesicht umrahmten, zwei große erschrockene Augen schauten mich an, vom Dachfenster fiel Licht auf die Locken und ließ sie aufleuchten. Durchsichtig sah das aus, leicht, ätherisch, es hätte mich nur mäßig erstaunt, wenn der Engel jetzt weggeflogen wäre. Aber dann machte Korreuter den Mund auf und holte mich in die Realität zurück.

»Is was?«, knurrte er.

Ich hätte nur mal nachsehen wollen, was da draußen los sei, sagte ich.

»Nix is los.« Freundlichkeit gehörte offenbar nicht zu seinen Primärtugenden.

Ich schaute den Engel an. »Ich heiße Moser«, sagte ich. »Ich bin der neue Mieter.«

»Angenehm, Berner«, hauchte sie, dann verschwand sie.

Während ich in die Wohnung zurückging, hörte ich noch, wie der Hausmeister halblaut auf seine Nachbarin einredete. Er schien sich als ihr Beschützer zu fühlen, was mir auch sofort einleuchtete. Es gibt Frauen, die solche männlichen Verhaltensweisen unwiderstehlich herausfordern, die hier war geradezu der Prototyp. Ich trat ans Fenster und sah unten einen dunklen Porsche wegfahren. Vermutlich war das der Wagen des Besuchers. Was hatte die zarte, scheinbar recht schreckhafte Elfe da oben mit ihm zu tun? Es ging mich nichts an, es interessierte mich auch nicht, und deshalb ging ich wieder ins Wohnzimmer zurück und überlegte, wo ich den Ohrensessel hinstellen sollte. Er schien nicht so recht hier hereinzupassen.

In den beiden nächsten Tagen kam ich nicht dazu, mich um die neue Wohnung und den Umzug zu kümmern. Ich musste den Fall zu Ende bringen, an dem ich gerade arbeitete. Er ging mir ziemlich auf die Nerven, aber wenn nichts Besseres im Angebot ist … Ich konnte es mir nicht leisten, allzu wählerisch zu sein. Also hatte ich mich, nach einem Tipp von Udo Stutz, von einem Inkassobüro anheuern lassen, einen Schuldner zu überprüfen, aus dem offenbar nichts mehr herauszuholen war. Aber so ganz sicher war man sich nicht, und so engagierte man einen Detektiv, der das arme Schwein genauer unter die Lupe nehmen sollte.

Mein »Zielobjekt« hatte ein Unternehmen für Bio-Isolierstoffe betrieben, Dämmstoffe aus Naturfasern und so weiter, und war damit Pleite gegangen. Er hieß Peter Steinbuchner, war schon in den Fünfzigern und nicht unsympathisch. Und er schien wirklich keinen müden Euro mehr zu haben.

Nachdem ich ihn ein paar Tage lang beobachtet, sein Umfeld erkundet und nichts entdeckt hatte, was darauf hindeutete, dass er etwas beiseite geschafft haben könnte, hatte ich ihn in einer Kneipe »zufällig« kennengelernt.

Jetzt ging ich wieder hin, fest entschlossen, es dabei bewenden zu lassen. Aber außer einer Menge über Isolierstoffe und die Ungerechtigkeit des Unternehmerlebens erfuhr ich nichts Neues. Der Mann war am Ende, auch sein Häuschen gehörte inzwischen der Bank, und seine Frau, so erzählte er mir kurz vor Mitternacht, wolle ihn nun auch verlassen.

»Ich kann's ihr net verdenken«, sagte er und schaute mich mit wässrigen Augen an. »Wer will schon mit so einem verheiratet sein. Firma in den Sand gesetzt, Endstation Sozialhilfe.«

»Na, na, so schlimm wird's schon net werden.« Ich zog die Brieftasche, um zu bezahlen. Steinbuchner tat mir leid, aber das half uns beiden auch nicht weiter.

Am Tag darauf hämmerte ich gerade meinen Bericht in den Laptop, als das Telefon klingelte. Es war Herr Nagler, den ich im Aufzug kennengelernt hatte. Ob ich morgen Abend gegen neunzehn Uhr Zeit hätte, er habe ein paar Leute aus dem Haus, »die wichtigsten«, zu einem kleinen Imbiss eingeladen, und da ich ja nun auch dazu gehöre, obwohl ich noch nicht eingezogen sei …

»Ja gut, ich komme gerne«, sagte ich. »Danke für die Einladung.«

Das war nicht gerade die Art von Zusammenkünften, die mich reizte, aber ich wollte mich nicht gleich von Anfang an ausschließen. Und es war auch eine Gelegenheit, die anderen Hausbewohner kennenzulernen – wenn auch nur »die wichtigsten«, wie Nagler gesagt hatte. Es interessierte mich schon, wen einer wie er für wichtig oder unwichtig hielt.

Am nächsten Tag also, kurz nach sieben, läutete ich im dritten Stock bei Naglers. Ich hatte sogar ein paar Blümchen dabei für die Dame des Hauses. Allerdings war ich der Einzige, der an sowas gedacht hatte. So an die zehn, zwölf Leute standen in Naglers großem Wohnzimmer, zwischen der Schrankwand aus Eiche mit integriertem großen Fernseher und den an die Wand geschobenen dicken, gelbbraun gemusterten Polstermöbeln. Das machte also, mich eingeschlossen, so an die sechs, sieben Mietparteien. Von den zwölf, die sich im Haus befanden. Nagler machte mich mit den anderen bekannt, deren Namen ich ebenso schnell wieder vergessen hatte, wie sie mir genannt wurden. Und als dann die Gespräche begannen, verspürte ich bald den dringenden Wunsch, die von Nagler als uninteressant eingestuften Leute kennenzulernen; ich hatte so das Gefühl, als könnte eine Unterhaltung mit ihnen anregender sein als mit den hier Versammelten. Langweiliger bestimmt nicht.

Es gab Bier und Weiß- und Rotwein und ein paar ganz leckere Häppchen, man stand und saß in Naglers Wohnzimmer und Küche, aber selbst nach drei Gläsern Rotem empfand ich die dumpfe Spießigkeit, die wie klebriger Nebel alles einhüllte, als immer beklemmender. War ich überheblich? Natürlich, aber in so einer Umgebung ist dies das einzige Mittel, das einen vor der totalen Resignation bewahren kann.

Aber dann erfuhr ich endlich etwas, das mich wirklich interessierte. Ich hatte gefragt, ob denn die junge Frau von ganz oben nicht eingeladen sei, der wäre ich neulich auf der Treppe begegnet.

»Die Berner? Die wäre doch sowieso nicht gekommen«, antwortete Frau Nagler, ebenso ausladend wie ihr Mann und gerade damit beschäftigt, einen in der Mikrowelle aufgewärmten Zwiebelkuchen in kleine Stücke zu schneiden. »Die hat zu keinem Kontakt. Aber wenigstens grüßt sie auf der Treppe.«

»Außerdem ginge es ihr hier bestimmt zu unchristlich zu«, sagte ein schätzungsweise Sechzehnjähriger, Nagler junior, wie ich erfahren hatte, und griff sich eines der Kuchenstückchen. »Ich hab ihr mal geholfen, eine schwere Einkaufstasche hochzuschleppen und bin kurz in die Wohnung rein. Mann, alles voll mit Marienbildern. Voll krass. Wohin du schaust, überall die Heilige Maria. Lauter Bilder mit Heiligenschein. Und in der Ecke hängt der Jesus am Kreuz und wundert sich.«

»Klaus, du sollst nicht so über Dinge reden, die anderen heilig sind«, tadelte Frau Nagler.

Ein gegelter und gesprächiger Versicherungsmakler, der alle anderen mit seinen abgestandenen Witzen langweilte, kam in die Küche. Er hatte das Gesprächsthema mitbekommen.

»Ach, die Berner«, sagte er. »Die braucht uns sowieso nicht, die hat ja ihren väterlichen Freund.« Und dabei grinste er so, dass jeder gleich wusste, was damit gemeint war.

Aber es interessierte mich nun mal, und deshalb fragte ich naiv: »Sie hat einen Freund?«

Das Grinsen wurde noch um einen Grad schmieriger. »Nun ja, Genaues weiß man natürlich nicht. Ich weiß nur, dass dieser Stuss oder Stutz oder wie er heißt, sie regelmäßig besucht. So ein bulliger Typ, um die Fünfzig. Ich habe seinen Namen zufällig mitbekommen, als er mal mit dem Handy telefoniert hat.«

»Ja, stimmt, den hab ich auch schon gesehen«, sagte Klaus. »Also einen besseren Geschmack hätte ich der Marientussi schon zugetraut.«

»Klaus!« Das war Frau Nagler, die diese Enthüllungen jedoch ebenfalls sehr interessiert verfolgte.

Ich war mehr als interessiert, ich war platt. Stutz also, mein Kollege und Beinahe-Freund Udo Stutz kümmerte sich um die blonde Elfe vom fünften Stock! Ich wusste, dass er den Hausbesitzer kannte, dadurch war ich ja an meine Wohnung gekommen, und auf die gleiche Weise vermutlich die junge Frau an ihre. Aber dass er auch nachher noch nach ihr sah … Ich konnte nicht glauben, dass er was mit ihr hatte. Stutz, verheiratet, ein erwachsener Sohn, war einem gelegentlichen

Abenteuer nicht abgeneigt, so viel hatte ich im Laufe der Jahre mitbekommen, aber ausgerechnet mit der Berner, dieser anscheinend sehr religiösen jungen Frau? Ich konnte es mir nicht vorstellen. Eine verspätete Vater-Tochter-Beziehung vielleicht?

»Wie lange wohnt sie denn schon hier?«, fragte ich.

»Noch nicht so lange«, antwortete Frau Nagler. »So an die zwei Monate.«

Warum hatte Stutz mir nichts von der Bewohnerin im fünften Stock erzählt? Er wusste ja inzwischen, dass ich die Wohnung genommen hatte. Ich würde ihn bei nächster Gelegenheit fragen müssen.

Der Versicherungsvertreter fing an, mir auf die Nerven zu gehen. »Sie sind doch Detektiv«, sagte er. »Sie könnten doch bestimmt herausbekommen, was da oben los ist.«

Ich hatte meinen Beruf bis jetzt für mich behalten, die Leute im Haus würden ihn noch früh genug erfahren. Spätestens dann, wenn ich unten neben der Haustür mein kleines Messingschild angebracht hatte. *M. Moser – Private Ermittlungen.* In meiner bisherigen Wohnung war das nie ein Problem gewesen, die anderen Mieter hatten sich daran gewöhnt, dass manchmal recht seltsame Leute zu mir kamen. Der Vertreter konnte es nur von Korreuter erfahren haben, der es vom Hausbesitzer hatte. Dem hatte ich ja meinen Beruf nennen müssen. Aus seinem Gesichtsausdruck bei der Vertragsunterzeichnung hatte ich geschlossen, dass er das nicht unbedingt für eine seriöse Tätigkeit hielt; ohne die Fürsprache von Stutz hätte ich die Wohnung wohl nie bekommen. Stutz hatte offenbar großen Einfluss auf ihn.

Jetzt war es also raus, und die Reaktion war dementsprechend.

»Was, a richtiger Detektiv san Sie?«, sagte Frau Nagler, die bis jetzt ein bemühtes Hochdeutsch gesprochen hatte, und sah mich mit Augen an, aus denen die in unzähligen Fernsehfilmen gewonnene Erfahrung über die kriminellen Seiten des Lebens sprach. Auch auf Klaus, den Sohn der Naglers, hatte diese Eröffnung sichtlich Eindruck gemacht.

Die Neuigkeit verbreitete sich schneller unter den Anwesenden als Frau Naglers Zwiebelkuchen. Man wollte von mir Näheres wissen, ich sollte Geschichten erzählen, Gefährliches berichten. Gleichzeitig begegnete ich hier auch wieder dem Gesichtsausdruck des Vermieters, Überlegenheit und Distanzierung des braven Bürgers gegenüber einem als eher halbseiden eingeschätzten Ambiente ausdrückend. Ich zog mich mit zwei, drei kleinen Anekdoten aus der Affäre, gab dann vor, noch etwas Dringendes erledigen zu müssen – »Aha, wichtige Ermittlung«, grinste einer – und verabschiedete mich.

Zwei Tage später rief mich Gloria Pokalke an, die Sekretärin von Udo Stutz. Ihr Chef war tot. Motorradunfall.

Den Abend nach der Beerdigung verbrachte ich, wie so viele Abende, wie viel zu viele Abende, in meiner Stammkneipe. Natürlich ging mir da auch das überraschende Hinscheiden von Udo durch den Kopf, ich musste an die Flüchtigkeit des Lebens denken, an die irdische Vergänglichkeit und den ganzen Rest. Was mir jedoch noch stärker zu schaffen machte, war die plötzliche Erkenntnis, dass ich mit meinem Umzug auch diese Stammkneipe aufgeben musste. Deshalb sprach ich dem Alkohol stärker zu als üblicherweise – einfacher ausgedrückt: Ich war total breit, als ich mit einiger Mühe wieder zu Hause ankam. Und am nächsten Vormittag noch ziemlich benebelt, als mich Gloria Pokale anrief.

Sie hätte mich ja schon nach der Beerdigung angesprochen und von Udos offenen Fällen erzählt. Davon sei nur noch ein Fall übrig geblieben, alle anderen habe sie stornieren können. Sie hoffe, das sei in meinem Sinn, ich hätte ja bestimmt schon genug um die Ohren. Ob ich denn bald im Büro vorbeikommen könne, um das alles zu besprechen.

Wollte sie mich auf den Arm nehmen? Sie klang ganz ernst, anscheinend glaubte sie wirklich, jeder Privatdetektiv hätte so viel zu tun wie ihr verblichener Chef. Ich würde gerne kommen, sagte ich, allerdings ginge das erst morgen, heute hätte ich leider keinen Termin mehr frei. Wir verabredeten uns also für nachmittags, fünfzehn Uhr.

»Super«, sagte sie. »Dann bis morgen. Vielen Dank auch.«

Sie schien ja richtig erleichtert zu sein, so kannte ich sie gar nicht.

Am nächsten Morgen hatte ich nach dem Frühstück gerade nach dem Tabellenstand des TSV 1860 gesehen (wie üblich zu weit unten) und las im Polizeibericht etwas über das Verschwinden einer jungen Frau samt Baby, man vermute das Schlimmste, als es an der Tür klingelte. Ich öffnete.

Vor mir stand Gloria Pokalke, schwer schnaufend nach dem Erklimmen der fünf Stockwerke. »Darf ich reinkommen?«, keuchte sie.

Sie trat ein und blieb erst mal vor der Tür stehen, die zu meiner kleinen Dachterrasse führte, um wieder zu Atem zu kommen.

»Schön ist das hier«, bemerkte sie und schaute auf die Haidhauser Dächer rundum.

Ich bat sie Platz zu nehmen. »Was kann ich für Sie tun?«

Sie entschuldigte sich wegen ihres vorzeitigen Kommens, aber sie müsse sofort mit mir reden, es sei wirklich dringend. Dann sah sie mich mit einem Ausdruck an, den ich nicht deuten konnte, und fragte: »Wie gut kannten Sie eigentlich Udo Stutz?«

Seltsam. Eine ähnliche Frage hatte sie mir schon mal gestellt, gleich nach der Beerdigung. »Ziemlich gut, denke ich. Soweit man sich eben kennt, wenn man seit Jahren immer mal wieder zusammenarbeitet. Privat eher weniger. Warum wollen Sie das wissen?«

Es schien ihr nicht leicht zu fallen, das zu sagen, was sie sagen wollte. Dann war es soweit: »Ich glaube, Udo Stutz ist ermordet worden.«

Ich schwieg, aber nicht aus Taktik, sondern weil mir die Worte fehlten. Stutz ermordet? Also kein Unfall?

»Sind Sie sicher?«, war das erste, was mir dazu einfiel.

»Nein. Andernfalls wäre ich jetzt nicht hier bei Ihnen, sondern bei der Polizei.«

Ich überhörte die Ungeduld und bat um nähere Angaben. Sie begann also zu erzählen, zuerst noch nach den richtigen Worten suchend, dann immer flüssiger. Stutz' Witwe hatte sie gebeten, sich um den Verkauf oder die Verschrottung des Motorrads zu kümmern, sie selbst würde es nicht über sich bringen, sich mit dem Gerät zu befassen, das schuld sei am Tod ihres Mannes. Sie wolle auch kein Geld dafür. Die Polizei hatte die Maschine schnell freigegeben, es schien ja eindeutig menschliches Versagen gewesen zu sein, und Gloria Pokalke hatte, zusammen mit einem ihr bekannten Tankwart, festgestellt, dass man sie durchaus noch verkaufen konnte. Ein paar Beulen, Scheinwerfer kaputt und noch einige weitere, unschwer zu reparierende Kleinigkeiten. Der Tankwart wollte sich darum kümmern, sie vereinbarten, sich die Kosten und den Erlös halbe-halbe zu teilen.

»Der Tankwart hat die Maschine erst mal gründlich gewaschen, sie war durch den Unfall ja völlig verdreckt. Und als sie dann vor der Tankstelle stand, habe ich sie mir näher angesehen, einfach so«, erzählte sie. »Und da habe ich hinten links, an der Verkleidung, etwas entdeckt.« Sie machte eine Pause, nicht, um die Spannung zu steigern, sondern um ihre zunehmende Aufregung unter Kontrolle zu bekommen. Die Maschine, sagte sie dann, sei blauschwarz lackiert, ein helles Blau mit breiten schwarzen Streifen, und auf dem hellen Blau nun, auch noch ein, zwei Zentimeter ins Schwarze hineinreichend, habe sie auf der linken Seite hinten eine Schramme entdeckt, und darauf silbergraue Lackreste. »Silbergrau und hellblau, das übersieht man leicht, verstehen Sie?«, setzte sie hinzu.

Ich verstand vor allem Bahnhof. »Eine Schramme? Wo genau?«, wollte ich wissen, nur um überhaupt etwas zu sagen, denn das Ganze kam mir reichlich abwegig vor.

»Hinten links, wie ich bereits sagte«, war die nun schon leicht genervt klingende Antwort. »Kotflügel, Verkleidung, was weiß ich, wie das genau heißt.« Sie schaute mir ins Gesicht, sah dort, was ich dachte, und meinte spitz: »Sie können sich wirklich nicht vorstellen, was das bedeutet?«

Wo wäre ich, wenn ich mich über jede zickige Besucherin aufregen würde! Also blieb ich beispielhaft gelassen und antwortete: »Ich kann mir eine ganze Menge vorstellen. Jetzt zum Beispiel denke ich, dass das noch nicht alles ist. Also erzählen Sie erst mal weiter.«

»Na gut. Ich bin dann, am nächsten Tag, nachmittags, zur Unfallstelle gefahren. Eine leichte Linkskurve, völlig harmlos, man müsste schon ein blutiger Anfänger sein, um da von der Straße abzukommen.«

Als sie so dastand und sich umsah und dann am Straßenrand auf und ab ging, bemerkte sie etwa hundert Meter entfernt einen Mann auf einem Traktor, der irgendein landwirtschaftliches Gerät über eine Wiese zog und immer wieder zu ihr herüber schaute. Sie achtete jedoch nicht weiter darauf, fuhr wieder los und machte nach ungefähr einem Kilometer in einem Dorf Halt, um dort in einem Gasthof eine Kleinigkeit zu essen. Und natürlich, um zu versuchen, etwas über den Unfall zu erfahren. Vielleicht hatte ja jemand etwas bemerkt, Udo Stutz fuhr schließlich ziemlich oft hier durch die Gegend, er liebte diese schmalen, kurvenreichen Straßen, auf denen nie viel los war.

»Waren Sie schon mal in so einem Gasthof auf dem Lande?«, fragte sie jetzt, mit senkrechter Falte auf der Stirn.

Gasthof auf dem Lande! Eine Bauernwirtschaft war es halt gewesen, in die sie da geraten war, sowas gab es ja immer noch, und da herrschte nun mal ein etwas urigeres Ambiente, als sie es wohl gewohnt war. Vielleicht erfuhr ich ja noch, woher sie stammte, aus Bayern bestimmt nicht. Ihr scharfkantiges Hochdeutsch enthielt nichts, was auf irgendeine Region hingedeutet hätte. Ich hätte sie gerne beobachtet, dort in dem Gasthof auf dem Lande, wie sie versuchte, mit den Eingeborenen ins Gespräch zu kommen.

»Schon öfter«, antwortete ich. Und ich fügte, bewusst ins Münchnerische fallend, hinzu: »Ham S' an Kulturschock erlebt, gell!«

Sie schaute mich erstaunt an, einen Augenblick lang dachte ich, sie würde lächeln, aber sie wollte so etwas jetzt nicht zulassen. Wenigstens verschwand die senkrechte Falte. »Ganz so schlimm war es nicht. Die haben mich schon verstanden, nur umgekehrt gab's Schwierigkeiten. Und sowas von maulfaul.«

Sie hatte es dann schnell aufgegeben, irgendetwas aus den Wirtsleuten herausholen zu wollen. »Mir ham nix gsehn«, war der gemeinsame Nenner dessen, was sie in Erfahrung bringen konnte. Sie wollte dann etwas essen und hatte die Wahl zwischen aufgewärmtem Lüngerl mit Knödel und kaltem Wurstsalat.

»Ja mei«, sagte ich, »die Essenszeit war halt schon vorbei.«

»Schon klar. Ich hatte ja auch kein Sushi erwartet. Aber trotzdem ...«

Sie entschied sich für den Wurstsalat und hatte ihn erst zu einem Drittel aufgegessen, als ein neuer Gast die Wirtsstube betrat. Arbeitskleidung, mittleres Alter, speckiger Filzhut – sie erkannte ihn sofort wieder: Es war der Mann auf dem Traktor, der sie beobachtet hatte. Er schaute sich um, außer der Wirtin und Gloria Pokalke war nur ein alter Mann im Raum, der in der Ecke in sein schales Bier starrte, und setzte sich dann zu Gloria an den Tisch. »Mit Verlaub«, sagte er dabei. Den Hut behielt er auf.

Zuerst war sie nicht gerade entzückt, dass er sich, bei den vielen freien Plätzen, ausgerechnet zu ihr setzte, sie vermutete eine Anmache und lag damit, wie sich später zeigen sollte, auch nicht ganz falsch. Aber er hatte auch noch anderes im Sinn. Ob sie mit dem Motorradfahrer verwandt sei, der da neulich verunglückt war? Der sei ja oft hier durch die Gegend gefahren, auch im Wirtshaus hier habe er schon mal Brotzeit gemacht. Ja, sagte sie, sie sei seine Schwester.

Wenigstens vermied sie es, als sie mir von dem Gespräch berichtete, bayerischen Dialekt imitieren zu wollen. Es gibt nichts Grauenvolleres, als Norddeutschen bei solchen Versuchen zuzuhören. Der Mann erzählte ihr also, er habe an den Tagen vorher ein paarmal einen großen silberfarbenen Geländewagen gesehen, der die Straße entlanggefahren war, ziemlich langsam, als ob er auf etwas wartete. Einmal sei er mit dem Traktor auf ihn zugerollt, um ihn zu fragen, ob er ihm helfen könne – aber da habe der Fahrer plötzlich Gas gegeben und sei weggezischt. Auch an dem bewussten Tag sei er ihm aufgefallen, doch da sei er mit einem Affenzahn über die schmale Landstraße gerast.

»Verstehen Sie jetzt?«, fragte Gloria Pokalke und schaute mich erwartungsvoll an.

»Nun ja«, sagte ich. »Silberner SUV, silberne Lackreste am Motorrad. Das kann natürlich das bedeuten, was Sie vermuten. Es kann aber auch der reine Zufall sein. Übrigens: Möchten Sie was trinken?«

»Nein, ich möchte nichts trinken. Ich möchte nur, dass Sie mich endlich ernst nehmen. Oder ist es Ihnen wirklich völlig egal, was da passiert ist?«

Ich erkannte, dass ich mich allmählich interessierter zeigen musste. So einfach, wie ich gehofft hatte, würde ich diese recherchierfreudige Sekretärin bestimmt nicht mehr los, und es gab da ja wirklich, wie ich mir widerstrebend eingestand, ein paar merkwürdige Umstände. Obwohl ich immer noch nicht an das glauben wollte, was sie mir als Schlussfolgerung auftischte. Andererseits: Dass ein Detektiv sich Feinde macht, ist ja nicht gerade ungewöhnlich.

»Es ist mir nicht egal«, entgegnete ich deshalb. »Ich möchte nur keine voreiligen Schlüsse ziehen. Hat der Mann noch etwas gesagt, vielleicht ist ihm irgendetwas an dem Fahrer aufgefallen.«

»Das habe ich ihn auch gefragt. Er glaubte sich an einen Schnurrbart erinnern zu können, war sich aber nicht sicher. Und an eine Sonnenbrille.«

»Sonst wusste er nichts?«

»Nein. Nur dass er mit mir mal essen gehen wollte.«

»Wow! Lüngerl mit Knödel? Haben Sie zugesagt?«

Sie warf mir einen vernichtenden Blick zu, ich grinste trotzdem, und jetzt, oh Wunder, lächelte auch sie. Stand ihr gar nicht schlecht.

Wir wurden beide gleich wieder sachlich, und ich versprach, mir das Motorrad zusammen mit ihr anzusehen. Sie nannte mir die Adresse der Tankstelle und wir verabredeten uns für den nächsten Vormittag. Dann war sie weg, und ich dachte nur kurz über das nach, was sie mir eben erzählt hatte.

Am nächsten Morgen, ich war gerade dabei, das Frühstücksgeschirr in der Spülmaschine zu verstauen, klingelte das Telefon. Es war Gloria Pokalke. Aber wir seien doch erst in zwei Stunden verabredet, konnte ich gerade noch sagen, als sie mich auch schon unterbrach: »Stellen Sie sich vor, das Motorrad ist weg, verkauft! Gestern Abend noch, der Käufer hat es in einem Kleinlaster gleich mitgenommen.«

Ein Gefühl der Erleichterung überkam mich, aber es hielt nicht lange vor.

»Er hat einen guten Preis bezahlt, ohne zu feilschen«, sagte sie.

»Woher hat er denn gewusst, dass die Maschine zu verkaufen war? Sie hatten doch noch keine Anzeige aufgegeben, oder?«

»Nein. Nur neben der Kasse hing ein Zettel.«

»Also purer Zufall?«

»Sieht so aus. Aber der Tankwart hatte den Eindruck, dass der Mann genau wusste, was er suchte. Er wollte nicht mal warten, bis die Schäden repariert waren. Und noch etwas: Er trug einen Schnurrbart!«

Ich unterdrückte eine Bemerkung über die mutmaßliche Zahl der Schnurrbartträger in dieser Stadt. Denn allmählich wurden es auch für mich zuviel der Zufälle. »Es gibt doch bestimmt einen Kaufvertrag. Steht da die Adresse des Käufers drin?«

»Ja. Und die Telefonnummer habe ich auch herausgefunden. Ich habe dort schon angerufen, aber nur seine Frau war da. Heute Nachmittag, ab drei, hat sie gemeint, ist er wahrscheinlich zu Hause. Ich habe ihr gesagt, ich hätte noch ein paar Sachen, die zum Motorrad gehörten, und die wollte ich loswerden.«

Ihre Frage, ob ich mich um drei Uhr mit ihr dort treffen wolle, konnte ich jetzt nicht mehr mit Nein beantworten. Vielleicht war es ja ganz gut, diesen ominösen Schnurrbartträger kennenzulernen, und wenn es nur dazu diente, die ganze Mordverdachts-Geschichte anschließend ad acta zu legen. Blieb allerdings noch die Frage, wie dieser Käufer überhaupt von dem Motorrad erfahren hatte. Wenn es wirklich kein Zufall war, musste jemand die Sekretärin beobachtet haben.

Am Nachmittag machte ich mich also auf den Weg zum westlichen Stadtrand. Die Adresse, die Gloria Pokalke mir genannt hatte, lag in Obermenzing, einem Stadtteil, der für mich überwiegend terra incognita war. Wann kommt ein Haidhauser auch schon mal hier heraus, höchstens wenn er zur Autobahn Stuttgart unterwegs ist und auf der abgasgeschwängerten Verdistraße schnell durchfährt.

Auf dem Weg dorthin hatte ich Zeit, nachzudenken. Was war das für eine Geschichte, auf die ich mich da einließ? Einiges klang ja in der Tat verdächtig, aber es reichte nicht aus, um mich wirklich dafür zu interessieren. Im Grunde hoffte ich nach wie vor, das alles würde sich als heiße Luft erweisen, als das Produkt der überdrehten Fantasie einer Detektiv-Sekretärin. Und überhaupt: Was ging das mich an? Wenn es wirklich einen konkreten Verdacht geben sollte, war es Sache der Polizei, dem nachzugehen, nicht meine. Die wurden schließlich dafür bezahlt. Was mich zum Kern meiner Zweifel brachte: Ich konnte es mir nicht leisten, umsonst tätig zu werden. Und diese Pokalke würde von ihren Sekretärinnen-Ersparnissen wohl kaum eine längere Recherche finanzieren können. Andererseits: Stutz war schon so etwas wie ein Freund gewesen.

Ich bog von der Verdistraße rechts ab, erreichte den Ortskern vom alten Obermenzing – und kam mir plötzlich vor, als wäre ich auf dem Land. Alte Häuser, alte Wirtschaften, eine richtige Dorfkirche, sogar eine Straße, die Dorfstraße hieß. Mittendurch floss ein größerer Bach, die Würm, die vom Starnberger See kam, früher hieß der ja Würmsee, schmale, hölzerne Fußgängerbrücken führten hinüber. Nun ja, einiges schien auch auf alt getrimmt zu sein, und als ich weiterfuhr, gab's auch Moderneres zu sehen, ein- und zweistöckige Apartmenthäuser. Aber alles in allem war das offenbar ein recht angenehmes Stadtviertel. Wenn natürlich auch nicht so urban und trotzdem angenehm wie meines, wie Haidhausen. Das jedoch bald nicht mehr meines sein würde, fiel mir da leider wieder ein.

Aber ich war ja nicht zum Sightseeing hier. Ich fuhr also weiter, erreichte die Straße nach Lochhausen und kam schließlich zu der Adresse, die Gloria Pokalke mir genannt hatte. Sie stand schon neben ihrem Auto und wartete auf mich. Hinter dem schon ziemlich morschen Zaun erstreckte sich ein weitläufiges Grundstück, ein paar hohe Fichten warfen düstere Schatten, wucherndes Gestrüpp und hohes Gras ließen vermuten, dass sich schon länger niemand mehr um den Garten gekümmert hatte. Den gleichen Eindruck machte auch die große, alte Villa mit dem steilen Dach, den vorspringenden Erkern und dem gelben Putz, der schon angefangen hatte abzubröckeln. Die Fensterläden im Parterre waren geschlossen, nur im ersten Stock waren sie aufgeklappt, und eines der Dachgaubenfenster stand offen. Hinter der Villa, durch die Fichten nur undeutlich zu erkennen, erstreckte sich ein langes ebenerdiges Bauwerk. Es sah nach Fabrikhalle aus. Man erkannte noch die breite Zufahrt und das mit Querbalken verriegelte Tor im Zaun. Die kleine Eingangstür daneben schien dagegen noch benutzt zu werden. Dahinter führte ein gepflasterter Weg zur Villa.

»Sehr bewohnt wirkt es ja nicht gerade«, sagte ich, nachdem ich die Sekretärin begrüßt hatte.

»Aber die Adresse stimmt. Und wenn Sie den Grund für das Aussehen wissen wollen …« Sie wies mit dem Kopf auf eine Stelle ein Stück weiter vorne. Ich machte drei Schritte und sah das Schild: *Zu verkaufen.* Und darunter die Adresse eines Maklerbüros.

Also sollte das Ganze hier abgerissen werden und einem Neubau Platz machen. Bestimmt wieder sauteure Eigentumswohnungen, die sich ein Detektiv nie würde leisten können.

»Der Käufer des Motorrads heißt übrigens Wolfgang Amberger«, sagte Gloria Pokalke.

An dem Betonpfosten neben dem Eingang verriet eine ziemlich große helle Stelle, dass hier noch vor Kurzem ein Schild gewesen war, vermutlich ein Firmenname. Jetzt war darüber ein verwaschener Zettel geklebt, auf dem ein Name gekritzelt war. Vielleicht sollte das ja Amberger heißen. Ich drückte auf den Klingelknopf.

Dumpfes Bellen antwortete, dann kam von dem Bau hinter der Villa ein halbhoher, gelbbrauner Mischlingshund herangeschossen, der fünf Meter hinterm Gartentor stehen blieb und in Bernhardinertonlage weiterbellte. Ihm folgte ein etwa fünf, sechs Jahre altes Mädchen mit asiatisch anmutenden Gesichtszügen, dessen lange schwarze Haare mit einer großen gelben Schleife zu einem Pferdeschwanz zusammengebunden waren. Es trug ein ebenfalls gelbes Kleidchen und sah wirklich niedlich aus. Es blieb neben dem Hund stehen und sah uns ernst und forschend an.

»Was wollen Sie? Wenn es um das Grundstück geht, es ist bereits verkauft.«

Das war die Mutter, die inzwischen nähergekommen war. Eine schlanke Asiatin in Jeans und Sweatshirt. Sie gab dem Hund einen kurzen Befehl, er hörte auf zu bellen, blieb aber leise knurrend stehen.

Gloria Pokalke nannte ihren Namen, sie habe gestern angerufen.

»Ach ja, wegen der Motorradsachen. Die können Sie auch mir geben, mein Mann musste dringend weg.«

»Das ist aber schade«, antwortete Gloria. »Aber das Motorrad ist doch noch da?«

»Das hat er mitgenommen. Ich glaube, er hat einen Käufer gefunden.«

Gloria Pokalke sah aus, als leide sie plötzlich an Atemnot.

Ich mischte mich ein. »Ich interessiere mich nämlich auch dafür. Ich würde auch einen guten Preis zahlen. Vielleicht kann man ja doch noch was machen. Wissen Sie, wohin Ihr Mann gefahren ist?«

»Keine Ahnung.« Frau Amberger schien ungeduldig zu werden. »Bedaure, aber da müssen Sie sich schon woanders umsehen.« Sie wandte sich an Gloria: »Wollen Sie mir die Sachen noch geben? Mein Mann hätte bestimmt Verwendung dafür.«

Gloria hatte den Schock überwunden. »Also, wenn das Motorrad nicht mehr da ist … Kann man Ihren Mann denn wirklich nicht erreichen? Hat er denn kein Handy?«

»Nein. Tut mir leid, dass Sie sich umsonst bemüht haben.« Sie strich dem Mädchen über den Kopf. »Komm, Maria. Wir gehen wieder hinein.«

Die beiden verschwanden hinter den Fichten, nur der Hund blieb stehen und passte auf uns auf. Gloria Pokalke starrte mich an, wütend und verzweifelt. »Haben Sie das mitgekriegt? Er hat natürlich von meinem Anruf erfahren, und da hat er die Maschine schnell noch weggebracht. Kein Handy dabei, dass ich nicht lache! Glauben Sie jetzt auch, dass da was oberfaul ist?«

»Kann sein. Das Motorrad jedenfalls können wir vergessen. Selbst wenn wir es finden sollten, wird es inzwischen neu lackiert sein.«

»Das ist mir klar. Was werden Sie also jetzt tun?«

Allmählich begann sie mir auf die Nerven zu gehen. Ich war immer noch in meiner Abwehrhaltung gefangen. Obwohl auch mir das alles immer verdächtiger vorkam, sträubte sich etwas in mir, es zu akzeptieren, suchte ich immer noch nach einem Ausweg. Vielleicht eine Vorahnung?

»Was sollte ich denn Ihrer Meinung nach tun? Jetzt, wo das einzige Beweisstück weg ist. Wenn es denn eines war.«

»Wenn es denn eines war«, wiederholte sie und schnitt eine Grimasse. »Sind Sie der Detektiv oder ich?«

Gar nichts werde ich tun, wollte ich eigentlich sagen, weil es doch zu nichts führt. Aber dann sagte ich doch etwas anderes: »Das einzige, was uns noch bleibt, sind die Unterlagen von Udo Stutz. Wenn Sie wollen, komme ich übermorgen zu Ihnen ins Büro und wir sehen sie gemeinsam durch. Vielleicht finden wir ja etwas.«

»Und wenn nicht?«

Ich antwortete nicht, sie schien auch gar nicht damit gerechnet zu haben.

»Gut, dann also bis übermorgen. Passt Ihnen drei Uhr nachmittags?« Sie war plötzlich sehr kühl und förmlich.

»Passt.«

Sie nickte mir zu, drehte sich um und ging zu ihrem Auto. Ich hätte mich auch morgen mit ihr treffen können, aber ich wollte keine zu große Hektik einreißen lassen.

Ich fuhr nach Hause. Aber ich ging nicht zu meiner Wohnung hoch, sondern ein paar Straßen weiter zu Akifs Dönerbude.

Ich hatte Lust auf einen guten Cappuccino, und mein Freund Akif hatte sich vor Kurzem eine große, blitzende Espressomaschine angeschafft, denn der Mokka, den er vorher braute, interessierte außer ein paar türkischen Stammgästen niemanden mehr. Inzwischen gab Akif sogar zu, dass ihm diese italienische Kaffeevariante besser schmeckte als die türkische. Er war schließlich kein Nationalist, auch wenn der griechische Salat, den er im Angebot hatte, bei ihm *Spezialsalat* hieß.

Wie üblich fragte mich Akif, kaum hatte ich den Cappuccino bestellt, nach meinem neuesten Fall. Er interessierte sich brennend für meine Arbeit, fand auch die langweiligsten Ermittlungen noch spannend und geizte nicht mit guten Ratschlägen. Leider konnte er nichts für sich behalten; was er erfuhr, wussten bald auch die anderen Stammgäste, und so musste ich immer genau abwägen, was ich auf diese Weise an die Öffentlichkeit bringen konnte. Ich sprach also ziemlich vage von einem Unfall, in den möglicherweise ein Geländewagenfahrer mit Schnurrbart verwickelt war – und merkte zu spät, dass ich da ein Thema angeschnitten hatte, das ich in einem türkischen Umfeld besser vermieden hätte: Schnurrbärte!

»Verbrecher war vielleicht Türke«, meinte Akif. »Türken lieben Schnurrbart.«

Er selbst hatte auch einen, nicht sehr groß, säuberlich trapezförmig getrimmt. »Wie Kemal Atatürk«, hatte er einmal zu mir gesagt.

»Der Fahrer war vermutlich Bayer«, sagte ich. »Auch bei uns gibt es Schnurrbärte.«

Akif lächelte überlegen. »Nicht so viele. Keine Tradition. In Türkei es gibt echte Schnurrbartkultur, schon seit immer.«

Es waren noch andere Gäste da. Neben uns am Tresen stand ein Deutscher, Typ aufstrebender Angestellter, daneben ein alter Türke, auch mit Schnurrbart, aber seiner war buschiger als der von Akif. Und in der Ecke an dem kleinen Tischchen saß eine etwas zu stark geschminkte Frau.

»Krummschwert-Schnurrbart«, sagte Akif, »Zwirbel-Schnurrbart, Kordel-Schnurrbart, Skorpionscheren-Schnurrbart. Gibt noch andere Wörter für verschiedene Formen in türkische Sprache, aber ich kann nicht auf deutsch. Kann man sogar politische Einstellung daran erkennen. Nationalisten haben Schurrbart wie Halbmond.«

»Ich habe gelesen, auch in der Türkei werden die Schnurrbärte weniger«, meldete sich jetzt der Angestellte zu Wort. »Nur noch knapp fünfzig Prozent haben einen.«

»Wenn man die Frauen mitrechnet«, brummte der Alte.

»Stimmt!« Akif nickte. »Junge interessieren sich nicht für Tradition.«

Jetzt mischte sich auch die Frau ein, die hörbar einen sitzen hatte. »Möchte bloß wissen, worauf ihr euch da was einbildet. Beim Küssen stört er, beim Bumsen hilft er nicht, und wenn man sich die Kerle ansieht, die einen Schnurrbart getragen haben ... Hitler, Stalin ...«

»Charlie Chaplin«, sagte Akif, »Einstein.«

»Nietzsche«, sagte der Angestellte, damit die anderen leicht überfordernd.

»Margaret Thatcher«, sagte die Frau.

Ich legte die Münzen für den Cappuccino auf den Tresen und ging. Irgendwie wurde mir das alles jetzt zu viel.

Am übernächsten Tag, drei Uhr nachmittags, kam ich zum Büro von Udo Stutz. Es lag in Sendling, nicht weit von einem Baumarkt entfernt, in einem verschachtelten Neubau, der unten ein italienisches Restaurant, einen Friseur, eine medizinische Fußpflege und einen Bäcker mit Kaffeeausschank beherbergte. Weiter oben befanden sich hauptsächlich Büros, von der Versicherungsvertretung über eine Steuerberaterkanzlei bis zu *Udo Stutz – Privat- und Wirtschaftsdetektei.*

Ich trat im dritten Stock aus dem Aufzug, ging ein Stück den Flur hinunter und sah, dass die Tür zum Büro offenstand. Ich wurde also bereits erwartet – allerdings anders als ich dachte. Zuerst, im Vorzimmer, schob ich das, was ich sah – die auf dem Boden liegenden Leitzordner, die herausgezogenen Schubladen, die herumliegenden Papiere – noch auf die Aufräumwut von Gloria Pokalke, die ja das alles hier auflösen musste. Doch dann betrat ich das geräumige Büro von Udo Stutz … Und da sah es aus, als hätte hier ein Rugby-Team trainiert. Alles lag kreuz und quer verstreut, Bilder waren von der Wand gerissen, Regale umgeworfen, der Boden übersät mit Papieren, Mappen und Aktenordnern, sogar den Computer hatte man auseinandergenommen.

Gloria stand mit hängenden Armen mitten im Chaos und sah mich an. Und mir fiel nichts besseres ein, als zu sagen: »Jessas, ham S' was gsucht?«

Es war als witzige Aufmunterung gedacht gewesen, aber das ging gründlich daneben. Sie packte einen Locher, der neben ihr auf dem Schreibtisch stand und warf ihn nach mir. Aber so kraftlos, dass er neben mir zu Boden fiel und ich nicht mal auszuweichen brauchte. »Idiot«, stieß sie hervor, aber es war kaum zu verstehen, denn nun kamen ihr die Tränen.

Ich entschuldigte mich, es war ja auch eine reichlich dämliche Bemerkung gewesen. Sie antwortete nicht, stapfte durch die Papierberge ins Vorzimmer und kam mit zwei Wassergläsern und einer Flasche Cognac zurück. Sie füllte die Gläser zur Hälfte und reichte mir eines. Dann tupfte sie sich mit einem Taschentuch die Tränen ab, setzte sich auf eine freie Ecke des großen Schreibtisches von Udo Stutz und leerte ihr Glas in einem Zug. »Schöne Scheiße, was?«, sagte sie dann. »Aber so setzen Sie sich doch.«

Ich richtete einen umgeworfenen Besucherstuhl auf, platzierte ihn wackelsicher, setzte mich und nahm einen Probeschluck vom Cognac. Es war ein guter, alter, milder, bestimmt keiner aus dem Supermarkt. Es schien ihm nicht schlecht gegangen zu sein, dem verblichenen Detektiv. »Wissen Sie, wann das passiert ist?«, fragte ich.

»Heute Nacht. Ich bin gestern hier gewesen, um einiges auszuräumen, da war noch alles in Ordnung.«

»Ist die Tür aufgebrochen worden?«

»Nein. Der oder die müssen einen Schlüssel gehabt haben. Oder ein gutes Werkzeug, man sieht keine Spuren.«

»Und wer hatte alles einen Schlüssel?«

»Gute Frage. Ich. Stutz. Wahrscheinlich auch Frau Stutz. Aber offenbar gibt es da noch jemand anderen.«

Sie füllte ihr Glas, nippte mehrmals hintereinander, so als genierte sie sich, noch einen kräftigen Schluck zu nehmen, und sah mich ernst an. »Werden Sie sich jetzt mit dem Fall beschäftigen?«

Gute Frage, hätte ich am liebsten geantwortet. Aber ich sagte erst mal gar nichts, und sie sprach weiter. »Wenn es eine Frage des Honorars ist ... Geld ist vorhanden.«

Geld war in der Tat ein wesentlicher Grund meines Zögerns. Aber nicht der einzige. Wenn ich einen Fall übernehme, möchte ich wenigstens einen schwachen Hauch von Erfolgsaussicht verspüren, aber hier gab es nichts dergleichen. Kein Hauch spürbar, alles ausgesprochen dubios. Als sollte ich Leute identifizieren, die sich hinter einer Milchglasscheibe bewegten und nur schemenhaft zu erkennen waren. Aber vor solchen Situationen habe ich schließlich schon öfter gestanden, ohne größere Bedenken zu verspüren. Oder lag es daran, dass ich mich in meinen Schuldnerüberprüfungen und ähnlichem Kleinkram in letzter Zeit so häuslich eingerichtet hatte, dass ich da gar nicht mehr rauswollte? Denn es war ja nicht zu übersehen, dass ich es hier möglicherweise mit Leuten zu tun bekommen würde, die auch vor einem Mord nicht zurückschreckten.

»Was heißt das genau: Geld ist vorhanden?«, fragte ich. »Ihr Geld?«

»Nein. Aber es gibt da ein Geschäftskonto für besondere Fälle, für das habe ich eine Vollmacht. Davon weiß nicht mal Barbara Stutz etwas. Da sind keine Riesensummen drauf, aber für Ihre Ermittlungen dürfte es reichen.«

Interessant. Sie wollte mich also mit dem Geld des Ermordeten bezahlen, vermutlich war das ein Konto für diverse Schmiergelder. Natürlich alles andere als legal, dieser Vorschlag. Aber moralisch vielleicht doch gerechtfertigt.

»Udo Stutz hätte bestimmt nichts dagegen«, ergänzte Gloria und nippte wieder am Cognac.

Was ist nicht schon alles von Hinterbliebenen unternommen worden mit dem Zusatz: Er oder sie hätte nichts dagegen gehabt! Er oder sie kann sich ja nicht mehr zur Wehr setzen. Ich sagte weder Ja noch Nein und bat sie, mir etwas über Udo Stutz zu erzählen, über seine Arbeit, auch über sein Privatleben, einfach alles, was ihr so einfiel. »Am besten fangen Sie mit seinen letzten Fällen an.«

Sie begann zu reden, und ich erkannte schnell, dass Stutz noch besser im Geschäft gewesen war, als ich angenommen hatte. Er hatte für mehrere Unternehmen gearbeitet, sie bei der Verhinderung von Betriebsspionage und Markenpiraterie beraten und leitende Mitarbeiter auf ihre Zuverlässigkeit überprüft. Nichts, was einen Mord rechtfertigte.

»Und was ist mit Privataufträgen? Untreue Ehemänner oder -frauen, auf die schiefe Bahn geratene Sprößlinge und so weiter?«

»Nichts dergleichen. Solche Aufträge hat er schon lange nicht mehr übernommen. Wenn sowas kam, hat er es immer an andere weitergegeben. An Sie zum Beispiel.«

Na, herzlichen Dank auch! Da hatte sie mir so richtig subtil klargemacht, wo mein Platz war. Gloria Pokalke schien auch recht zufrieden mit sich zu sein, sie stellte fest, dass sie schon wieder das Glas leergenippt hatte und goss nach. Dann fiel ihr doch noch etwas ein: »Moment mal. Irgendeine private Geschichte hat es in den letzten Monaten doch gegeben, aber darüber hat er nie geredet. Und die Unterlagen darüber, wenn es überhaupt welche gibt, muss er zu Hause aufbewahrt haben. Ich habe nur mal ein Telefongespräch mitbekommen …«

»Ja, und?«, drängte ich, weil sie stockte, sinnend auf das Durcheinander im Büro blickte und offenbar den Faden verloren hatte. War ja auch kein Wunder nach drei Cognacs. Sie riss sich zusammen. »Das muss einer von diesen Firmenchefs gewesen sein, dem war, wenn ich das richtig verstanden habe, die Tochter abhanden gekommen. Eine volljährige Tochter, denn ich habe Stutz sagen hören, er könne sie nicht gegen ihren Willen da rausholen.«

»Wo raus?«

»Keine Ahnung. Ich weiß nur, dass er sich ziemlich reingehängt hat, er hat deswegen sogar einen Auftrag sausen lassen. Aber immer wenn ich versucht habe, ihn danach zu fragen, hat er abgeblockt. Das ginge mich nichts an … Richtig sauer ist er geworden … Sonst gar nicht seine Art … Ich versteh das alles nicht … Ist aber schon ziemlich lange her.«

Sie brabbelte noch etwas, was ich nicht verstand, dann ließ sie sich von der Schreibtischkante gleiten, starrte wieder auf das Chaos rundum und schob mit der Schuhspitze zwei aufgeklappte Leitzordner zur Seite. »Ein Scheißspiel ist das alles«, stellte sie fest. Ich stand auch auf und nahm ihr die Cognacflasche aus der Hand, denn sie wollte sich schon wieder nachgießen.

Dabei sah ich etwas neben ihr auf dem Boden liegen, das einem ledergebundenen Terminkalender ähnelte. Sie sah meinen Blick. »Ich habe da schon nachgesehen«, sagte sie. »Nichts Besonderes drin.«

Ich hob ihn trotzdem auf und blätterte bis zu dem Tag, an dem Udo Stutz ums Leben gekommen war. Es war ein Samstag gewesen, und die Seite war leer. »Sag' ich doch«, nuschelte die Sekretärin und stützte sich am Schreibtisch ab. Ich sah mir die nächsten Seiten an. Am Sonntag gab es nur einen Eintrag. *Julia* stand da um zehn Uhr vormittags. »Wahrscheinlich was Privates«, erklärte Gloria. Und bei den Einträgen an den folgenden Werktagen würde es sich um Firmentermine handeln.

Ich legte den Kalender weg und schlug ihr vor, sie nach Hause zu fahren, denn ihr Alkoholpegel ließ es weder zu, dass sie hier Ordnung schaffte noch dass sie sich ans Steuer eines Autos setzte. Nach einem kurzen, von ihr etwas unzusammenhängend geführten Wortwechsel ließ sie es geschehen. Sie versprach, mit der Witwe Stutz zu telefonieren und sie um Erlaubnis zu bitten, bei ihr zu Hause die Unterlagen ihres Mannes durchsehen zu dürfen. Sie würde ihr auch einen Grund dafür nennen müssen, aber da würde ihr schon etwas einfallen. Denn in einem Punkt waren wir uns einig: Wir durften ihr auf keinen Fall jetzt schon den wahren Grund unserer Recherchen verraten.

Anstatt nach Hause fuhr ich dann zu meiner zukünftigen Wohnung. Ich wollte zu Fuß ein wenig die Umgebung erkunden, vielleicht gab es da ja doch irgendwo eine annehmbare Kneipe. Ich fand sogar einen Parkplatz ganz in der Nähe, ging am Haus vorbei – und wurde aufgehalten. Korreuter stand in der Einfahrt, er hatte da wohl gerade etwas geputzt, er rief meinen Namen und kam auf mich zu. Und er sah gar nicht mehr unfreundlich aus, eher besorgt.

»Entschuldigen S', Herr Moser, ich hätt a Frage …«

»Ja …?«

»Wenn jemand verschwunden ist, was kann man denn da tun?«

»Wer ist denn verschwunden?«

»Die Christa. Ich mein, die Frau Berner.«

Seit drei Tagen sei sie nicht mehr zu Hause gewesen, erzählte er. Und normalerweise würde sie ihm immer sagen, was sie vorhabe. »Sie vertraut mir nämlich«, setzte er hinzu, und es war ihm anzusehen, dass er sich viel darauf einbildete. Aber seit sie vom Tod dieses Mannes erfahren habe, der sie manchmal besuchte, sei sie wie verwandelt gewesen. »Völlig durchn Wind, verstehn S', net mal mit mir hat sie mehr reden wollen. Und dann war sie plötzlich weg.«

»Seit drei Tagen?«

»Ja. Des is auch früher schon a paarmal passiert, aber des hat sie mir dann immer vorher gsagt.«

»Wo ist sie denn da gewesen?«

»Irgendwas Religiöses. Sie hat was von Exerzitten gsagt, oder so ähnlich.«

»Exerzitien?«

»Genau!«

Ich sagte ihm, dass er noch abwarten solle, schließlich sei sie eine volljährige junge Frau und könne machen, was sie wolle. Vielleicht sei sie ja auch bei ihrer Familie.

»Glaub i net. Mit denen hat sie sich verkracht, hat sie erzählt.«

»Tja, dann kann man vorerst nichts tun. Aber werden S' sehen, sie taucht bestimmt bald wieder auf.«

Er war nicht zufrieden mit meiner Auskunft, ich war es auch nicht, aber ich konnte mich nicht auch noch um das hier kümmern. Ich machte mich auf den Weg durchs Viertel.

E s war nicht einfach, an die Unterlagen heranzukommen, die Udo Stutz zu Hause aufbewahrte. Seine Witwe war der Meinung, ihr Mann habe bestimmte Akten nur deshalb in seinem häuslichen Arbeitszimmer deponiert, weil er nicht wollte, dass andere, auch nicht Gloria Pokalke, sie zu Gesicht bekämen. Damit hatte sie ja auch recht, aber nun war er tot und die Voraussetzungen hatten sich geändert. Es gelang Gloria, sie davon zu überzeugen, dass das hier nötig war, um die laufenden Fälle im Büro abzuwickeln. Deshalb sei ja auch ich mitgekommen, schließlich könne man die Auftraggeber nicht einfach so sitzenlassen.

Ich hielt mich bei diesem Gespräch zurück, schließlich kannte die Sekretärin die Witwe ihres bisherigen Arbeitgebers besser als ich. Ich war Barbara Stutz zwei- oder dreimal in Udos Büro begegnet, sie war an die zehn Jahre jünger als er, zumindest sah sie so aus, schlank, zart, dunkelhaarig, und sie war immer elegant und geschmackvoll gekleidet gewesen. Geredet hatte sie mit mir nur das Nötigste; ich war mir damals nie klar darüber gewesen, ob das mit mir zu tun hatte oder ob es ihr generelles Verhalten Fremden gegenüber war. Oder ob der Grund die Gegenwart ihres Mannes war, der, auch wenn er freundlich war, immer etwas von einem Grizzly an sich hatte, bei dem man nicht weiß, ob er einem gleich an die Gurgel geht oder sich an den nächsten Bach trollt, um sich dort einen Lachs zu fangen.

Heute jedenfalls trat Barbara Stutz sehr bestimmt auf, und es kam mir sogar vor, als wäre sie besonders Gloria gegenüber misstrauisch. Aber dann führte sie uns doch ins Arbeitszimmer ihres Mannes und wies auf ein Regal. »Hier bewahrt er seine Unterlagen auf.«

Sie blieb noch ein paar Minuten stehen und schaute uns zu, als wir begannen, die im Regal geschichteten Papiere und Aktendeckel durchzusehen. Dann merkte sie doch, dass das für alle Beteiligten ein wenig peinlich war und fragte, ob wir vielleicht einen Kaffee wollten. »Ja, gerne«, sagte Gloria, noch bevor ich reagieren konnte – und kaum war Barbara Stutz verschwunden, war sie schon am Schreibtisch ihres Mannes und begann in den Schubladen zu wühlen. Sie holte drei mit Papieren gefüllte Mappen heraus, schaute kurz hinein, legte zwei wieder zurück und reichte mir die dritte. Es war die dünnste. »Schnell, lassen Sie sie verschwinden«, flüsterte sie.

Ich knöpfte mein Hemd auf, schob die Mappe darunter – und als gleich darauf die Witwe Stutz zurückkam, standen wir immer noch brav vor dem Regal und blätterten. Reaktionsschnell war sie ja, die Sekretärin, das musste man ihr lassen.

Als wir eine halbe Stunde später gingen, zeigten wir der Witwe Stutz, was wir mitnahmen: zwei Ordner mit Geschäftsunterlagen, die, so Gloria, für die Abwicklung sehr wichtig waren.

Und dann saßen wir in meinem Auto, und ich zog die Mappe wieder heraus. Sie enthielt nur drei Blätter mit handschriftlichen Notizen, auf dem Umschlag stand nur ein Wort: *LICHT*.

»Warum haben Sie ausgerechnet diese Mappe mitnehmen wollen?«, fragte ich.

»Weil das der einzige Vorgang ist, von dem ich noch nie etwas gehört habe.«

Was sollte *LICHT* bedeuten? Wir sahen uns die Blätter näher an, doch es hatte bald den Anschein, als würde uns keine Erleuchtung zuteil werden.

Ich konnte nicht einmal alles lesen, Stutz hatte wirklich eine Sauklaue gehabt, aber auch Gloria, die daran gewöhnt war, wurde daraus nicht schlau. Da standen Daten, aus denen zunächst nur hervorging, wann Stutz den ersten Eintrag gemacht hatte: vor etwa vier Monaten. Und fast alle Wörter waren abgekürzt. *CB* stand da, und daneben *Pers. Hintergrund?* Dann *B-Hilfe-Homepage? Von wem? Organisation? Von wem verlinkt?* Dann wieder Datumsangaben mit Buchstabenkürzeln dahinter. Und jede Menge Fragezeichen. Wenn also schon Stutz selbst sich nicht sicher gewesen war, wie sollten wir dann etwas herausfinden? Wahrscheinlich hatte Stutz inzwischen einige Antworten gefunden, sonst wäre er wohl nicht umgebracht worden – aber er hatte es nicht für nötig gehalten, sie zu notieren.

Info Vater? lasen wir, auch *Kripo Tölz?*, auch mehrmals *Obs.*, was wahrscheinlich Observierung bedeutete, und dann, zwischen weiteren Daten und Abkürzungen, ein Wort, das sich anhörte wie ein Ortsname: *Schloss H.* Schlösser, die mit H begannen, gab es vermutlich viele. Aber es konnte auch ein Restaurant sein oder ein Hotel. Andere Wörter und Abkürzungen, über die drei Seiten verstreut und verschiedenen Datumsangaben zugeordnet, hießen *Anruf K.* (das tauchte mehrmals auf), *Whg. C.* und dann noch: *M. einschalten?* Am Schluss standen ein paar Worte, deren Sinn ich zwar verstand, nicht aber den Zusammenhang mit dem Rest: *Möglichkeit von Gegenaktionen?*

»Und wenn er was im Computer hat?«, fragte ich die Sekretärin. »Da stand schließlich einer auf seinem Schreibtisch.«

»Unwahrscheinlich. Er hatte Angst vor Datenklau, auch im Büro. Wichtige Details hat er sich immer handschriftlich notiert. In Stichworten. Da konnte er sich sicher sein, dass keiner was kapiert. Und wenn da wirklich was gewesen sein sollte ...« Sie redete nicht weiter, aber ich verstand auch so. Wer immer die Einbrecher gewesen waren, sie hatten es vor uns entdeckt und gelöscht. Der Terminkalender, den ich dort gefunden hatte, schien nichts Interessantes enthalten zu haben, sonst hätten sie ihn nicht liegen gelassen, ohne zumindest Seiten herauszureißen.

Ich klappte die Mappe zu. »Ich kann ja mal versuchen herauszubekommen, was mit diesem *Schloss H* gemeint ist. Sonst sehe ich keinen Ansatzpunkt.«

Ich muss wohl nicht sehr engagiert geklungen haben. Gloria Pokalke holte einen gefüllten Umschlag aus ihrer Handtasche. »Vielleicht steigert das ja Ihren Eifer.«

Er enthielt eine recht nette Summe, ausreichend für ein paar Tage Ermittlungen.

»Wenn Sie mehr brauchen, müssen Sie es sagen«, erklärte sie. »Ich möchte, dass Sie sich reinhängen. Ich will wissen, warum Udo sterben musste.«

Als sie ausstieg, um zu ihrem Wagen zu gehen, hatte ich noch eine Frage: »Warum war die Stutz eigentlich so unfreundlich zu Ihnen?«

»Weiß nicht. Vielleicht Eifersucht. Ich glaube, sie bildet sich da was ein.« Sie stand jetzt draußen und beugte sich zu mir herein. »Also, ich verlass mich auf Sie. Und melden Sie sich, wenn Sie was herausbekommen haben.«

Sie knallte die Tür zu. Ich sah ihr nach und dachte, dass das mit der Eifersucht vielleicht doch nicht so grundlos war. Ich kannte doch Stutz. Und ich versuchte mir vorzustellen, wie sie wohl ohne Brille und mit gelösten Haaren aussehen würde. Dann fuhr ich ab. Ich war längst nicht mehr so gleichgültig, wie Gloria Pokalke vielleicht annahm, die Notizen, auch wenn ich sie nicht verstand, hatten mich davon überzeugt, dass hier wirklich etwas faul war, dass Stutz womöglich in etwas reingestochert hatte, was er besser unbeachtet gelassen hätte.

Ich beschloss, mich zunächst um Wolfgang Amberger zu kümmern, anstatt alle Schlösser zu suchen, die mit einem *H* begannen. Wenn Amberger wirklich der Fahrer des Geländewagens gewesen war, stellte er die einzige echte Spur dar.

Ich fuhr also wieder nach Obermenzing und versuchte es bei den Nachbarn. Das Grundstück mit der alten Villa grenzte auf der einen Seite an unbebautes Gelände, auf der anderen Seite standen ein paar alte Gebäude, die früher wahrscheinlich mal Scheunen gewesen waren und jetzt eine Kfz-Werkstätte beherbergten.

Ich fragte mich zum Meister durch und erkundigte mich bei ihm nach den Nachbarn. Ich sei auf der Suche nach jemandem, der da mal gewohnt habe.

»Da ham früher jede Menge Leut gwohnt«, sagte er. »Hauptsächlich Frauen. Kloane Kinder warn aa dabei. Aber die san jetzt alle weg. Koa Ahnung, wohin. Nur der Hausmoasta mit seiner Thaifrau is no da, aber der is meistens aa weg.«

Was denn das für Leute gewesen seien?

»Koa Ahnung. Irgend so a frommer Verein. Dauernd ham's bet und gsunga. Mir san froh, dass weg san.«

Als ich gehen wollte, fiel ihm noch etwas ein. »Früher ham's da drin boxt.«

»Was?«

»Ja. A Boxschule war's. Aber de is net guat gangen und da is der Chef plötzlich fromm worn und hat d'Leut zum Betn gholt.«

Das kam mir nun doch etwas seltsam vor. »Sie meinen, der Boxlehrer von damals is jetzt immer no der Chef?«

»Sag ich doch. Bernhard oder Bertram oder so ähnlich hoaßt er. A Mordstrumm Mannsbuid.«

»Und wo san die jetzt alle hin?«

»Irgendwo außerhalb. Aufs Land. Koa Ahnung, wohin.« Aber jetzt müsse er wirklich zu seiner Arbeit zurück. Dann fiel ihm doch noch etwas ein: »Da vorn in der Bäckerei, da ham's immer einkauft. Vielleicht wissen die was.«

Eine Frage hatte ich noch, trotz der inzwischen unübersehbaren Ungeduld des Meisters. »Was war eigentlich früher da drin, vor der Boxschule?«

»A feinmechanischer Betrieb, irgendwas mit optische Geräte. Vorn in der Villa ham die Besitzer gwohnt, hinten war die Fabrik. Aber die ham dann Pleite gmacht und san wegzogn und a paar Jahr später is dann der Boxer auftaucht.«

In der Bäckerei trank ich eine Tasse Kaffee, aß ein Schokocroissant dazu und wiederholte dann meinen Spruch von dem Bekannten, der da vorne verkehrt habe und den ich suchen würde.

»Ja, die san alle weg«, bestätigte die Bedienung. »Aufm Land ham's a oids Schloss kauft, und da wohnen's jetzt. Wissen möcht ich, woher die des Geld ghabt ham.«

Das hätte ich auch gerne gewusst, aber vorerst interessierte mich nur die Adresse.

Aber die Antwort glich der des Kfz-Meisters. »Koa Ahnung. Irgendwo in Oberbayern, glaub i. Moment mal …« Sie kramte in einer Schublade und holte einen zerknitterten Zettel heraus. »Da hat mir eine von denen die Adresse daglassn, falls ich sie mal besuchen wollt, hat's gmeint. Ich glaub, die hat mi bekehren wolln. Mi und mei Kind.«

Als ich sie fragend ansah, deutete sie auf ihren gerundeten Bauch. »Die wollt's schon von Geburt an einkassieren. Aber net mit mir!«

Auf dem Zettel stand, in einer schwer lesbaren Krakelschrift, etwas, das sich wie *Schloss Hochmnanng* las.

»Darf ich den Zettel behalten?«

»Von mir aus. I hab's net so mit'm Betn.«

Ich bedankte mich und ging. Ein Boxlehrer also, der sich zum Sektenguru gemausert hatte. Ganz schön ungewöhnlich, aber nichts, was einen Detektiv wie Stutz in Lebensgefahr hätte bringen können. Am nächsten Tag rief ich zur Sicherheit bei Amberger an und erhielt von seiner Frau die erwartete Auskunft: Er sei verreist, Rückkehr ungewiss.

Also blieb nur dieses rätselhafte *Schloss H.* Der Name war schnell hingekrakelt, unmöglich, ihn zu entziffern – aber gleichzeitig geschah in meinem Kopf etwas, das meine Englischlehrerin im Gymnasium mit dem Spruch *it rings a bell* zu bezeichnen pflegte: Irgendwo in meinen Gehirnwindungen läutete ein Glöckchen und wollte mir mitteilen, dass da mal was gewesen war.

Bevor ich mich jedoch damit beschäftigen konnte, bekam ich Besuch, einen Besuch, mit dem ich nun wirklich nicht gerechnet hatte.

Es war am dritten Tag, nachdem Gloria und ich bei der Witwe Stutz gewesen waren. Draußen regnete es, ein dünner, gleichmäßiger, kalter Oktoberregen, ich verglich gerade zwei Kostenvoranschläge von Umzugsfirmen – sagenhaft, was die für Preise hatten – als es an der Wohnungstür läutete. Ich legte erst meine Unterlagen beiseite, deshalb dauerte es ein wenig, bis ich die Tür öffnete. Mein Besuch ging schon wieder die Treppe hinunter, ich rief der Gestalt im schwarzen Regenmantel ein »Hallo!« hinterher, sie drehte sich um, kam wieder herauf und streifte die Kapuze vom Kopf. Das gekräuselte Blondhaar war ein wenig zusammengedrückt, es sah im trüben Licht, das durchs Treppenhausfenster hereinkam, matt aus, aber die braunen Augen waren schon wieder groß und ein wenig furchtsam auf mich gerichtet. Vor mir stand Christa Berner. Ob sie mich kurz sprechen könne?

Als sie mir dann am Schreibtisch gegenüber saß, schien sie nicht recht zu wissen, wie sie beginnen sollte. Sie hatte den Mantel geöffnet, darunter trug sie ein blaues Kleid, darüber eine dünne Leinenjacke, im schmalen spitzen Ausschnitt fiel mir an einer Kette ein kleines, golden schimmerndes Kreuz auf, das von einer dünnen, unregelmäßig gezackten Fassung umgeben war. Immer noch war diese Aura der Schutzbedürftigkeit um sie, die sie jünger machte, als sie vermutlich war.

Um ihr den Einstieg ins Gespräch zu erleichtern, sagte ich: »Sie waren ein paar Tage verreist, stimmt's? Ich weiß es von Korreuter, der hat sich schon Sorgen gemacht.«

»Ach, der Korreuter. Der soll sich um seine eigenen Angelegenheiten kümmern.«

Das kam spontan und überraschend kühl und es hörte sich überhaupt nicht schutzbedürftig an. Der Hausmeister schien ihr mit seiner Fürsorge auf die Nerven zu gehen. Einerseits verständlich, andererseits … Schließlich hatte er ihr den ihr offenbar übel gesinnten Fremden vom Hals geschafft. Aber was wusste ich schon von den Zusammenhängen …

»Es ist wegen Herrn Stutz«, sagte sie jetzt zögernd. »Hat er vielleicht etwas hinterlassen? Ich meine, eine Nachricht für mich?«

»Davon weiß ich nichts. Aber da sollten Sie besser seine Sekretärin fragen, die Frau Pokalke …«

»Ich kenne sie. Aber sie weiß von nichts, ich habe sie schon angerufen.«

Sie hatte mich nicht mal ausreden lassen. Geduld schien nicht ihre Stärke zu sein – aber vielleicht war diese Reaktion nur ein Ergebnis ihrer Unruhe. Denn beunruhigt war sie, hatte vielleicht sogar Angst, so viel glaubte ich zu erkennen. Oder machte sie immer diesen Eindruck? Worauf wollte sie eigentlich hinaus? Wegen dieser einen Frage hätte sie schließlich nicht zu mir kommen müssen. Es musste da noch etwas anderes geben, etwas, das sie Mühe hatte zu formulieren.

Sie sah mich nicht an, als sie die nächste Frage stellte. »Wie ist er denn gestorben? Es war doch ein Unfall, wie ist es denn genau passiert?« Das kam ziemlich stockend, und erst zum Schluss schaute sie mir wieder in die Augen. Der Tod von Stutz ging ihr nahe, aber da war noch etwas anderes in ihrem Blick: Sie sah mich an wie jemand, der befürchtet an einer tödlichen Krankheit zu leiden und nun vom Arzt eine erlösende Antwort erwartet. Aber auch diese Frage hätte sie Gloria Pokalke stellen können, weshalb kam sie zu mir? Weil sie mir mehr vertraute? Weil ich ein Kollege von Stutz war?

Ich erzählte also von der Kurve und dem Ahorn und davon, dass die Polizei einen Unfall festgestellt hatte. Und dann setzte ich noch hinzu: »Aber das wussten Sie doch schon, oder etwa nicht?«

»Ja. Aber ich hatte gehofft, Sie wüssten mehr, mehr Einzelheiten. Wie es zu dem Unfall gekommen ist.«

»Leider nein. Es gab ja keine Zeugen.«

Sie schwieg. Ich hätte gerne gewusst, was sie jetzt dachte. Aber jetzt hatte auch ich eine Frage: »Woher kannten Sie eigentlich Udo Stutz?«

»Durch gemeinsame Bekannte. Er … er hat mir mal geholfen. Sehr geholfen.« Das kam ziemlich stockend und war nicht sehr aufschlussreich. Dann schaute sie mich an, und einen Augenblick lang war da ein ganz anderer Ausdruck in ihrem Gesicht, so als sei sie gerade zu einem Entschluss gelangt. »Das ist nun alles nicht mehr so wichtig. Jetzt, wo er tot ist.«

Eine merkwürdige junge Frau. Jetzt machte sie schon wieder ihre scheuen Rehaugen. Sie stand auf. »Entschuldigen Sie bitte, dass ich Sie so überfallen habe. Aber ich musste es einfach versuchen. Wissen Sie, Udo Stutz … er fehlt mir.«

Dann war sie weg, und ich setzte mich wieder hinter den Schreibtisch.

Was sollte ich davon halten? Warum wandte sie sich nicht an die Witwe Stutz, wenn sie Näheres wissen wollte? Oder hatte die vielleicht gar keine Ahnung von der Existenz dieser Christa Berner, die möglicherweise gar nicht so scheu war, wie sie sich gab? Udo Stutz begann mir noch posthum auf die Nerven zu gehen – nicht nur, dass ich mich mit den Gründen seines gewaltsamen Ablebens befassen musste, jetzt war da auch noch diese junge Frau, die irgendetwas mit ihm verband, wovon ich nichts wusste. Aber sollte ich mir auch darüber noch Gedanken machen? Mit Stutz' Tod hatte sie schließlich nichts zu tun, und nur der hatte mich jetzt zu interessieren.

Trotzdem dachte ich auch noch am Abend an sie, als ich mit einer trostlosen Pizzaservice-Pizza und einem Weißbier vor dem Fernseher saß. Da war etwas an ihr, das mich irritierte und gleichzeitig anzog, ich hätte gerne mehr über sie gewusst. Rätselhafte Frauen pflegen im allgemeinen anders auszusehen, zumindest wenn man der Klischeevorstellung davon Glauben schenkt – aber da *war* etwas Rätselhaftes, Widersprüchliches im Verhalten dieser Christa Berner, und das beschäftigte mich. Oder erging es mir nur wie dem Hausmeister Korreuter und ich war dem männlichen Beschützerinstinkt erlegen? Zum Glück wurde ich abgelenkt: Ich musste mich über einen Krimi-Regisseur ärgern, der seine Beamten mit eingeschaltetem Blaulicht durch den Wald fahren ließ. Wahrscheinlich, damit die Wildschweine rechtzeitig die Straße frei machten. Blinkendes Blaulicht ist eben spannungssteigernd, ob's nun Sinn macht oder nicht.

Der Besuch von Christa Berner hatte doch etwas Positives bewirkt: Er hatte mich auf eine neue Idee gebracht. Ich wollte die Witwe Stutz besuchen und sie nach den Geschäften ihres Mannes befragen. Ich konnte mir einfach nicht vorstellen, dass er irgendwelche Aktionen sozusagen privat betrieben hatte, also wohl eher von zu Hause aus als in seinem Büro, ohne dass die Ehefrau etwas davon mitbekam. Und wenn ich jetzt allein bei ihr aufkreuzte, ohne Gloria, würde sie vielleicht gesprächiger sein. Ich rief sie also am nächsten Morgen an und fragte, ob ich kurz mit ihr sprechen könne. Sie klang erstaunt aber nicht unfreundlich, und sagte, ich könne, wenn ich wolle, gleich vorbeikommen.

Das Haus lag im Münchner Süden, ungefähr an der Grenze zwischen dem schicken Solln und dem weniger schicken

Obersendling. Ein einstöckiges Haus mit ziemlich großem Garten, schon vor mindestens zwanzig Jahren gebaut, aber gut erhalten und mit neuem Verputz. Stutz' Geschäfte mussten in der Tat recht einträglich gewesen sein.

»Das trifft sich gut, dass Sie mich angerufen haben«, sagte Frau Stutz, als wir im Wohnzimmer in den schwarzen Sesseln saßen und durch die hohen Glastüren auf den Garten hinausschauten. »Ich wollte Sie nämlich auch etwas fragen.«

»Bitte«, sagte ich. »Fangen S' ruhig an.«

Sie kam gleich auf den Punkt. »Was genau haben Sie eigentlich gesucht, als Sie neulich mit Frau Pokalke hier waren?«

Sie hatte uns also die Geschichte mit den Unterlagen für die laufenden Geschäfte nicht abgekauft. Frau Barbara Stutz schien ein ziemlich misstrauischer Mensch zu sein. Vielleicht wollte sie aber auch nur auf den Busch klopfen. Vom wahren Grund unserer Recherche konnte sie ja keine Ahnung haben. Zum Glück hatte mir die Sekretärin gesagt, worum es bei dem Fall ging, in den ich nun einsteigen sollte.

»So viel ich weiß, geht es nur um einen Auftrag«, sagte ich. »Mehrere Mitarbeiter einer Computerfirma sollen überprüft werden. Aus ihrer Abteilung sind Betriebsgeheimnisse weitergegeben worden. Aus Sicherheitsgründen hat Ihr Mann die Unterlagen zu Hause aufbewahrt.«

»Davon hat mir mein Mann erzählt«, nickte sie. »Und das war der einzige Grund Ihrer Suche?«

»Ja. Ihr Mann befürchtete, dass man seinen Computer im Büro anzapft. Aber ich glaube, jetzt haben wir alles Nötige beisammen.«

Sie schien mir immer noch nicht recht zu trauen. Aber bevor ich weitere Erklärungen nachschieben konnte, hörten wir draußen jemanden ins Haus kommen. »Das wird unser Sohn sein«, sagte sie und korrigierte sich dann mit rauer Stimme: »Mein Sohn. Daran muss ich mich erst noch gewöhnen.« Ich fürchtete schon, sie würde weinen, aber sie hatte sich gut in der Gewalt. Und als der Sohn hereinkam, lächelte sie sogar. »Das ist Stefan«, stellte sie ihn vor. »Er kommt gerade von der Uni.«

Er gab mir die Hand. Ich hatte ihn ja schon im Krematorium gesehen, aber erst jetzt erkannte ich, wie sehr er seinem Vater ähnlich sah. »Ich will euch nicht stören«, sagte er.

»Du kannst gerne bleiben«, sagte sie, aber er verschwand.

»Das war der einzige Grund«, nahm ich den Faden wieder auf. »Vielleicht finden wir ja doch noch etwas im Büro. Seit dem Einbruch ist dort alles ziemlich durcheinandergeraten.«

»Einbruch? Was für ein Einbruch?«

Die Pokalke hatte ihr also nichts davon erzählt. Und offenbar war sie seit dem Tod ihres Mannes auch nicht mehr dort gewesen. Ich erzählte ihr also, was geschehen war und erwähnte auch, dass der oder die Täter einen Schlüssel gehabt haben mussten. Sie war weniger erschrocken, als ich erwartet hatte, im Vergleich zum Tod ihres Mannes war das ja auch eher unbedeutend. Wahrscheinlich habe dort jemand, der durch die Tätigkeit ihres Mannes Schwierigkeiten bekommen hatte, nach Unterlagen gesucht, meinte sie. Aber das sei jetzt ja alles nicht mehr so wichtig. Sie hatte bestimmt recht mit diesem Standpunkt, aber ich wunderte mich trotzdem darüber. Oder hatte sie vielleicht sogar einen Verdacht, wer hinter dem Einbruch stecken könnte?

Während sie sprach, schaute ich zufällig auf die offene Tür zum Nebenzimmer und sah dort einen Schatten, der sich leicht bewegte. Nach ein paar Sekunden war ich mir sicher: Da stand Stefan und hörte uns zu. Na, und wenn schon, es ging schließlich um seinen Vater.

Es war nicht ganz einfach für mich, seine Mutter das zu fragen, was mich hierher geführt hatte, denn sie durfte ja keinen Verdacht schöpfen. Ich würde meine Fragen allgemein halten müssen, und das würde mich wahrscheinlich nicht weiterbringen. Aber ich wollte es wenigstens versucht haben.

»Wissen Sie noch etwas über die letzten Aufträge Ihres Mannes? Bei dem Einbruch scheint einiges verschwunden zu sein. Er hat doch auch von zu Hause aus gearbeitet, stimmt's?«

»Hat er. Aber in letzter Zeit kaum noch. Und ich wüsste auch nicht, was das für Ihre Arbeit bringen sollte.«

»Das weiß man vorher nie. Vielleicht hat er irgendwelche besonderen Kontakte gehabt, mit Leuten telefoniert, über die nichts in den Unterlagen steht.«

»Mir ist nichts aufgefallen. Ich glaube, Sie sollten sich einfach an die Unterlagen halten, die sie von Frau Pokalke bekommen haben. Die müssten reichen.«

Sie war wirklich ganz schön misstrauisch. Ich bat sie trotzdem, mir Bescheid zu geben, wenn sie auf etwas stoßen sollte, das ihr von Bedeutung schien. Sie versprach es und sagte dann: »Und was Ihre Honorierung angeht, so schicken Sie bitte mir die Rechnung, nicht Frau Pokalke. Ich setze voraus, dass Sie sich an die üblichen Sätze halten.«

»Selbstverständlich.«

Sie wurde immer kühler, es kam mir vor, als wollte sie mir von vornherein klarmachen, dass nach der Erledigung dieses letzten Auftrags für mich hier nichts mehr zu holen war. Vielleicht gerade deshalb fiel mir jetzt eine Frage ein, die zwar mit diesem Fall nichts zu tun hatte, mich aber trotzdem interessierte. Ich war gespannt auf ihre Reaktion.

»Kennen Sie eine Christa Berner?«

Die Antwort kam erst nach einer kurzen Pause. »Nein. Wer ist das?«

»Eine ehemalige Klientin Ihres Mannes. Ich frage nur, weil ich ihr neulich mal begegnet bin.«

»Tut mir leid. Hat das etwas mit Ihrer Tätigkeit zu tun?«

»Nein. Hat mich nur interessiert.«

Sie kannte sie, da war ich mir sicher. In meinem Beruf lernt man es, auf winzige Zeichen zu achten, eine Pause, ein Schlucken, ein schneller Blick zur Seite, ein kurzes Atemholen – die meisten Lügner verraten sich. Das klappt zwar nicht immer, es gibt auch da wahre Profis, aber bei Barbara Stutz war es zu erkennen gewesen. Obwohl sie sich sehr gut im Griff hatte.

Ich versprach, ihr in zwei Wochen einen Zwischenbericht zukommen zu lassen und verabschiedete mich. Als ich gerade mein Auto aufschließen wollte, hörte ich plötzlich schnelle Schritte hinter mir, und jemand sagte »Entschuldigung, Herr Moser …«

Es war Stefan Stutz. Er wollte mir offenbar etwas Wichtiges sagen, wusste aber nicht recht, ob er sich trauen sollte.

»Ja, was gibt’s?«

»Es ist wegen … Wissen Sie etwas über Christa Berner?«

»Sie kennen sie?«

»Ja, ich habe sie mal getroffen. Mit meinem Vater.« Er deutete meinen erstaunten Gesichtsausdruck falsch und fügte hinzu: »Nicht das, was Sie meinen. Sie war eine Klientin.«

»Ich muss Sie leider enttäuschen«, sagte ich. »Ich bin ihr zweimal begegnet, das war’s. Warum fragen Sie?«

Er wurde noch verlegener. »Ich habe mich ein paarmal mit ihr getroffen. Aber seit dem Tod meines Vaters kann ich sie nicht mehr erreichen. Und als ich hörte, wie Sie meine Mutter nach ihr fragten …«

»Verstehe. Aber, wie gesagt, ich weiß nichts. Tut mir leid.«

»Dann entschuldigen Sie bitte. Danke.« Er drehte sich um und lief zum Haus zurück. Wahrscheinlich hatte er sich hinten aus dem Haus geschlichen, ohne dass seine Mutter es bemerkt hatte. Als ich ihm nachsah, fiel mir wieder ein, dass, wer immer in Stutz’ Büro eingebrochen war, einen Schlüssel gehabt haben musste. Ob vielleicht der Sohn …? Aber warum hätte er das tun sollen?

Schon erstaunlich, wer alles an dem blonden Engel interessiert war. Neben Stutz auch noch Korreuter und jetzt Stutz junior. Aber ich hatte nun mal keine Zeit, mich auch noch um sie zu kümmern. Ich ließ den Motor an und fuhr los. Wann sollte ich mich eigentlich mit dem Auftrag befassen, von dem ich der Witwe Stutz gerade erzählt hatte? Dazu hätte die Sekretärin mich erst noch in die Einzelheiten einweihen müssen, aber das würde sie wohl kaum tun, solange der Tod ihres ehemaligen Chefs nicht geklärt war. Also musste ich dranbleiben, ob mir das nun gefiel oder nicht.

Dann kam mir noch etwas in den Sinn: Die Pokalke hatte doch, als sie im verwüsteten Büro saß und sich mit Cognac tröstete, etwas von einer verlorenen Tochter erzählt, die Stutz irgendwo rausholen wollte. Ich würde sie bei Gelegenheit danach fragen müssen, vielleicht konnte sie sich ja an einen Namen erinnern.

Über Nacht hatte es aufgeklart, ich fuhr am nächsten Vormittag unter blassblauem Herbsthimmel bei Grünwald aus München heraus und weiter Richtung Süden, Richtung Bad Tölz. Gestern, nach dem Besuch bei der Witwe Stutz, hatte ich zu Hause den Zettel herausgekramt, den mir die Obermenzinger Bäckerin gegeben hatte. *Schloss Hochmnng.* Oder so ähnlich. Vielleicht lautete die erste Silbe auch *Hach* oder *Hech*. Im Internet konne ich jedenfalls nichts finden, das irgendwie gepasst hätte. Aber dann fiel mir ein, dass in den wirren Stutz-Notizen auch *Kripo Tölz?* enthalten war. Vielleicht befand sich dieses ominöse Schloss ja in der Gegend. Schon wieder war mir, als wäre da mal was gewesen. Ich rief Hannah Rechling an, eine gute Bekannte, Redakteurin bei einem Münchner Boulevardblatt, die einmal mehr gewesen war als nur eine gute Bekannte.

Sie wurde im Archiv schnell fündig. Vor einem halben Jahr waren ein paar Artikel im Bayernteil erschienen, die vom Verkauf des kleinen Schlosses Hochmoning südlich von München, Landkreis Bad Tölz, an eine religiöse Gemeinschaft berichteten. Etwas ziemlich Fundamentalistisches, wie es schien, einige nannten sie eine Sekte. Aber niemand wusste Genaueres. Ein paar Leute waren dagegen gewesen, hatten an den Gemeinderat und den Landkreis appelliert, aber es hatte nichts genützt. Die Besitzer, eine Adelsfamilie, die auch an anderen Orten noch Schlösser besaß, konnten sich den Unterhalt nicht mehr leisten, und die Gemeinschaft hatte ihnen offenbar ein großzügiges Angebot gemacht. Sie nannte sich »Die einzige Wahrheit« und wollte angeblich Meditationskurse, Selbstfindungsseminare und ähnliches veranstalten.

Ich fuhr also auf der schmalen Landstraße Richtung Bad Tölz, bei Egling links und dann über Thanning Richtung Hochmoning. Eine schöne, ruhige, hügelige Gegend mit vielen kleinen Dörfern und ein paar guten Wirtshäusern. Kurz vor Hochmoning kam ich an einer Forellenzucht vorbei, die sich am Rande eines Moores angesiedelt hatte. Dazu die Alpen im Hintergrund, buntes Herbstlaub an den Bäumen – eine Landschaft um auszuspannen und nicht um Mörder zu suchen.

In einem Zeitungsartikel, den die Redakteurin mir gemailt hatte, war auch ein Foto des Schlosses gewesen. Von den Gebäuden selbst konnte man nicht viel erkennen, aber die Mauer hatte einen ziemlich ramponierten Eindruck gemacht. Ich bog um die letzte Kurve und sah den Hügel vor mir, auf dem sich, hinter hohen alten Bäumen kaum sichtbar, das Schloss befand. Dazu gehörten offenbar auch ein paar Wirtschaftsgebäude und Scheunen am Fuße des Hügels; alles war von einem hohen Gitterzaun umgeben. Ich fuhr durch die breite Einfahrt und stellte meinen Wagen dahinter auf dem Parkplatz ab. Ein Schild stand da: *Parken nur für Gäste*. Die steile Zufahrt zum Schloss war nur für Anlieger freigegeben.

Ich ging die grob gepflasterte Straße hinauf, nach etwa zweihundert Metern kam ich durch einen Garten, eine Art kleiner Park mit ein paar Bänken, der vor dem Tor angelegt worden war. Die Mauer dahinter war frisch verputzt, ich trat durch den hohen Torbogen in den Innenhof. Mir direkt gegenüber erhob sich das breit ausladende zweistöckige Haupthaus mit hohem Dach und spitzen Türmchen an den Ecken, die Fensterläden waren schräg rotweiß gestrichen. Viel war allerdings von der Fassade nicht zu sehen, da sie komplett eingerüstet war. Die Renovierungsarbeiten schienen in vollem Gang zu sein, jetzt allerdings sah ich nur zwei Männer, die in einer Ecke Bretter aufeinanderstapelten. Ein Kinderspielplatz schien auch geplant zu sein; eine gelb gestrichene Rutsche stand mitten auf dem Platz. Quer durch den Hof war ein rotweißes Band gezogen, das den Zugang zum Haus und dem davorliegenden Platz versperrte. Dahinter ein Schild: *Zugang verboten*.

Rechts von mir, die Mauer entlang, verlief ein einstöckiger Trakt, der weiter hinten an das Haupthaus anschloss. Wahrscheinlich gab es hier einen Durchgang von dem einen in das andere. Dieser Teil schien zumindest außen fertig renoviert zu sein, der neue Rauverputz leuchtete in frischem Gelb. An den Fenstern hingen Kästen mit überbordenden Geranien und Petunien. Unmittelbar neben dem Tor war an einer jetzt offen stehenden Tür ein Zettel befestigt, auf dem *Anmeldung zu den Kursen* stand. Dahinter hörte ich Stimmen. Auf der anderen Seite, links, direkt vor der Mauer, befand sich eine kleine Kapelle, an die sich ein von einem schmiedeeisernen Gitter umgebenes Geviert anschloss, wahrscheinlich ein kleiner Friedhof für die in früheren Jahrhunderten Dahingegangenen.

Ich beschloss, das Zugangsverbot zu ignorieren und ging an der Absperrung vorbei auf das eingerüstete Haupthaus zu. Ich hatte keine Ahnung, wonach ich suchte, aber oft entdecke ich gerade dann etwas. Diesmal schien es nicht so zu sein.

Die zweiflüglige Tür zum Haupthaus war geschlossen, ich erkannte daneben ein offenbar neues Messingschild, in dem sich die Sonne spiegelte und in das ein von einer Art Strahlenkranz umgebenes Kreuz eingraviert war. Darunter eine aus dieser Entfernung nicht lesbare Schrift. Bevor ich nahe genug heran war, um sie entziffern zu können, rief hinter mir jemand »Hallo!«

Ich blieb stehen und drehte mich um. Ein Mann und eine Frau kamen auf mich zu. Der Mann war groß und schlank, in mittleren Jahren und schwarz gekleidet, sie war jünger und trug ein bodenlanges graues Kleid. Sie kamen mir vor, als hätten sie sich aus einem Schwarz-Weiß-Film in einen Farbfilm verlaufen. Mit ihrem Outfit und ihren blassen Gesichtern passten sie überhaupt nicht zu den bunten Blumenkästen hinter ihnen.

»Wohin wollen Sie, kann ich Ihnen helfen?«, fragte der Mann mit der Miene eines magenkranken Oberkellners.

»Ich wollte mich nur ein wenig umsehen, ist das nicht erlaubt? Ich finde die Anlage hier übrigens sehr schön.«

»Der Teil hier ist privat. Haben Sie das Schild nicht gesehen?«

»Welches Schild?« Ich sah ihm an, dass er mir meine Naivität nicht abkaufte.

»Da vorne, an der Absperrung. Eigentlich nicht zu übersehen.«

Während wir noch miteinander sprachen, war die junge Frau ein paar Schritte zurückgetreten, sie hatte plötzlich ein Smartphone in der Hand und fotografierte mich.

»Was soll das?«, fragte ich, nun auch ärgerlich werdend.

»Das dient nur zu unserer Sicherheit. Falls Sie sich wieder einmal verlaufen sollten. Schließlich sind Sie hier unberechtigterweise eingedrungen. Und jetzt darf ich Sie bitten zu gehen.«

Es hatte keinen Sinn, hier weiterzudiskutieren. Von mir aus konnten sie sich mein Foto einrahmen. Aber bevor ich ging, hatte ich doch noch eine Frage: »Ich habe gehört, Sie machen Meditationskurse. Wohin muss man sich da wenden?«

»In der Anmeldung gibt es Prospekte. Da steht alles drin.«

Ich hatte nicht die geringste Lust zu meditieren – wer weiß schon, was dabei alles an die Oberfläche kommt, womöglich Wahrheiten über einen selbst, die man gar nicht wissen will – aber es konnte ja nicht schaden, einen interessierten Eindruck zu machen. Der Mann begleitete mich in das kleine, karg eingerichtete Büro und gab mir einen bunten Prospekt.

Ich ging damit zum Auto zurück. Dabei entdeckte ich in einem der Wirtschaftsgebäude neben dem Parkplatz einen kleinen Laden für Bioprodukte. Anscheinend versuchten diese Leute auch damit Geld zu verdienen. Bevor ich losfuhr, blätterte ich im Prospekt.

Auf dem Titelblatt fiel mir sofort der Name der Organisation auf: *Christliche Gemeinschaft Licht und Wahrheit*. Also hatten sie sich umbenannt, nicht mehr *Die einzige Wahrheit*. Ob daher das Wort *Licht* kam, das Stutz auf seinen Aktendeckel geschrieben hatte? Auch ein Kreuz war auf dem Prospekt abgebildet, umgeben von einem Strahlenkranz, der eher züngelnden Flammen ähnelte. Ich überflog die nächsten Seiten. Garniert mit bunten Fotos von prächtigen Bäumen und blühenden Wiesen stand da einiges über biologisch-dynamischen Anbau, über die Harmonie in der Natur und im Leben, auch über Hochmoning wurde berichtet, die Größe seiner kultivierten Flächen, und dann, unter der Überschrift *Werden Sie eins mit sich selbst!* das Angebot an Meditations- und Selbstfindungskursen. Es gab da verschiedene Formen, von dreitägigen Kursen bis zu richtigen Seminaren von zwei oder drei Wochen. Allerdings würden die längeren Kurse wegen des noch nicht beendeten Ausbaus erst in drei Monaten beginnen. Jetzt gab es nur die dreitägigen, ein nicht gerade billiges Pauschalangebot, das auch die Unterbringung in Hochmoning selbst mit einschloss. Ein Kursangebot fiel mir besonders auf, weil es so gar nicht zu den übrigen passte. *Schenken Sie Ihrem Kind eine strahlende Zukunft!* stand da als Titel, und darunter wurde ein Kurs für junge und werdende Mütter angeboten. Sie könnten sich hier über die neuesten Erkenntnisse der Kleinkinderziehung informieren, alles darüber erfahren, wie sich Babys zu vollkommenen Christenmenschen entwickeln würden. *Legen Sie den Samen in die Seele Ihres Kindes, wir helfen Ihnen dabei!* Dann kamen noch einige Informationen, die mich jedoch nicht interessierten. Ganz zum Schluss dann der Satz *Bruder Bertram und die Mitglieder der Gemeinschaft danken Ihnen für Ihr Interesse.* Auch eine Internetseite war angegeben.

Kein Zweifel: Das hier war das *Licht*, das Stutz aufgeschrieben hatte. Noch etwas war jetzt klar: Der ganze Verein war von Obermenzing hierher umgezogen, wahrscheinlich auch Amberger, der seine Frau als Stallwache in der früheren Bleibe zurückgelassen hatte. Irgendwie mussten diese Leute zu Geld gekommen sein, zu viel Geld, sonst hätten sie sich das hier nicht leisten können. Wenn also etwas dran war an der Ermordung des Detektivs, dann musste es mit dieser Gemeinschaft hier zusammenhängen. Möglicherweise. Denn angesichts dessen, was ich gesehen hatte, kamen mir schon wieder Zweifel. Die Leute hier mochten seltsam sein, verbohrt, vielleicht auch Spinner – aber betrieben sie wirklich etwas, das, aus ihrer Sicht, die Ermordung eines Menschen rechtfertigte? Wo sie sich doch so christlich gaben. Ich musste versuchen, etwas mehr über das Schloss und seine Bewohner herauszubekommen, und wo kann man das besser als in einer Wirtschaft? Außerdem bekam ich allmählich Hunger.

Ich fuhr also los, hielt aber schon in der nächsten Ortschaft an und erkundigte mich, wo man hier etwas Gescheites zu essen kriegen könne. Zunächst hatte ich Glück: Das Gasthaus war gemütlich, das Essen – Tiroler Gröstl mit Spiegelei – war auch in Ordnung, doch als ich mich bei der Bedienung erkundigte, was das denn für Leute seien, da oben auf dem Hügel, wurde die bis jetzt so freundliche junge Frau plötzlich einsilbig.

»Mir wissen nix über die da oben«, sagte sie. »Guten Appetit.«

Sie verschwand, aber als sie etwas später zurückkam, um mich zu fragen, ob ich noch ein Weißbier wolle (ich wollte keines), hakte ich trotzdem nach.

»Mich ham's nämlich beinahe rausgeworfen, wie ich mir das näher ansehen wollt«, erklärte ich.

Jetzt blieb sie doch am Tisch stehen. »Des wundert mich net. Die können ziemlich unangenehm werden, wenn man sich zu sehr für sie interessiert«, sagte sie. »Und wenn jemand was über sie erzählt, was sie net mögen.«

»Ham Sie sowas schon erlebt?«

»I net, aber andere. Da kommt dann gleich der Anwalt.«

Als ich bezahlte, rundete ich großzügig auf, und plötzlich fiel ihr doch noch etwas ein: »Wenn S' mehr über die erfahren wollen, dann gehen S' doch zum Schreiner Haberl. Der hat für die gearbeitet.« Seine Werkstatt sei nur hundert Meter weiter an der Straße.

Der Schreiner Haberl war jedoch nicht da, er käme erst später von einer Baustelle zurück, wurde mir dort gesagt, deshalb beschloss ich, mir in der Zwischenzeit ein wenig die unmittelbare Umgebung von Hochmoning anzusehen.

Ich fuhr also wieder zum Schloss zurück – aber diesmal kam ich von der anderen Seite. Ich hatte auf der Karte ein Sträßchen entdeckt, das von Süden her auf Hochmoning zulief, es schien hinter den Wirtschaftsgebäuden in die Hauptstraße zu münden, auf der ich gekommen war. Ich schlug also einen großen Bogen und erreichte schließlich das Sträßchen, das früher wahrscheinlich nur ein Feldweg zwischen zwei Ortschaften gewesen war und irgendwann, als man nicht mehr wusste wohin mit den landwirtschaftlichen Subventionen, eine Asphaltdecke bekommen hatte. Bevor sie Hochmoning erreichte, führte die Strecke in zahlreichen Kurven durch einen Mischwald, und da hatte ich plötzlich einen anderen Wagen hinter mir, der sehr schnell herangekommen war und mir nun hintendran klebte. Offenbar hatte er es eilig. Ein großer silbergrauer SUV! Ob der Fahrer einen Schnurrbart trug, konnte ich wegen der Spiegelung der Frontscheibe nicht erkennen. Er wollte mich durch das dichte Auffahren offenbar zu einem schnelleren Tempo drängen, denn Überholen war nicht möglich. Aber ich ließ mich nicht aus der Ruhe bringen. An einer etwas breiteren Stelle blinkte ich rechts und bremste ab, er rauschte vorbei, ohne irgendein Dankeszeichen zu geben. Aber so konnte ich mir wenigstens seine Nummer notieren. Neben dem Fahrer hatte eine Frau gesessen.

Und selbst wenn es wirklich Amberger und seine Frau gewesen waren – was sagte mir das? So gut wie nichts, denn dass die ganze Sippschaft nun hier zu Hause war, hatte ich schließlich schon vorher gewusst. Ich fuhr erstmal weiter, kam aus dem Wald heraus, und vor mir lag nun eine weite Fläche, Wiesen, auf denen Kühe grasten, ein paar Baumgruppen dazwischen, und hinter der letzten, die die Wirtschaftsgebäude gegen die Straße hin abschirmte, erhob sich der Schlosshügel von Hochmoning. Ich hielt an und stieg aus.

Von hier aus konnte ich erst so richtig sehen, wie groß die Schlossanlage war. Ein breites, zweistöckiges Gebäude belegte die gesamte Hügelkuppe, lange Fensterreihen ließen auf dahinterliegende Wohnungen schließen, einige waren geöffnet und ich konnte sogar zum Trocknen herausgehängte Wäsche erkennen. Also wohnten anscheinend eine Menge Leute hier.

Ich musste an das denken, was ich in Obermenzing erfahren hätte: Vor allem Frauen gehörten der Sekte an, und viele davon hatten kleine Kinder.

Ich versuchte mir die Gegend genau einzuprägen – für den Fall, dass ich hier einmal ungesehen näher herankommen wollte. Dann machte ich an der Einmündung eines Feldwegs kehrt und fuhr zurück in den Ort, um den Schreiner Haberl zu treffen.

Ich musste noch eine halbe Stunde auf ihn warten. Dann kam er, ein angegrauter Fünfziger, und er war zuerst sehr misstrauisch, als ich von ihm etwas über Hochmoning wissen wollte. Ich zeigte ihm meinen Detektivausweis und sagte, ich würde für jemanden ermitteln, der Probleme mit den Leuten dort hatte. Das genügte ihm. »Die Saubande da oben, die superchristliche«, knurrte er. »Wenn S' denen eine reinwürgen können, i bin dabei.«

Kurz nachdem sie das Gut gekauft hatten, hatte er von den neuen Besitzern den Auftrag bekommen, dort zu arbeiten. Neue Fenster, Türen, Einbauschränke und noch vieles andere. »A Haufen Arbeit, ich hab mich richtig gfreut, koa Kleinkram, wie sonst.« Dass er sich schriftlich verpflichten musste, sich mit seinen Leuten im Hochmoning nur an der jeweiligen Arbeitsstelle aufzuhalten und den Anweisungen des Personals zu folgen, störte ihn nicht.

Er machte sich also an die Arbeit, aber schon bald tauchten erste Probleme auf. Ständig war ein Aufpasser dabei, der darauf achtete, dass er und seine Leute sich nur in den Räumen aufhielten, in denen sie gerade zu tun hatten. Nicht mal die Toiletten durften sie benutzen. »Zum Bieseln hamma quer durch den Hof zur Anmeldung rennen müssen, da gibt's a Besucherklo.«

In den anderen Räumen schienen oft viele Leute zu sein, sie hörten laute Stimmen, auch Chorgesang, vielstimmiges

Gemurmel, das wahrscheinlich von gemeinsamen Gebeten herrührte, und immer wieder die laute Stimme eines Predigers.

»Des war der Bruder Bertram, der Chef von der Sippschaft, und auch der Schlimmste. Den ham mir erst später kennenglernt – aber dann richtig.« Haberl schnaufte tief durch und sagte: »Wissen S', i bin ja a gläubiger Mensch, aber bei dem … da könnt man echt abfallen vom Glauben.«

Das Unglück begann, als eines Tages der Lehrling seine Neugier nicht mehr bezähmen konnte und sich in der Mittagspause, als keiner auf ihn achtete, davonschlich, um sich ein wenig im Schloss umzusehen.

Als er nach der Pause nicht wieder auftauchte, erkundigte sich Haberl, ob man ihn gesehen habe. Und nach einer Weile brachte man den völlig verängstigten, heulenden Jungen zu ihm. Es stellte sich heraus, dass man ihn gleich erwischt und in eine kleine dunkle Zelle gebracht hatte, ein großer Mann in einer grauen Kutte war gekommen, hatte ihm eine Strafpredigt gehalten, ihn gezwungen, auf dem Boden zu knien und zu beten. Dann war er gegangen und hatte die schwere Tür von außen verriegelt.

»Bruder Bertram!«, schnaufte Haberl. »Der arme Bub war total fertig, der hat geglaubt, er wird da für immer eingsperrt.«

Haberl stellte Bertram zur Rede, es gab einen bösen Wortwechsel, und am nächsten Tag erhielt er ein Schreiben, in dem stand, dass er seinen Verpflichtungen nicht nachgekommen sei und der Auftrag deshalb storniert werde. Die bisher geleistete Arbeit werde man ihm pauschal vergüten. Er versuchte, nochmals mit dem Bruder zu sprechen, aber er wurde nicht mehr zu ihm gelassen, durfte nur sein Material und sein Werkzeug abholen.

Er bekam auch Geld überwiesen, aber viel zu wenig, verzichtete jedoch darauf, zu klagen, weil er sich das nicht leisten konnte.

»Hat der Junge denn wenigstens irgendwas gesehen?«, fragte ich.

»Naa. Sie ham ihn ja auch schnell erwischt ghabt. Außer dass irgendwo a kloans Kind gschrien hat, war da nix.«

»Und wer hat dann Ihre Arbeit fertig gemacht?«

»Keine Ahnung. Ich glaub, die ham jemand von auswärts gholt.«

Ich bedankte mich für die Auskünfte und ging. Sehr ergiebig war es nicht gewesen. Eines stand für mich allerdings fest: Da oben residierten Sektierer, die etwas zu verbergen hatten – etwas ziemlich Schlimmes, denn Stutz, der anscheinend darauf gestoßen war, hatte das nicht überlebt. Wenn es denn wirklich so war … Es wollte mir immer noch nicht recht einleuchten, dass diese Leute auch vor Mord nicht zurückschreckten. Wer war dieser Bruder Bertram? Was verbarg sich hinter der christlichen Fassade? Und warum hatte Stutz überhaupt hier ermittelt? Von außen würde ich es kaum in Erfahrung bringen können, also musste ich es im Schloss selbst versuchen. Und um da hineinzugelangen, gab es nur eine Möglichkeit: Ich musste meditieren. Schöne Scheiße!

Auf dem Rückweg nach München erhielt ich einen Anruf von Gloria Pokalke. Sie war noch mal zum Haus der Ambergers gefahren, vielleicht, so hatte sie gedacht, würde die Thai-Frau ihr doch noch etwas erzählen, so von Frau zu Frau. Aber alles war abgeschlossen, die Fensterläden zu, und bei den Nachbarn hatte sie dann erfahren, dass inzwischen die ganze Familie verreist war. Amberger war zurückgekommen, hatte Frau und Tochter und ein paar Koffer in einen Wagen gepackt und war weggefahren.

»Und nun raten Sie mal, in was für einem Wagen«, sagte die Sekretärin.

»Ihre Rätsel waren auch schon mal schwerer. Silbergrauer Geländewagen?«

»Genau. Wo sind Sie eigentlich?«

»Südlich von München, so an die dreißig Kilometer. Dietramszeller Gegend. Ich habe wahrscheinlich herausgefunden, was das Wort *Licht* bedeutet.«

»Ihnen ist schon klar, dass Sie mir regelmäßig berichten müssen?«

»Natürlich. Also dann bis bald.«

Sie hatte recht, ich musste ihr alles erzählen, sie war schließlich meine Auftraggeberin. Aber ich war mir nicht sicher, ob ich das auch tun sollte; Gloria Pokalke schien zu Alleingängen zu neigen, und wenn sie erst einmal wusste, dass es dieses Schloss hier gab …

»Konzentriert euch auf euren Atem. Es gibt nichts als diesen Atem, der euch verlässt, der wieder in euch hineinströmt, der euch entspannt und immer ruhiger macht. Ihr zählt mit euren Atemzügen, eins, zwei, drei, vier … Ja, so ist es gut. Und weiterzählen. Unsere Gedanken sind nur auf diesen Atem gerichtet. Wenn andere Gedanken kommen, schieben wir sie beiseite, es gibt nur unseren Atem, und wir zählen wieder von vorne, eins, zwei …«

Ich bemühte mich. So wie auch die anderen acht Kursteilnehmer, fünf Frauen und drei Männer. Wir saßen mit geschlossenen Augen im Halbkreis in einem Raum mit grob verputzten und weiß gestrichenen Wänden, einzige Dekoration war ein großes Kruzifix aus Schmiedeeisen, das in einer Ecke hing. An einer Wand stand eine schöne alte Kommode, in den Ecken daneben zwei Stereoboxen. Der Boden war mit einem sandfarbenen Spannteppich ausgelegt, der im Licht, das durch mehrere schmale, hohe Fenster hereinfiel, golden leuchtete. Wir saßen auf Hockern, niedrig genug, um die Füße bequem auf den Boden stellen zu können, in der sogenannten Kutscherhaltung. Also so, wie früher die Kutscher auf ihren Böcken saßen, wenn sie gerade Pause machten: nach vorne gekrümmt, Ellbogen auf den Oberschenkeln aufliegend. Wenn man das mit dem Gleichgewicht erst richtig raus hat, kann man auf diese Weise sogar ein Nickerchen machen. Die Hände sollten wir so halten, dass Daumen und Mittelfinger sich leicht berührten.

Ich hatte mich so gesetzt, dass ich das Eisenkreuz nicht sehen konnte, wir hatten ja die Augen nicht immer geschlossen. Es gehörte, fand ich, nicht hier herein, das hier war schließlich keine Andacht, sondern eine absolut weltliche Angelegenheit.

»Ihr spürt, wie eure Füße tief in den Boden sinken, wie sie eins werden mit der Erde, ihr fühlt euren Schwerpunkt nach unten gleiten … Und ihr konzentriert euch weiter auf euren Atem. Ein und aus, ein und aus …« In der Mitte des Halbkreises saß unsere Kursleiterin, ebenfalls auf einem Hocker. Sie nannte sich Dorothea, sie war noch jung, höchstens dreißig, sie hatte die blonden Haare straff nach hinten gekämmt und in einem Knoten zusammengefasst, und sie trug das gleiche lange graue Kleid wie die Frau, die mich bei meinem unberechtigten Ausflug in den Gemüsegarten fotografiert hatte. Das einzig Farbige an ihr war ein buntes Tuch, das sie um die Taille geknotet hatte und dessen Enden seitlich herunterhingen. Das bunte Tuch unterstrich etwas, das auch so unübersehbar gewesen wäre: Sie war schwanger, fünfter, sechster Monat, schätzte ich. »Achtet nur auf euren Atem, alles andere ist ohne Bedeutung …«

Ich bemühte mich weiter. Die Übung schien mich tatsächlich zu entspannen, aber ich konnte nicht verhindern, dass sich in meinem Kopf allerlei Gedanken breitmachten. Ich wollte es auch gar nicht verhindern, denn schließlich war ich aus einem Grund hier, der nichts mit Meditation zu tun hatte. In dem kleinen Büro beim Eingang hatte ich mich für einen dreitägigen Meditationskurs angemeldet, ich hatte es eilig gemacht, da ich angeblich verreisen musste, und war einem Kurs zugeteilt worden, der schon am übernächsten Tag begann. Wäh-

66

rend dieser Zeit sollte ich, wie auch die anderen Teilnehmer, hier wohnen. Wir waren in dem langen einstöckigen Gebäude untergebracht, das rechts an der Mauer entlanglief. Wir wohnten da im Erdgeschoß, in kleinen mönchszellenartigen Räumen, die nebeneinander an einem langen Flur lagen. Kein Fernseher, kein Radio, aber wenigstens in einer abgetrennten Ecke eine warme Dusche. Toilette auf dem Flur. Und jeden Morgen um sieben Uhr Wecken.

Neben den Meditationsübungen waren für uns Diskussionsrunden vorgesehen, die Einführung in etwas, das sie die drei Stufen der Erleuchtung nannten, dazwischen geschaltet die Stunden des Schweigens, während derer wir nicht reden durften, dazu Wanderungen in der umgebenden Natur, bei denen man uns Flora und Fauna näherbringen wollte – unsere Tage hier waren voll ausgefüllt. Für mich bedeutete das, dass ich mich nicht ausklinken konnte, ohne aufzufallen. Nur am Abend, wenn das Programm zu Ende war, würde ich wohl Zeit finden, mich ein wenig umzusehen. Einiges war mir allerdings jetzt schon aufgefallen: Etwa dass der Bereich, in dem sich unsere Zellen und die Gemeinschafts- und Vortragsräume befanden, vom Haupthaus getrennt war; unser Flur endete an einer verschlossenen, soliden Gittertür, die ganz offensichtlich nachträglich eingebaut worden war. Tagsüber war sie geöffnet, wir erreichten auf diesem Weg den Meditationsraum. Am Abend jedoch verriegelte man sie mit einem Sicherheitsschloss, das für meine Erkundungen jedoch kein größeres Hindernis darstellen würde. Der einzige Eingang zu unserem Trakt befand sich in der Nähe des Büros, sodass man von dort aus immer sehen konnte, wer hier raus oder rein ging.

Dorothea versuchte uns jetzt mit weicher, monotoner Stimme die Bedeutung des Mantras zu erläutern, eines Wortes oder einer Wortfolge, die wir uns unentwegt vorsagen sollten und die uns dann immer tiefer in die Versenkung und Selbstfindung führen würde. Als Beispiele nannte sie uns das bekannte *Om* oder *Aum*, auch andere ein- oder zweisilbige Wörter würden sich gut eignen, wie *Mantra* oder *Amen*, und gläubige Menschen könnten sich zum Beispiel für die Wortfolge *Maria, Heilige Mutter* entscheiden. Den letzten Vorschlag nannte sie wie beiläufig, es war jedoch leicht zu erkennen, dass sie diesem eine besondere Bedeutung beimaß. Ich war mir sicher, dass sie irgendwann später fragen würde, welches Mantra jeder gewählt hatte, und dass die mit der heiligen Mutter dann ihrer besonderer Zuwendung sicher sein konnten. Vielleicht wollte die dubiose Sekte ja auf diese Weise neue Anhänger gewinnen.

Jetzt schwieg die Frau und überließ uns unserem Mantra. Ich konnte mich für keines entscheiden und linste deshalb mit gesenkten Lidern möglichst unauffällig in die Runde. Ich sah Gesichter mit geschlossenen Augen, die durch ihr bemühtes Insichgekehrtsein einen ziemlich dämlichen Ausdruck angenommen hatten, manche bewegten die Lippen, als sie sich ihr Mantra vorsagten. Da ich schräg seitlich der Leiterin saß, konnte ich, ohne den Kopf bewegen zu müssen, die meisten Teilnehmer sehen. Und so merkte ich plötzlich, dass ich nicht der einzige war, der nur so tat als ob. Schräg rechts von mir, der schwangeren Kursleiterin direkt gegenüber, saß ein Mann mit Bürstenhaarschnitt, etwa Mitte dreißig. Unsere Blicke unter gesenkten Lidern begegneten sich eine Sekunde lang, dann schaute jeder sofort wieder in eine andere Richtung. Kurz vor Kursbeginn war er als Letzter hier eingetroffen. Er hatte nur ein paar Worte mit der Kursleiterin gewechselt, aber ich hatte doch den Eindruck gehabt, dass er von seinem selbstsicheren Auftreten her diese Art religiös angehauchter Meditation nicht nötig hatte. Aber man kann sich ja täuschen.

Ich schloss nun tatsächlich die Augen, probierte es mit *Om* und *Mom*, die Gedanken schweiften schon wieder ab – und dann hatte ich plötzlich das Wort *Tania* im Kopf. Ausgerechnet! Sogar bis hierher verfolgte mich mein privates Schicksal. Tania erschien in meiner Fantasie, Patrick natürlich auch, ich hatte es ja geahnt, wohin diese Meditation führen würde, am liebsten wäre ich aufgestanden und gegangen. Ich versuchte an etwas anderes zu denken, an den bevorstehenden Umzug, es gelang mir auch so einigermaßen, aber dann tauchte all das auf, was damit verbunden war, der Stress, die Kosten, überhaupt der Gedanke, plötzlich woanders zu Hause zu sein ... Scheiße.

Jetzt ertönte sogar leise Musik, irgendwie indisch, die Kursleiterin musste sie eingeschaltet haben, wahrscheinlich hatte sie in der Tasche, die sie neben ihrem Hocker abgestellt hatte, eine Fernbedienung. Ich versuchte mich auf meinen Fall zu konzentrieren, ich fragte mich, ob wohl Stutz bei so etwas mitgemacht hatte. Dann war die Meditation endlich vorbei, wir sollten in den Park vor der Schlossmauer gehen, uns entspannen und über das Erlebte nachdenken. Schweigend, wie Dorothea uns einschärfte. Erst nachher, beim Mittagessen, durften wir miteinander reden.

Ich wandelte also schweigend durch die kleine Grünanlage. Es war ein trüber Tag, außer uns Kursteilnehmern ging hier niemand spazieren. Wenn zwei sich auf den schmalen Wegen begegneten, sahen sie einander kaum an, so als wüssten sie nicht, was für ein Gesicht sie aufsetzen sollten. Auf mich wirkte es ziemlich gezwungen und albern. Albern und verklemmt. Plötzlich fiel mir auf, dass der mit dem Bürstenhaarschnitt nirgends zu sehen war. Ich dehnte meinen Rundgang weiter aus, und dann hörte ich hinter einem Busch eine leise Stimme. Noch ein paar Schritte und da sah ich ihn: Er war eifrig am Telefonieren.

Näher herangehen, ohne entdeckt zu werden, war nicht möglich. Ich wurde auch gleich wieder abgelenkt, denn aus dem Schloss heraus kamen ein Mann und eine Frau, die in eine lautstarke Auseinandersetzung verwickelt waren. Ihn kannte ich bereits, es war der Oberkellnertyp, der mich abgefangen hatte. Er hatte die Frau am Arm gepackt und zog sie mit sich. Sie war dunkel gekleidet, ihr langer Rock reichte bis zu den Knöcheln, und sie trug ein blaugrau gemustertes Kopftuch. In einer Hand hielt sie einen Eimer, in dem sich anscheinend Putzutensilien befanden. Jetzt ließ er sie los, und ich hörte, wie er sagte: »Und lassen Sie sich hier nicht mehr blicken. Sonst gibt's Ärger.«

Sie antwortete nicht und lief den Weg zum Parkplatz hinunter. Durch das nach vorne gezogene Kopftuch konnte ich ihr Gesicht nicht richtig sehen, aber sie schien noch ziemlich jung zu sein. Vermutlich eine Putzfrau, die sich nicht an die Regeln gehalten hatte. Ich musste an den Lehrling vom Schreiner Haberl denken.

Beim Mittagessen – vegetarisch, aber trotzdem nicht schlecht – saßen wir alle an einer langen Tafel, Dorothea an der Stirnseite. Wir unterhielten uns, das heißt, die anderen unterhielten sich, ich beteiligte mich nur, wenn ich angesprochen wurde. Auch der Typ, der vorhin telefoniert hatte, war nicht sehr redselig. Und ich merkte an den kurzen Blicken, die er mir von Zeit zu Zeit zuwarf, dass ich ihm ebenso verdächtig vorkam wie er mir. Ich war mir sicher, dass er nicht nur des Meditierens wegen hier war.

Erstaunlich, was die Einbildung alles zuwege bringt … Die anderen am Tisch schwärmten von dem tollen Gefühl, das sie gehabt hatten, wie sie ruhig und entspannt wurden, von der Wärme, die sich in ihnen ausbreitete … Dorothea ließ sie reden; was sie dachte, war ihr nicht anzusehen. Von Zeit zu Zeit warf sie ein paar erklärende Sätze dazwischen, sprach vom *Hara*, der Mitte des Menschen, also dem Bauch-Becken-Raum, vom Sichniederlassen, Sichloslassen, vom initialen Weg, von der großen Durchlässigkeit, dem Entleeren des Geistes … Ich hatte den unangebrachten Gedanken, dass gerade dieser letzte Punkt einigen der Anwesenden keine besonderen Schwierigkeiten bereiten würde. Dann zitierte sie noch Augustinus: »Kehren wir zurück zum Herzen und lasset uns ihn finden.« Mit *ihn* sei natürlich Gott gemeint, aber ob man in diese Richtung meditieren wolle, sei natürlich jedem selbst überlassen. Man habe zum Beispiel auch sehr gute Ergebnisse mit einer meditativen Hinwendung zur heiligen Mutter Gottes erzielt. Wenn jemand sich dafür interessiere, sei sie gerne bereit, ihm mehr darüber zu erzählen.

Nach dem Essen blieben wir eine halbe Stunde uns selbst überlassen, anschließend sollte es mit einer Diskussion weitergehen. Ich spazierte also aus dem Schloss hinaus, besah mir das Angebot im Shop, kam am Parkplatz vorbei und sah dort zwischen den Mittelklassekutschen einen schwarzen Porsche mit einem Freiburger Kennzeichen stehen, den ich bisher noch nicht bemerkt hatte. Wahrscheinlich gehörte er dem Mann mit dem militärischen Haarschnitt. Dann rief ich Gloria Pokalke an, gab ihr die Nummer des silbergrauen Geländewagens durch, aus einem spontanen Entschluss heraus auch die des Porsche, und bat sie, die Halter zu ermitteln. Sie habe das ja bestimmt für Stutz schon öfter getan.

»Habe ich«, antwortete sie. »Kein Problem, wir hatten da unsere Kontakte. Übrigens, wie geht es jetzt weiter auf Schloss Hochmoning?«

»Respekt. Wie haben Sie denn das herausbekommen?«

»War nicht so schwer. Sie sagten ja was von Dietramszeller Gegend. Und so viele Schlösser, die mit *H* beginnen, gibt's da nicht.«

Sie sprach weiter, und ich war schon wieder beeindruckt. »Das Schloss gehört einem Verein, der sich *Licht und Wahrheit* nennt«, sagte sie. »Vor fünf Monaten gekauft.«

»Sie sind ja richtig gut.«

»Danke. Wozu gibt es Grundbuchämter! Ich habe bei Stutz schon einiges mitbekommen, ich war da nicht nur die Tippse, die im Büro sitzt und Kaffee kocht.«

Damit wollte sie mir natürlich zu verstehen geben, dass sie nicht nur ruhig abwarten wollte, bis ich mit irgendwelchen Ergebnissen ankam. Ich sagte, ich würde noch ein, zwei Tage hierbleiben und versuchen mich im Schloss umzusehen.

»Seien Sie vorsichtig. Stutz wollte das wahrscheinlich auch.«

»Das ist mir klar. Also bis dann.«

Ein Gong ertönte. Es ging weiter. Es gab eine Einführung in das Wesen und die Ziele der Meditation mit anschließender Diskussion. Diesmal war es ein Mann, der sich um unsere Erleuchtung kümmerte, schon wieder der schwarze Oberkellner. Es war ihm nicht anzusehen, ob er mich wiedererkannte. Nachdem wir einiges über westliche, östliche und christliche Meditation erfahren hatten, unter besonderer Berücksichtigung des Heiligen Geistes, sprachen wir über Seins- und Wesenserfahrungen, über Transzendenz und Immanenz, und das alles war schwer beeindruckend und unergründlich und nicht immer verständlich. Unsere rauchenden Köpfe wurden dann mit einer weiteren Meditation wieder ruhiggestellt – trotz meiner Skepsis musste ich anerkennen, dass das schon eine gewisse Wirkung hatte –, bevor es nach einem gemeinsamen Spaziergang Zeit zum Abendessen war. Damit war für heute Schluss des offiziellen Programms. Spätestens um zehn mussten wir in unseren Schlafzellen sein, was wir bis dahin taten, blieb uns freigestellt.

Es ging auf halb zwölf zu, als ich vorsichtig meine Zellentür öffnete und auf den langen Flur hinaustrat. Ein paar Wandleuchten spendeten schwaches Licht, die altmodischen Leuchter, die von der Decke hingen, hatte man um zehn Uhr ausgeschaltet. Alles war still. Ich hatte zu meinen dunklen Jeans einen schwarzen Pulli angezogen, und ging nun auf lautlosen Turnschuhsohlen zum Gitter, das den Flur abriegelte. In einer kleinen um den Bauch geschnallten Tasche hatte ich das nötige Werkzeug dabei; es dauerte keine zwei Minunten und ich hatte die Tür geöffnet. Ich schloss sie wieder hinter mir. Dass die Leute immer noch glauben, sogenannte Sicherheitsschlösser würden Sicherheit bieten …

Ich schlich weiter den Gang entlang. Wenn wir tagsüber zu unserem Kurs gingen, kamen wir auch hier durch. Die Beleuchtung war immer noch trübe – dann kam schon wieder eine Gittertür. Diese hier war jedoch älter, kunstvoll geschmiedet und gehörte vermutlich zur Originalausstattung des Schlosses. Daran war ein Kruzifix nachträglich befestigt worden, eines, das genauso aussah wie das, welches ich vor ein paar Tagen am Haupteingang vom Schloss gesehen hatte. Es war oben von einem gezackten Halbrund eingefasst, dessen Enden bis zum Querbalken herunterreichten, und aus dem Flammen züngelten: Der Kopf des gekreuzigten Heilands war von Flammen umgeben. Was immer das bedeuten mochte.

Die Tür hier war nur angelehnt. Von ferne, von irgendwoher aus dem dicken, alten Gemäuer drang ein undefinierbares vielstimmiges Geräusch, es hörte sich an wie Beten. Nach weiteren zehn Metern machte der Gang eine scharfe Biegung nach links, ich befand mich jetzt im Haupthaus. Ganz in der Nähe lag der Raum, in dem wir meditierten. Ich ging geradeaus weiter, erkannte Türen rechts und links, ich lugte bei einer durchs Schlüsselloch, es war dunkel dahinter. Offenbar wurde dieser Teil des Schlosses nicht genutzt. Vorsichtig drückte ich eine Klinke hinunter – die Tür war verschlossen. Die nächste ebenfalls, die dritte war offen. Ich leuchtete mit der Taschenlampe hinein: ein Tisch, ein paar alte Stühle, Regale an den Wänden, allerlei Gerümpel.

Das vielstimmige Geräusch wurde lauter, der Gang öffnete sich zu einem weiträumigen Treppenhaus. Die Stimmen kamen von unten, vom Keller, also musste es da einen großen Raum geben, in dem die Menschen sich versammelten. Der Chor wurde immer wieder unterbrochen, dann war die Stimme eines Mannes zu vernehmen. Das musste dieser Bruder Bertram sein, von dem der Schreiner Haberl erzählt hatte. Was sollte ich tun? Wenn ich da hinunter ging, riskierte ich entdeckt zu werden. Aber anders war wohl kaum herauszubekommen, was hier eigentlich los war. Natürlich konnte ich weiter durch die Gänge schleichen und hoffen auf etwas zu stoßen, das mich weiterbrachte, irgendwo musste es ja bewohnte Bereiche geben, aber die Erfolgsaussichten waren doch eher gering.

Wie waren eigentlich all die Leute, die ich da hörte, ins Schloss gelangt? Wahrscheinlich wohnten sie hier, es musste für sie noch eine andere Zufahrt und auch einen anderen Parkplatz geben als den, auf dem die Besucher ihre Autos abstellten. Wahrscheinlich kamen sie auf der Straße, auf der mich der silbergraue SUV überholt hatte.

Während ich noch dastand und überlegte, fiel mein Blick auf die Wand gegenüber. Ein großes Gemälde hing dort, im Goldrahmen, und es zeigte die Jungfrau Maria. Strahlend lächelnd saß sie da, das Jesuskind im Arm – und um sie herum, auf einem flauschigen Teppich, krabbelten noch drei weitere nackte Kinder. Allerdings ohne Heiligenschein. So ein Motiv hatte ich noch nie gesehen, ich stand ziemlich baff davor. Dann drehte ich mich um, schaute auf die Wand hinter mir – und trat unwillkürlich einen Schritt zurück. Auch hier ein großes Gemälde im Goldrahmen, auch hier die Heilige Maria – aber was für eine!

Hier gab es keine strahlende Glückseligkeit, da war nichts zu erkennen von Freude, Liebe, Glaube – das hier war der absolute Horror. Diese Maria hier saß ebenso da wie ihr Gegenüber, aber sie war allein, ohne Kinder, auf ihrem golden schimmernden Gewand waren rote Flecken und Streifen, offenbar Blut. Der Hintergrund war dunkel, fast schwarz, und wo über dem Kopf der anderen der Heiligenschein strahlte, züngelten hier Flammen in einem Halbrund. Sie erinnerten mich an die Flammen-Einfassung über dem Christuskopf am Eingang. Und dann das Gesicht: Es war im Grunde das gleiche, da war sogar ein Lächeln zu erkennen – aber was für eines! Höhnisch, bösartig, hämisch, mit stechend auf den Betrachter gerichteten Augen. Es sah aus, als würde sie sich über eine gerade begangene Untat freuen. Mit beiden Händen hielt diese Grusel-Jungfrau eine Peitsche mit mehreren in sich verknoteten Schnüren umklammert. Zu ihren Füßen, auf dem flauschigen Teppich, breiteten sich große Blutflecken aus.

In der düsteren Beleuchtung hier sah das besonders grausig aus, und ich muss gestehen, ich war ganz schön erschrocken. Wer malt so etwas, wer gibt so etwas in Auftrag? Und wozu? Auch für mich, einen nicht gerade gläubigen Menschen, war das geradezu pervers. Jetzt zweifelte ich nicht mehr an der Gefährlichkeit dieser Leute.

Ich musste wissen, was hier los war. Nach einem letzten Blick auf das Gemälde – hoffentlich träumte ich nachher nicht davon – ging ich langsam die Treppe nach unten. Das Gemurmel wurde lauter, ich erreichte wieder einen Quergang, der ebenfalls nur schummrig erleuchtet war. In einer der Pausen war mir, als hörte ich ein kleines Kind weinen, aber dann setzte das Beten – oder was immer es war – wieder ein. Jetzt war auch die Richtung klar, aus der es kam. Plötzlich bemerkte ich rechts von mir eine schmale, gut zwei Meter hohe Öffnung in der Wand. Nur eine Vertiefung oder mündete hier ein weiterer schmaler Gang? Es war dunkel darin, ich wollte schon daran vorbeigehen, als ich plötzlich eine Bewegung wahrzunehmen glaubte. Es war mehr ein Spüren als ein Sehen oder Erkennen, aber ich blieb trotzdem stehen, schaltete die Taschenlampe ein und leuchtete hinein …

Und da sprang mich einer an. Der Lichtstrahl hatte ihn noch gar nicht richtig erfasst, da hatte ich schon eine rechte Gerade in die Magengrube kassiert. Ich knickte ein, ließ die Lampe fallen, konnte mich jedoch noch schnell genug zur Seite werfen, um seinen nächsten Angriff ins Leere laufen zu lassen. Er knallte scheppernd gegen das eiserne Treppengeländer, seine Rippen taten ihm jetzt wahrscheinlich ebenso weh wie mir der Solarplexus, aber auch er schnellte sofort wieder hoch, stand mir in Karatestellung gegenüber, vielleicht war's auch Kung Fu oder Taekwondo – und jetzt erkannte ich ihn: Es war der mit dem Bürstenhaarschnitt, der mir während des Kurses aufgefallen war. Wir merkten natürlich beide sofort, dass wir offensichtlich in derselben Absicht hier unten waren, wir ließen die Arme sinken – doch noch bevor einer etwas sagen konnte, öffnete sich weiter hinten im Gang eine Tür, Licht fiel heraus, Stimmen ertönten, eine Frau rief schrill: »Ein Eindringling!«, im Hintergrund gab ein Mann Befehle, die wir nicht verstanden, wahrscheinlich war's der Bruder Bertram, rasche Schritte näherten sich, der Bürstenhaarschnitt vor mir zischte »Scheiße!« – und wir rannten die Treppe hinauf.

Der andere war schneller oben als ich, er war ja auch jünger, und lief den langen Gang zurück. Die Verfolger waren nicht weit hinter uns, ich erinnerte mich an die offene Tür von vorhin, hoffentlich verzählte ich mich jetzt nicht, schlüpfte hinein und schloss sie leise hinter mir. Gleich darauf trappelten draußen die Schritte der Verfolger vorbei. Spätestens an der verschlossenen ersten Gittertür würden sie ihn einholen, denn so schnell bekam man die nun auch wieder nicht auf. Ich fühlte mich hier vorerst sicher, sie gingen ja bestimmt davon aus, dass hier nur einer eingedrungen war.

Jetzt mussten sie ihn geschnappt haben, ich schloss es aus den lauter werdenden Stimmen. Sollte ich hinaus und ihm helfen? Den Leuten hier war alles zuzutrauen. Es blieb mir nichts anderes übrig, ich konnte ihn ja nicht hängen lassen, wer immer er auch war. Ich öffnete die Tür – doch dann war es plötzlich ruhig, nur eine Stimme war zu vernehmen, laut und akzentuiert, ich verstand »... nicht zögern zu schießen. Also zurück! Wird's bald!« Gleich darauf Gemurmel, näherkommende Schritte – ich verschwand wieder in meinem Versteck und schloss die Tür.

Hilfe hatte der Typ also nicht nötig. Im Gegensatz zu mir war er so schlau gewesen, eine Waffe mitzunehmen. Ich hatte großes Glück gehabt, wer weiß was diese durchgeknallten Sektierer mit mir angestellt hätten. Ich wartete eine ganze Weile in der dunklen Zelle, dann öffnete ich vorsichtig die Tür. Draußen war alles ruhig, und ich kam unbemerkt in meine Schlafkammer zurück.

Ich versuchte zu schlafen, aber es ging nicht. Ich versuchte nachzudenken, aber auch das führte zu nichts. Und wenn ich die Augen schloss, erschien mir die blutbefleckte Heilige Horrorjungfrau. Von all den Fragen, die sich durch meine grauen Zellen wanden, gab es im Augenblick nur eine, die ich hoffte, bald beantworten zu können: Wer war der Mann, der da gerade noch entkommen konnte? Von der Polizei konnte er nicht sein, die fuhren nicht mit dem Porsche vor und riskierten keine illegalen Alleingänge. Es sei denn, er gehörte zu irgendeiner Spezialtruppe, aber das schloss ich aus. Also blieb nur einer aus meiner Branche, ein privater Ermittler. Denn er war ein Profi, daran gab es für mich keinen Zweifel. Aber für wen arbeitete er?

Kurz bevor ich dann doch einnickte, bereits im Halbschlaf, musste ich wieder an die Flammen über dem Kopf der Maria und über dem Kruzifix denken, und ich hatte plötzlich das Gefühl, so etwas schon woanders gesehen zu haben. Aber am nächsten Morgen, als ich ziemlich gerädert zum Frühstück erschien, erinnerte ich mich nur noch verschwommen daran. Der Mann von heute Nacht war nicht zu sehen, und als ich nach dem Frühstück ins Freie trat, war auch der Porsche verschwunden. Er war bestimmt sofort abgereist, nachdem er aufgeflogen war.

Um nicht aufzufallen und womöglich mit dem nächtlichen Vorfall in Verbindung gebracht zu werden, machte ich die erste Meditationsübung noch mit, dann sagte ich zu Schwester Dorothea, ich müsse aus beruflichen Gründen leider abreisen. Sie nahm das ungerührt zur Kenntnis, ich schien sowieso nicht der Typ Schüler gewesen zu sein, auf den sie es hier abgesehen hatten.

Ich atmete tief durch, und als ich den Wagen vom Parkplatz steuerte, war mir, als sei ich gerade der Heiligen Inquisition entronnen, kurz bevor sie mich auf den Scheiterhaufen hatte werfen können. Unterwegs rief mich Gloria Pokalke an und teilte mir mit, dass Wolfgang Ambergers Geländewagen auf einen gewissen Bertram Hofhaider zugelassen sei, wohnhaft in München-Obermenzing. Und der Porsche sei ein Firmenwagen, er gehörte einer Genex GmbH mit Sitz in Freiburg.

»Hat Stutz mal für die gearbeitet?«, fragte ich.

»Nicht zu meiner Zeit. Und die dauert schon ziemlich lange.«

Wir vereinbarten uns morgen zu treffen, dann wollte ich ihr Einzelheiten erzählen. Ich fuhr gemütlich weiter, schaltete das Radio ein und landete bei klassischer Musik. Sie spielten etwas sehr Bekanntes, aber ich war mir nicht sicher, ob es das Forellenquintett war oder die Kleine Nachtmusik. Es war mir auch egal, Hauptsache es tat mir gut.

Den Abend verbrachte ich dann, der weiteren Entspannung wegen, in meiner Stammkneipe. Doch trotz größerer Alkoholzufuhr wurde ich die drängenden Fragen nicht los. Und auf keine gab es eine Antwort. Außer auf eine: Es war die Kleine Nachtmusik gewesen, da war ich mir jetzt sicher.

III

Einfach drüberstreichen, des geht nimmer, Herr Moser. Da san schon zu viel Farbschichten übereinander. Des muss alles abgwaschn werden, dann gspachtelt und grundiert. Und dann kann man erst streichen. Des wird aber net ganz billig.«

Nicht ganz billig! Ich ahnte, was das bedeutete. Meine Wohnung, die, so fand ich, eigentlich noch ganz gut beinander war, schien sich nach den Worten des Malermeisters plötzlich in eine vergammelte, abgewohnte Bude verwandelt zu haben. Mit prüfendem Blick war er durch die Räume gegangen, hatte hier geklopft, dort gekratzt, war auch mal in die Knie gegangen, um schließlich sein kostenträchtiges Urteil zu fällen. Ich hatte ihn kommen lassen, weil der Hausbesitzer ja nach meinem Auszug eine sauber hergerichtete, vermutlich noch teurer zu vermietende Wohnung vorfinden wollte – und laut Mietvertrag war ich verpflichtet, ihm dazu zu verhelfen, wenn ich meine Kaution wiederhaben wollte.

Früher war ich schon auch selbst auf die Leiter gestiegen, um dem einen oder anderen Raum einen neuen Anstrich zu verpassen – daher die vielen Farbschichten –, aber die ganze Wohnung herzurichten, das ging über meine Fähigkeiten. Also musste ich die Arbeiten wohl oder übel vom Fachmann erledigen lassen. Ich hatte eigentlich Korreuter fragen wollen, ob er mir jemanden vermitteln könnte, der das schwarz erledigte, aber als ich mal dort war, sagte man mir, der Hausmeister sei nicht da. In letzter Zeit sei er oft den ganzen Tag über verschwunden.

»Ich schick Ihnen dann den Kostenvoranschlag«, sagte der Malermeister, grinste mich kundenfreundlich an und verschwand. Und ich setzte mich in den Ohrensessel und fragte mich, ob es das wirklich wert war. Aber ich hatte nun mal A gesagt, also konnte ich dem B nicht mehr ausweichen. Und wie ich so die Wand ansah und den cremefarbenen, schon ziemlich nachgedunkelten und fleckenbehafteten Anstrich, fiel mir ein, wie ich ihn angebracht hatte. Wie ich mit tropfender Fellrolle auf der Leiter gestanden hatte, über und über mit Farbe bekleckert, vor mich hin fluchend und trotzdem mit meinem Schicksal zufrieden. Denn damals war Tania noch dagewesen, sie hatte mir geholfen, den Teppich mit Plastikfolie abzudecken, sie hatte mich mit Bier und warmem Leberkäse versorgt und schon mal angefangen sauber zu machen, während ich noch mit dem Pinsel in den schwierigen Ecken am Fenster herumfummelte. Später war dann Patrick zurückgekommen, der den Samstagnachmittag bei einem Freund verbracht hatte (sonst hätte er mir womöglich noch helfen müssen) und hatte fachmännisch gemeint: »Sieht ja ziemlich cool aus, jetzt.«

Wie lange war das jetzt schon her? Fünf Jahre? Sechs? Oder war's erst vorgestern gewesen? Manchmal kam es mir so vor. Jetzt sah ich Patrick ungefähr alle zwei Wochen und Tania nur noch bei besonderen Anlässen.

Ich versuchte an etwas anderes zu denken. An Gloria Pokalke zum Beispiel, obwohl das kein besonders guter Tausch war. Vor einer Stunde war sie bei mir gewesen und ich hatte ihr von meinem Aufenthalt in Hochmoning erzählt. Das böse Marienbild hatte ich nur angedeutet, so sehr ins Detail wollte ich nun auch wieder nicht gehen. Gloria hatte einiges über das Haus in Obermenzing herausgefunden. Früher hatte hier ein reicher Unternehmer gewohnt, irgendwas mit Feinmechanik, in dem langezogenen Bau hinter der Villa waren die Anfänge des Betriebs gewesen, bevor er ihn dann verlegt hatte. Nach seinem Tod hatten die Erben Pleite gemacht und das Grundstück an Bertram Hofhaider vermietet. Der richtete das Haus ein wenig her und begann einen Handel mit englischen Möbeln. Das lief aber nicht, und so eröffnete er dann eine Boxschule.

»Davon habe ich auch gehört«, sagte ich. »Hat dieser Bertram also früher geboxt?«

»Ja. Er ist wohl so was wie ein gescheiterter Profi. Die Schule lief mehr schlecht als recht, es lag vielleicht auch an der Gegend. Dann ist irgendwann die Erleuchtung über ihn gekommen und er hat auf Prediger umgesattelt. Was genau er da gepredigt hat, weiß ich natürlich nicht, aber er muss ziemlichen Zulauf gehabt haben, hauptsächlich Frauen. Die Nachbarn waren jedenfalls froh, als er vor etwa einem halben Jahr mitsamt seinen Leuten verschwunden ist, es ging da oft recht lautstark zu. Ein paar kleine Kinder müssen auch darunter gewesen sein, sagen die Leute.«

»Und Amberger?«

»Der war so eine Art Hausmeister, Mädchen für alles. Und als Bertram mit seiner Gefolgschaft verschwunden ist, hat er weiter in dem ehemaligen Fabrikbau hinter dem Haus gewohnt. Man hat mir auch noch erzählt, dass er nur selten da war, meistens nur seine Frau und die Tochter.«

»Und die hat er jetzt auch noch nach Hochmoning geholt. Wahrscheinlich hatte er Angst, sie könnten was erzählen.«

»Kann sein. Und wie werden Sie jetzt weiter vorgehen?«

Eine gute Frage. Leider hatte ich keine präzise Antwort parat. Der Schlüssel zu allem musste in Hochmoning liegen, in dem, was die Sekte dort trieb und unbedingt geheimhalten wollte. Irgendwelche satanischen Praktiken wahrscheinlich, sowas hatte es ja schon öfter gegeben. Aber selbst wenn ich da etwas herausfinden sollte – wie würde ich dann beweisen können, dass sie Udo Stutz auf dem Gewissen hatten?

Zwei Wege boten sich an. Einmal die Vergangenheit dieses Bertram näher zu erforschen, vielleicht gab es da einen Hinweis auf seine jetzigen Aktivitäten. Und dann, womöglich vielversprechender, herauszufinden, was diese Freiburger Firma mit der ganzen Sache zu tun hatte. Warum schickte sie einen Mitarbeiter im Firmenporsche zu dieser Sekte und ließ ihn dort spionieren? Was war das für ein Mitarbeiter, der offenbar für solche Aufgaben ausgebildet war? Oder war das seine Privatsache und er handelte auf eigene Faust?

»Ich habe schon im Internet nachgesehen«, sagte Gloria Pokalke. »Das ist manchmal findiger als ein Detektiv. Aber da war auch nichts festzustellen.«

»Das will ich mir aber trotzdem mal selbst ansehen«, sagte ich.

»Wenn Sie meinen.« Sie klang leicht angesäuert, weil ich ihr offenbar nicht zutraute, Wichtiges zu entdecken. Ich hatte es ja auch nur gesagt, um ihrer Spitze von wegen findiger als ein Detektiv etwas entgegenzusetzen.

Ich gab also *Genex GmbH* in die Suchmaschine ein. Und dann kam auch gleich einiges. Es handelte sich um eine Biotechfirma, sie arbeiteten da an irgendwelchen Impfstoffen. Es gab eine Menge zu lesen über verschiedene Projekte und Erfolgsaussichten und Experimente – aber wo war die Verbindung zu Hochmoning? Es gab da nicht den geringsten Hinweis. Dann entdeckte ich einen Link zum letzten Geschäftsbericht, eine PDF-Datei, und klickte darauf.

»Was wollen Sie denn da finden?«, frage Gloria Pokalke.

»Ich will nur mal einen Blick darauf werfen. Kann ja nicht schaden.« Ich klickte, der Bericht erschien, und die Sekretärin hatte natürlich recht: Das war alles kaum verständlich, Aktiva und Passiva und Rückstellungen und Zukunftsaussichten, und das alles interessierte uns überhaupt nicht.

Doch plötzlich ergriff sie meinen Arm, gerade als ich die Datei wieder schließen wollte. »Halt! Moment mal! Da, den Namen, den habe ich schon mal gehört.«

Sie deutete auf einen der Namen der Geschäftsleitung, die oben, gleich unter dem Firmenlogo, standen. »Hier, Martin Engelhard, mit dem hatte Udo mal zu tun.«

»Ich dachte, Sie kennen diese Genex nicht?«

»Das stimmt ja auch. Ich habe den Namen Engelhard in einem anderen Zusammenhang gehört. Das muss vor zwei, drei Jahren gewesen sein …« Sie überlegte angestrengt. »An den Namen der Firma kann ich mich nicht mehr erinnern, aber es war bestimmt nicht Genex. Entweder hat sie damals anders geheißen, oder er hat seinen Arbeitsplatz gewechselt …«

»Und Stutz hat für ihn gearbeitet?«

»Ja, aber das ist es nicht, worauf ich hinaus will. Vor etwa einem halben Jahr hat Udo wieder mit ihm zu tun gehabt, aber das scheint eher privat gewesen zu sein.«

Sie sei einmal zu Stutz ins Büro gekommen, als er gerade mit ihm telefonierte, und da habe sie den Namen Engelhard aufgeschnappt. Als sie ihn nachher fragte, ob das der Engelhard von vor zwei Jahren sei, sei er ausgewichen. Das hier habe nichts mit den Geschäften von früher zu tun. Er habe auch später diesen Namen nie mehr erwähnt.

»Udo hat immer mal wieder etwas nebenher laufen gehabt«, sagte sie. »Das war für mich nicht neu, und ich habe mich auch nicht darum gekümmert. Das einzige, woran ich mich erinnern kann, ist, dass Stutz damals beruhigend auf Engelhard eingeredet hat. Er solle sich nicht aufregen, das käme schon wieder in Ordnung.«

»Und worum es dabei ging, haben Sie nicht mitbekommen?«

»Nein. Er hat auch später nicht mehr darüber gesprochen.«

»Und was ist mit der verlorenen Tochter, von der Sie mal gesprochen haben?«

»Verlorene Tochter? Wann soll das gewesen sein?«

»Auch vor ein paar Monaten. Sie haben es neulich erwähnt. Während Ihrer Cognac-Kur.«

Jetzt dämmerte es. Sie fand es gar nicht witzig, sah mich nur giftig an. »Ja, ja, ich erinnere mich. Das war ein Gespräch, bei dem kein Name gefallen ist. Also, es kann Engelhard gewesen sein. Aber ebenso gut ein anderer.«

»Haben Sie den Namen Christa Berner schon mal gehört?«

»Ja, das ist eine entfernte Nichte von Udo Stutz. Sie ist von irgendwo nach München gezogen und er kümmert sich um sie. Sie hat mich übrigens neulich mal angerufen, um mehr über seinen Tod zu erfahren. Was ist mir ihr?«

Dann merkte sie, weshalb ich den Namen genannt hatte. »Vergessen Sie's. Das eine ist die Nichte, das andere die verlorene Tochter. Das dürfte ja schon an den unterschiedlichen Familiennamen zu erkennen sein.«

Dass sie immer wieder so spitz sein musste! Aber wenn's ihr Spaß machte … Bald darauf hatte sie sich verabschiedet und versprochen nachzusehen, ob vielleicht doch noch etwas über diesen Engelhard in Stutz' Unterlagen enthalten war. Das mit der Nichte war natürlich gelogen, seine Witwe und sein Sohn hätten es mir gesagt. Aber was änderte das schon, die Tatsache der unterschiedlichen Familiennamen blieb schließlich bestehen.

Kurz darauf empfing ich den Malermeister.

Die beiden folgenden Tage war ich vor allem mit Einpacken beschäftigt, dem Zerlegen von Regalen und ähnlich amüsanten Tätigkeiten. Und ich versuchte die Frage nach dem Sinn des Ganzen ebenso zu verdrängen wie die, ob es wirklich unumgänglich war, nach Freiburg zu fahren, um in dieser Geschichte weiter voranzukommen. Zunächst jedenfalls fuhr ich nicht nach Freiburg, sondern in die neue Wohnung. Ich wollte schon mal ein paar Lampen aufhängen und noch einiges ausmessen. Vorhänge zum Beispiel; leider brauchte ich hier ein paar mehr, weil die Wohnungen auf der anderen Straßenseite doch ziemlich nahe waren und ich mir nicht beim Arbeiten oder Nichtstun oder anderen Beschäftigungen zusehen lassen wollte.

Als ich dort erst mal die Leiter hochbrachte, begegnete ich Korreuter. Er schien sein Verhalten mir gegenüber von

Grund auf umprogrammiert zu haben, denn er begrüßte mich freundlich und bot sich an mir zu helfen. Ich hatte so eine Ahnung, als würde er das nicht ganz selbstlos tun, aber zunächst sah es noch danach aus. Er trug die Lampen mit hoch, hielt dann beim Aufhängen die Leiter und beim Ausmessen das Metermaß – und dann hatte ich die Idee, diese Hilfsbereitschaft schamlos auszunutzen: Ich fragte ihn, ob er mir nicht ein wenig beim Ausräumen meiner alten Wohnung helfen wolle. Er sagte sofort Ja, und ich schloss daraus, dass das, was er auf dem Herzen hatte, ziemlich wichtig sein musste. Das zu erwartende Trinkgeld war als Motivation wohl kaum ausreichend.

Er fuhr also mit mir nach Haidhausen, wir machten uns gleich an die Arbeit, demontierten und schleppten, es ging flott voran, er lud mit mir das Geraffel ins Auto und fuhr sogar mit zu den Sperrmüllcontainern. Nach der dritten Fuhre hielt ich auf dem Rückweg kurz beim Metzger an und kaufte ein paar Scheiben vom frisch gegrillten Rollbraten und eine Ladung Semmeln. Bier hatte ich sowieso zu Hause.

Ich hielt mich beim Rollbraten zurück, Korreuter sich beim Reden. So war es zumindest am Anfang unseres Beisammenhockens. Ich dachte dabei an die Kalorien und das Cholesterin, Korreuter dachte auch an etwas, und er wusste anscheinend nicht, wie er es anbringen sollte. Ich hatte so eine Ahnung, was es sein könnte, aber ich wollte es ihm nicht zu leicht machen und fragte ihn deshalb etwas anderes: »San Sie eigentlich nur Hausmeister oder haben Sie auch sonst noch an Job?«

»Zur Zeit bin i arbeitslos«, sagte er. »Aber i hab scho wieder was in Aussicht.«

Ich forschte nicht weiter nach, es war ihm offenbar nicht angenehm, über sich selbst zu reden. Wer gibt schon gerne zu, dass er gescheitert ist, ob aus eigener Schuld oder nicht. Und Korreuter war ganz der Typ, der beim Kampf mit dem inneren

Underdog in der Regel den Kürzeren zieht. Einer von diesen Losern, die immer mal wieder eins übergebraten bekommen und ihren Frust hinter Bärbeißigkeit und Aggressivität verstecken. Ich hätte gerne mehr über ihn gewusst, darüber, was ihn in diese Situation gebracht hatte, ob das eine stetige Entwicklung gewesen war oder ob ihn ein bestimmtes Ereignis auf das abwärts führende Gleis geworfen hatte. Er war ja nicht unsympathisch, dieser Hausmeister, wie er mir jetzt so gegenübersaß, am Rollbraten kaute und mit gerunzelter Stirn seine Gedanken auf die Reihe zu kriegen suchte. Ich beschloss, ihm auf die Sprünge zu helfen.

»Was macht eigentlich die Frau Berner? Ich hab sie schon länger nimmer gsehn«, sagte ich.

Es war wirklich das, was ihn bedrückte. Er schnaufte tief ein, verschluckte sich an einem Semmelbissen, hustete und keuchte dann: »Sie is schon wieder weg.« Und dann, nachdem seine Atemwege sich beruhigt hatten: »Irgendwas stimmt net mit ihr.«

»Wieso?«

»Na ja, sie is oft tagelang verschwunden, und wenn's zwischendurch zruckkommt, dann schaut's ziemlich schlecht aus. Fast so als wär's krank.« Er nahm einen Schluck aus der Bierflasche und fuhr dann fort: »Und wenn ich sie frag, was los is, dann schnauzt's mich an. Ich soll mich um meinen eigenen Kram kümmern. Früher war's viel netter.«

»Wann hat das denn angefangen?« Irgendwas musste ich ja nun fragen, auch wenn es mich nicht sonderlich interessierte.

»Weiß net genau. So vor drei Wochen ungefähr.«

Vor drei Wochen – das war der Zeitpunkt, an dem Stutz ums Leben gekommen war. Mir fiel das ein, weil die Berner mich ja aufgesucht hatte, um Näheres zu erfahren. Sollte sein Tod sie aus der Bahn geworfen haben? Aber Korreuter wollte noch etwas sagen; ich hoffte, er würde mich nicht bitten herauszufinden, was mit dem blonden Engel los war.

»Es hat mir koa Ruh net lassen, also bin ich ihr mal hinterher«, sagte Korreuter.

»Wie hinterher? Mit dem Auto?«

»Naa, sie is mit der U-Bahn gfahrn. Aber hinterm Scheidplatz hab ich sie dann verloren. Es is schon dunkel worn und ich war ziemlich weit hinter ihr, und dann is kurz nachm Schwabinger Krankenhaus plötzlich ums Eck rum und dann war's weg. Sie muss da in irgend a Haus rein sein.«

»Aha. Und das war's dann wohl?«

»Vorerst schon. Aber es hat mir immer no koa Ruh net lassn und deshalb bin i aa ums Eck und in a Café nei, ich wollt da a bissl warten, vielleicht taucht's ja wieder auf, hab i mir denkt.«

Er machte eine Pause, und ich wurde allmählich ungeduldig. »Ja, und dann?«, fragte ich.

»Wissen S', ich geh ja sonst nie in a Café, aber des war's mir wert. A Tass Kaffee und an Streußelkuacha hab i mir bstellt ...«

Der Kerl machte mich wahnsinnig. »Und dann?«

»I war scho lang fertig mit dem Kuacha, da san's kommen, die zwei. Ausgerechnet zum Café, in dem i gsessn bin. Die Berner und no a andere. Und die hat a große Taschn ghabt und da war a kloans Kind drin.«

»Ein Kind? Sind Sie sicher?«

»Sicher bin i sicher. Es hat ja gschrien, wie sie ins Café reinkommen san.«

Dann, so erzählte er weiter, seien die beiden in den hinteren Teil des Cafés gegangen und hätten sich eifrig unterhalten. Ihn hatten sie nicht bemerkt, weil er gleich neben der Tür in der Ecke saß, um die Straße beobachten zu können. Die Berner habe auf die andere, auch eine junge Frau, eingeredet, die habe, so kam es Korreuter vor, sogar geweint, aber er konnte nichts von dem verstehen, was sie redeten. Schließlich, nach etwa einer halben Stunde, seien sie wieder gegangen.

»Und dann ham sie sich umarmt, und die Berner hat die

Taschn mit dem Baby gnommen und is weggangen«, beendete Korreuter seinen Bericht.

Ich war baff. »Und sie haben sich wirklich getrennt? Und die Berner hat das Kind behalten?«

»Wenn ich's doch sag! Die Berner und a Kind! Ich hab an richtigen Schock ghabt.«

»Es muss ja nicht ihres gewesen sein«, gab ich zu bedenken.

»Stimmt. Aber komisch is des schon, finden S' net?«

Natürlich fand ich das seltsam. Auch wenn es mich nichts anging. Da fiel mir etwas ein: »Zum Schwabinger Krankenhaus gehört doch auch a Kinderklinik. Is sie vielleicht da rauskommen?«

»Koa Ahnung. Soweit sieht man vom Café aus net.«

Korreuter schwieg und kaute nachdenklich auf dem letzten Stück Rollbraten herum. Auch ich dachte nach. Wenn das wirklich Berners Kind gewesen war, warum versteckte sie es dann? Was war mit dem Vater? Denn trotz ihres ätherischen Aussehens und ihrer Religiosität konnte es sich wohl nicht um eine unbefleckte Empfängnis gehandelt haben. Aber was immer es damit auch auf sich haben mochte, es war mir egal. Irgendeinen Grund würde sie schon haben, das geheim zu halten. Trotzdem kam mir das alles ziemlich komisch vor, und unwillkürlich musste ich wieder an Udo Stutz denken. Weshalb hatte er sie regelmäßig besucht, wie man mir im Haus erzählt hatte? Oder sollte er gar der Vater sein? Ich traute Udo ja so manches zu, aber das nun doch nicht. Aber weiß man's?

»Und Sie ham net gsehn, wo sie mit dem Kind hin is?«

Korreuter schreckte aus seinen Überlegungen hoch. »Doch. Ich hab schnell zahlt und bin ihr nachgangen. Sie is in a Auto eingstiegen, des hat ums Eck auf sie gwart. Und des is dann weggfahrn.«

»Und wo ist sie jetzt?«

»Koa Ahnung. In ihrer Wohnung jedenfalls net.«

Seit er sie beim Schwabinger Krankenhaus gesehen hatte, war sie nicht mehr aufgetaucht. Wahrscheinlich hoffte er jetzt, ich würde ihm einen hilfreichen Rat geben, aber mir fiel dazu überhaupt nichts ein. Nachdem der Rollbraten weg war, wollte ich ihm ein Trinkgeld geben, aber er lehnte ab und ließ sich auch durch Zureden nicht erweichen. Er hätte mir gerne geholfen, sagte er, und mit mir könne man wenigstens reden. Im Gegensatz zu den anderen Leuten im Haus. Ob ich denn nicht eine Idee hätte, was er noch tun könnte, wegen der Berner, fragte er dann doch noch.

Ich erklärte ihm, dass sich da wohl kaum etwas machen ließe, das sei schließlich ihre Privatangelegenheit.

»Aber Sie san doch a Privatdetektiv«, antwortete er und grinste mich schlitzohrig an.

»Tut mir leid.« Und ob er denn nicht etwas mehr über sie wisse, woher sie komme und so.

»Naa, sie wollt nie was erzählen. Aber mit ihrer Familie is übers Kreuz, wie's scheint.«

Obwohl Korreuter meinte, das sei doch nicht nötig, fuhr ich ihn nach Hause. Bevor er aus dem Wagen stieg, hatte ich dann noch eine Frage, einfach, um mir den Anschein zu geben mich für sein Problem zu interessieren: »Was war das denn für ein Wagen, in den die Berner mit dem Kind eingestiegen ist?«

»A Geländewagen, so a großer. Silbergrau, glaub ich.«

Korreuter war im Haus verschwunden, und ich saß immer noch da und dachte nach. Ein silbergrauer Geländewagen also. Natürlich war mir sofort Ambergers Auto eingefallen, aber was hätte der mit dieser Christa Berner zu tun haben sollen? Solche Wagen gab es schließlich zu Zigtausenden. Trotzdem ließ mich der Gedanke nicht mehr los. Schließlich gab es eine Verbindung Berner-Stutz. Und es hatte eine Verbindung von Stutz zu Amberger gegeben, eine tödliche. Und was war das für ein Kind? Wenn es wirklich das der Berner war, musste sie es kurz vor ihrem Einzug bekommen haben. Wäre sie schwanger gewesen, hätten die Lästermäuler im Haus mir das bestimmt erzählt. Ich fühlte mich nicht wohl bei diesen Überlegungen, schon wieder hatte ich das Gefühl, ein wichtiges Detail übersehen zu haben.

Ich musste nicht nach Freiburg fahren, Freiburg kam zu mir. Das war die einzige halbwegs positive Entwicklung des nächsten Tages. Der Porsche-Mann rief an, er stellte sich vor als Jörg Oltschnigg, Sicherheitschef der Firma Gentex. Als solchem war es ihm natürlich nicht schwergefallen, mich zu finden; bestimmt hatte er sich mein Autokennzeichen ebenso notiert wie ich mir das seine. Mehr wollte er am Telefon nicht erklären, vor allem nicht den Grund, der ihn nach Hochmoning geführt hatte. Und jetzt dazu, sich mit mir in Verbindung zu setzen. Er wollte mich treffen, am liebsten noch heute. Als Treffpunkt schlug er die Blutenburg vor, ein kleines Schlösschen am Westende von München, gleich neben der Autobahnzufahrt Stuttgart. Um fünf Uhr wollte er dort im Restaurant sein. Die Auswahl dieses Treffpunkts war bestimmt kein Zufall – die Blutenburg gehörte zum Stadtteil Obermenzing …

Um halb fünf war ich schon da. Ich sehe mir immer gerne die Örtlichkeiten vorher an, alte Detektivgewohnheit, auch wenn es sich, wie hier, um ein harmloses Treffen handelt. Ich spazierte also ein wenig herum, besah mir den Innenhof, wo sich der Eingang zur städtischen Jugendbibliothek befand, und stieg die Treppe zu einem der kleinen Türme hoch, der jedoch verschlossen war. Aber man konnte von hier aus über die Mauer sehen, auf den kleinen Park, der ans Schlossgelände angrenzte. Spaziergänger, Kinder, ein paar Hunde, viele Bäume schon mit farbigem Herbstlaub – alles hübsch und friedlich.

Ich stieg wieder hinunter, besorgte mir eine kleine Broschüre über das Schloss und ging zum Restaurant, das auch Tische und Bänke im Freien hatte, malerisch direkt neben dem Schlossteich platziert. Zum Essen war es noch zu früh, also bestellte ich mir einen Cappuccino und blätterte in der Broschüre. Aus dem 13. Jahrhundert sollte die Anlage stammen, stand da, aber etwas Genaueres wisse man nicht. Dann kam ein Name, der mich schon mehr interessierte: Agnes Bernauer. Die Bernauerin. Die schöne Augsburger Baderstochter, die ihre Liebe zu einem Fürsten mit dem Leben bezahlte. Herzog Albrecht, bayerischer Thronfolger, Besitzer von Schloss Blutenburg, hatte sie 1432 heimlich geheiratet, was jedoch seinem Vater, dem Herzog Ernst überhaupt nicht gefiel. Drei Jahre später, als der Sohn gerade verreist war, ließ er die schöne Agnes der Zauberei anklagen und in der Donau ertränken. Von einem Aufbegehren des Sohnes ist nichts überliefert. Eines fiel mir allerdings bei der Lektüre auf: Die Bernauerin war nie hier im Schloss gewesen, nur ihr kurzzeitiger Gemahl. Aber wenn's der Werbung dient …

Dafür hatte ein paar Jahrhunderte später eine andere berühmte und schöne Frau hier Station gemacht – und auch sie verdankte ihren eher zweifelhaften Ruhm der Beziehung zu einem bayerischen Herrscher: Lola Montez. Nachdem sie König Ludwig I. dermaßen den Kopf verdreht hatte, dass ganz Bayern in Aufruhr geriet, blieb dem Herrscher kein anderer Ausweg mehr, als sie zu verstoßen und kurz darauf abzudanken. Am 2. Februar 1848 verbrachte sie die Nacht vor ihrer endgültigen Abschiebung hier in Schloss Blutenburg.

Agnes und Lola, schön und gut, aber inzwischen war es fast halbsechs, und dieser Jörg Oltschnigg war noch immer nicht erschienen. Das Warten wurde mir langweilig, ich bezahlte meinen Cappuccino und ging Richtung Parkplatz. In dem kleinen Teich neben der Zufahrt quakten ein paar Wildenten, ein junges Pärchen, eng umschlungen, sah ihnen zu – und dann stand da tatsächlich der schwarze Porsche mit Freiburger Nummer auf dem Parkplatz. Wo war Oltschnigg, er konnte sich ja kaum verlaufen haben. Ich hatte plötzlich ein seltsames Gefühl in der Magengrube, ich trat näher und sah ihn hinterm Steuer sitzen. Das heißt, ich sah eine unter einer Decke verborgene Gestalt, den Kopf gegen die Nackenstütze gelehnt. Es sah aus, als wolle da jemand ein Nickerchen machen und hatte sich dazu die Decke über den Kopf gezogen. Aber das konnte nicht sein … Ich riss die Tür auf, die Gestalt bewegte sich nicht, ich zog an der Decke, die Gestalt kippte mir entgegen, ich schob sie zurück, sie kippte zur anderen Seite, meine Hände waren plötzlich voll Blut, die ganze Decke war blutgetränkt …

Eine Viertelstunde später wimmelte es von Polizei, und dann traf auch mein alter Bekannter, Hauptkommissar Ingo Kramsky, am Tatort ein.

»Sie schon wieder, Moser«, sagte er anstelle einer Begrüßung, aber so war er nun mal. Im Grunde verstanden wir uns ja recht gut, auch wenn das für Dritte nicht immer gleich erkennbar war. Ich hatte schon öfter mit Kramsky zu tun gehabt, er leitete eine der fünf Münchner Mordkommissionen, war Ende Fünfzig und redete gelegentlich schon von Frühpensionierung und dem Züchten von Spaliertomaten. Im Augenblick jedoch stand er neben dem Porsche, an dem sich die Leute von der Spurensicherung zu schaffen machten, und starrte auf das blutige Stillleben hinter dem Lenkrad. Man hatte dem Fahrer offenbar die Kehle durchgeschnitten und ihn dann so zugedeckt, dass es auf den ersten Blick aussah, als würde er nur schlafen.

Dann drehte Kramsky sich um und kam mit seinem üblichen grimmigen Gesichtsausdruck auf mich zu. »Und? Was haben Sie mit ihm zu tun?«

»Ich wollte mich mit ihm hier treffen. Ein Auftrag.«

»Aha. Und mehr können Sie dazu nicht sagen?«

Ich wusste natürlich, dass ich ihm mehr erzählen musste, in einem Mordfall kommt man als Detektiv mit der Geheimhaltung nicht weit, und bei Kramsky schon gar nicht. Aber ich wollte Zeit gewinnen. Außerdem wollte ich ihn dazu bringen, dass er mir im Gegenzug zu meinen eventuellen Auskünften auch etwas über seine Ermittlungsergebnisse verriet. Aber hier war jetzt nicht die Zeit und der Ort dazu.

»Er heißt Jörg Oltschnigg und er ist Sicherheitschef bei einer Firma in Freiburg«, sagte ich.

»Das hätten wir zur Not auch allein herausbekommen.« Der Kommissar fuhr sich mit der Hand durchs dichte braune, sorgfältig gepflegte Haar. Ein paar graue Strähnen waren auch darin. Er war ziemlich stolz auf dieses Haar, er verwendete vermutlich viel Zeit darauf, es so aussehen zu lassen, und es sorgte unter seinen Kollegen für so manchen Spott. Manche unterstellten ihm sogar, sich die Strähnen extra färben zu lassen.

»Na gut«, sagte er dann. »Morgen Vormittag im Präsidium. Zehn Uhr.« Er ging zum Porsche zurück, und ich machte, dass ich wegkam. Aber ich fuhr nicht nach Hause, sondern wieder zum alten Ortskern von Obermenzing, der ja sozusagen gleich um die Ecke war, nur ein paar hundert Meter von der Blutenburg entfernt. Denn Oltschnigg hatte unseren Treffpunkt ja bestimmt nicht im Angedenken an Agnes Bernauer oder Lola Montez gewählt; wenn er mich hierher bestellt hatte, so musste das etwas mit dem alten Sektenquartier an der Straße nach Lochhausen zu tun haben. Ich dachte es mir so: Er war dort gewesen, hatte etwas entdeckt, jetzt oder vielleicht auch schon früher, war vielleicht auch nur einer Vermutung nachgegangen, und anschließend war der Mörder ihm dann zum Parkplatz gefolgt. Denn ich konnte mir nicht vorstellen, dass er jemand anderem von unserem geplanten Treffen erzählt hatte. Also musste Oltschnigg etwas entdeckt haben, das er mir unbedingt persönlich mitteilen und zeigen wollte – und das dann sein Todesurteil war. Aber wie war der Mörder so nahe an ihn herangekommen? Oltschnigg war ein Profi mit verdammt schnellen Reaktionen, ich hatte das zu spüren bekommen. Also musste es jemand gewesen sein, den er für ungefährlich hielt, den er vielleicht sogar kannte. Noch eine Möglichkeit fiel mir ein: Oltschnigg hatte sich hier mit dem Mörder treffen wollen und mich dazubestellt.

Aber vielleicht war es auch ganz anders gewesen.

Ich fuhr wieder die Lochhausener Straße entlang zu der alten Villa. In einer Seitenstraße stellte ich den Wagen ab und ging zum Tor. Auf mein mehrmaliges Läuten rührte sich nichts, auch der Hund schien nicht mehr da zu sein. Seitlich, am Zaun des Geländes entlang, führte ein schmaler Feldweg. Der Zaun war nicht sehr hoch, und ich kam problemlos hinüber. Und auch ungesehen, wie ich hoffte.

Vorsichtig schlich ich durchs Gelände, immer darauf achtend, dass ich von draußen, von der Straße her, nicht gesehen werden konnte. Ich ging einfach von meiner Idee aus, Oltschniggs Ermordung müsse mit diesem Ort zu tun haben. Er hatte etwas entdeckt, und das wurde ihm zum Verhängnis. Ich nahm mir zuerst die langgestreckte Baracke vor. Dahinter gab es noch einen kleinen Anbau, den ich mir vorerst schenkte.

Links in der Ecke, mit einer eigenen Tür versehen, befand sich ein Abstellraum. Die Tür war verschlossen, ich machte mir nicht die Mühe, sie zu öffnen. Durchs Fenster sah ich alte Gartengeräte, Regale mit Gerümpel, aufgerollte Schläuche – alles Dinge, die nicht für wert befunden worden waren, nach Hochmoning mitgenommen zu werden. Dann kam die eigentliche Fabrikhalle. Die große zweiflüglige Tür setzte mir keinen besonderen Widerstand entgegen, ich trat ein – und befand mich in der ehemaligen Boxschule.

Vom Ring waren noch die in den Boden eingelassenen Löcher für die Eckstangen zu sehen, ich sah Befestigungen für Sandsack und Punchingball an der Decke und ich nahm den muffigen Geruch wahr, der den Wänden entströmte und in dem sich Schweiß und Leder und, ich täuschte mich bestimmt nicht, Weihrauch zu einem ziemlich widerwärtigen Gemisch vereinigten. Wahrscheinlich hatte die Sekte in diesem Raum ihre Zusammenkünfte abgehalten. Von der dazu nötigen Umdekoration war nichts mehr zu sehen, außer vielleicht einem Podest an der Schmalseite des Saales. Von dort aus hatte der Bruder Bertram wahrscheinlich zu den Seinen gepredigt. Und die tiefhängende Lampe mit dem großen Metallschirm über der Ringmitte war auch noch da. Und wie ich so dastand, stellte ich mir vor, wie das vor Bertrams Bekehrung gewesen sein musste, ich hörte das harte Stakkato des Punchingballs, das dumpfe Ploppen der Schwinger gegen den Sandsack, ich erinnerte mich an das rhythmische Klatschen der ledernen Sprungseile gegen den Boden, das Tappen der Füße, das Keuchen der Menschen, die sich hier verausgabten – kurz, ich erinnerte mich an die Zeit, die ich selbst in so einer Boxschule zugebracht hatte. Allerdings nicht sehr lange, denn das eigentliche Sparring, also das Aufeinandereindreschen, das hatte mir nicht so gefallen und ich war dann zum Karate gewechselt. Da wurden die Schläge wenigstens nur simuliert. Aber die Boxerei hier war immer noch um Längen besser als die frommen Gesänge, die wahrscheinlich später in diesem Raum angestimmt wurden.

Hier war nichts Besonderes zu entdecken, also verließ ich die Baracke, atmete tief die frische Obermenzinger Luft ein und ging zur Villa hinüber.

Die Tür war abgesperrt, aber nicht schwer zu öffnen. In der Eingangshalle war es ziemlich düster, ich drückte automatisch auf den Lichtschalter – und war erstaunt, als es hell wurde. Der ausladende Kronleuchter enthielt zwar nur noch zwei Glühbirnen, aber ich konnte genug sehen. Und mich wundern: Weshalb hatte man den Strom nicht abgestellt, war das nur Nachlässigkeit oder gab es einen anderen Grund? Der Raum hier musste früher mal ziemlich vornehm ausgesehen haben. Von den gelbbraun gemusterten Marmorfliesen lagen nur noch ein paar angeschlagene auf dem Boden, den Rest hatte man herausgerissen. Auch hier gab es eine Menge herumliegendes Geraffel, leere Bierflaschen, zerbrochene Stühle. Aber der Stuck an der Decke und über dem oberen Halbrund der Fenster war noch nahezu unversehrt. Ich ging die geschwungene Treppe in den ersten Stock hinauf. Hier hatten vermutlich die Ambergers gewohnt. Zumindest nach dem Auszug der Sekte, früher vielleicht in dem Anbau hinter der Baracke.

Oben gab es mehrere Zimmer, aber es sah nicht so aus, als könnte ich hier fündig werden. Ein altes Ikea-Regal stand noch da, Überreste von Packpapier und Umzugskartons lagen herum, abgewetzte Stühle, auch hier leere Bierflaschen – wie es eben in einer Wohnung aussieht, in die man nie mehr zurückzukehren gedenkt und die man auch nicht mehr herzurichten braucht. Wie ich es leider tun musste … Schon wieder kam mir mein bevorstehender Umzug in den Sinn.

Um mich abzulenken, sah ich mir die herumliegenden Papiere etwas näher an. Ich fand ein paar Exemplare des Hochmoning-Prospekts, zwei Schreiben des Maklers, der mit dem Verkauf des Grundstücks beauftragt war, aus Zeitschriften herausgerissene Seiten, die vor allem mit Thailand zu tun hatten und dann noch, in einer Ecke, zwei zerlesene Bücher über Babypflege. Wahrscheinlich von Frau Amberger, die sie gekauft hatte, als ihre Tochter noch klein war. Ich schlug eines von ihnen auf und schaute zufällig auf das Erscheinungsjahr: Es war heuer erschienen. Beim zweiten verhielt es sich ebenso. Aber die Tochter der Ambergers war doch schon längst über dieses Alter hinaus, wozu brauchten sie dann solche Bücher?

In den übrigen Räumen konnte ich nichts Bemerkenswertes entdecken, also stieg ich in den Keller hinunter; auch hier funktionierte die Beleuchtung. Im ersten Raum lag nur Gerümpel herum, sogar ein altes Surfbrett stand in der Ecke – was, verdammt, hatte Oltschnigg hier bloß entdeckt? Oder war er doch nicht hier gewesen, und ich ging von einer falschen Voraussetzung aus?

Ich öffnete die nächste Tür, schaltete das Licht ein, eine nackte Glühbirne – und blieb überrascht stehen. Das war kein Abstellkeller, das war ein einfaches, aber sauber aufgeräumtes kleines Zimmer. Man hatte sich sogar die Mühe gemacht, die Wände mit weißer Farbe zu streichen. Allerdings nicht bis zur Zimmerdecke; wer das getan hatte, hatte keine Leiter gehabt. Eine große Matratze lag auf dem Boden, eine grobgewebte leinenfarbene Fransendecke war darübergebreitet. Daneben ein kleines Regal mit ein paar Zeitschriften darauf und dann, das Überraschendste an dieser Einrichtung: eine Babywiege in der Ecke. All das nicht neu, sondern eher wie aus dem Sperrmüll geholt. Was sollte bloß die Wiege hier unten? Sie war schön weich ausgepolstert, allerdings sah das alles aus, als wäre es schon länger nicht mehr gewaschen worden. Unwillkürlich fiel mir sofort Christa Berner ein; Korreuter hatte sie ja mit einem Baby gesehen. Aber warum hätte sie es hier herunter bringen sollen?

Ich sah mich weiter um, konnte jedoch keinen Hinweis auf den oder die Nutzer dieses Raums entdecken. Und leider hatte ich keine Spurensicherung zur Hand, wie die Kripo. Ich hob die Zudecke der Matratze hoch, ging in die Knie, um vielleicht ein Haar zu endecken oder sonst irgendeinen Hinweis auf die Person, die hier genächtigt hatte, aber umsonst. Dann bemerkte ich doch etwas, in der Ecke dahinter – ein Kondom. Ein benutztes. Also stand zumindest fest, dass zwei Personen hier gewesen sein mussten, die sich diesen Raum als Liebesversteck eingerichtet hatten. Was eher gegen Christa Berner sprach. Aber was machte dann die Wiege hier? Und wie kam das Pärchen ins Haus, die beiden schienen das Versteck ja regelmäßig zu nutzen? Es konnten ebensogut Mitglieder von Bruder Bertrams Verein sein wie junge Leute aus der Gegend hier, die sich dieses Liebesnest eingerichtet hatten. Was wiederum nicht zur Wiege passte.

War es das, was Jörg Oltschnigg mir hatte zeigen wollen? Vielleicht. Vielleicht hatte ihn der Mörder sogar selbst zur Blutenburg bestellt. Aber wenn es so war – warum? Blieb immer noch die eine, die wichtigste Frage: Was hatte das alles mit dem Tod von Udo Stutz zu tun? Auch während der Fahrt nach Hause fiel mir dazu nichts ein. Klar war für mich nur, dass im Zentrum all dessen immer noch Bruder Bertram mit seinen Betschwestern und -brüdern stand.

Und dann saß ich wieder mal zu Hause im Ohrensessel, inmitten gepackter, halbgepackter und noch unbenutzt zusammengefalteter Umzugskartons, und in meinem Kopf sah es ungefähr so aus wie in meiner Wohnung. Keine Ordnung, ungemütlich, unübersichtlich, nichts passte mehr zusammen. Ich versuchte vergeblich so etwas wie Logik in das alles zu bringen, fast war ich so weit, dass ich mich nach einem Auftrag zur Schuldnerüberprüfung sehnte. Bevor es dazu kam, goss ich mir einen irischen Single Malt ein und ging zum Schrank, in dem sich die alten Platten und die nicht ganz so alten CDs häuften. Die Stereoanlage hatte ich ja noch nicht abgebaut. Ich kramte eine ganze Weile herum, schaute auch in den hinteren Ecken nach und stieß auf eine Platte, von der ich schon gar nicht mehr gewusst hatte, dass ich sie besaß: Christian Morgensterns *Galgenlieder*, vertont und gesungen von Will Elfes.

Ich legte sie auf, und es begann gleich mit einem der schönsten. »Der Rabe Ralf«. Dann »Die Schildkrökröte«, »Das Butterbrotpapier«, »Das Knie«, »Das Nasobem«, »St. Expeditus« und noch ein paar andere. Als zum Schluss »Galgenkindes Wiegenlied« erklang, blieb ich noch eine ganze Weile sitzen, ertappte mich beim melancholischen Schmunzeln und erinnerte mich an die Geschichte dieser Platte. Vor vielen Jahren, als ich noch bei der Kripo war, hatte sie mir ein Kollege geschenkt, der wusste, dass ich auf derlei stand. Ich forschte ein wenig nach und fand heraus, dass dieser Will Elfes eigentlich Bildhauer gewesen war, Kulturpreisträger der Stadt München und ziemlich jung gestorben. Und weil damals Tania noch da war und ich noch Gitarre spielte, recherchierte ich die Adresse von Elfes' Witwe und ließ mir von ihr die Noten geben. Es ging ihr nicht gut, der Witwe, sie sei, sagte sie, Klofrau im Ostbahnhof. Ich hatte mich damals gewundert, dass die Stadt München sich nicht ein wenig um die Hinterbliebenen ihrer Kulturpreisträger kümmert. Ein paar der Lieder spielte ich auf der Gitarre nach, war ja nicht schwer, alles in A-Dur, versuchte sie auch zu singen. Nur als Patrick, er war ja damals noch jünger gewesen, so um die zwölf, dreizehn, mich mal hörte, verzog er das Gesicht. Nun ja, er war ja noch jung. Vielleicht lag's aber auch an mir.

Ich goss mir noch einen Whisky ein, aber das führte nur dazu, dass ich noch elegischer wurde und mir nicht mehr nur über den Sinn meines Auftrags Gedanken machte, sondern über das Leben im Allgemeinen und meines im Besonderen. Ich fand beides ziemlich beschissen, fand auch im Kühlschrank nichts Essbares und verließ die Wohnung, um irgendwo etwas zwischen die Kiefer zu bekommen und andere Gesichter und andere Lebenswelten um mich zu haben.

Aber als ich dann später im Bett lag, tauchte ein Gewirr von grauslichen Szenen in meinem Kopf auf, die Heilige Maria saß blutüberströmt im Porsche und drohte mir mit der Peitsche, noch eine Person war im Wagen, sie ähnelte Christa Berner, und dann wachte ich zum Glück auf, nahm eine Schlaftablette und bereitete damit dem Spuk ein Ende.

Das Haar von Hauptkommissar Ingo Kramsky war heute morgen etwas stumpf, nicht so seidig glänzend wie sonst. Er schien schlecht geschlafen zu haben, seine Laune war dementsprechend.

»Sie waren also mit dem Ermordeten verabredet«, konstatierte er. »Wir haben ja auch Ihren Namen und Ihre Telefonnummer in seinen Unterlagen gefunden. Also, worum ging es bei dem Treffen?«

»Um eine verschwundene junge Frau«, sagte ich. »Ich sollte ihm bei der Suche helfen.« Ich hatte natürlich mit dieser Frage gerechnet und mir schon bei der Fahrt ins Polizeipräsidium die Antwort zurechtgelegt. Ich nahm einfach das, was mir Gloria Pokalke über die Telefonate ihres Chefs gesagt hatte, vermengte es ein wenig, und das ergab dann eine, wie ich hoffte, vernünftig klingende Antwort.

»Und wie heißt diese Frau?«

»Keine Ahnung. Näheres wollte er mir erst bei unserem Treffen sagen.«

Kramsky schaute mich mit gesenkten Lidern an, und in diesem Blick lagen all die seit urdenklichen Zeiten in Polizistenköpfen kreisenden Zweifel über die Vertrauenswürdigkeit von Detektiven. Dann riss er seine müden Augen auf und fragte nicht sehr originell: »Und das soll ich glauben?«

»Wäre schön. Welchen Grund sollte ich haben, Sie anzulügen?«

»Wer war der eigentliche Auftraggeber? Doch nicht dieser ermordete Sicherheitschef?«

Seltsamer Dialog, jeder stellte Fragen, keiner beantwortete sie. Ich beschloss, Kramsky noch einen Brocken hinzuwerfen, konnte ja nicht schaden.

»Weiß ich auch nicht«, sagte ich. »Aber er hat meinen Namen von Udo Stutz, hat er mir am Telefon gesagt.«

»Stutz? Der den Unfall gehabt hat?«

»Genau der.«

Den konnte er ja nicht mehr fragen. Vielleicht machte er sich jetzt an die Pokalke ran. Aber die würde den Mund halten, da war ich mir sicher.

»Na, was den Auftrag angeht, werden wir vielleicht bald Gewissheit haben«, sagte Kramsky jetzt. »Der Chef von Oltschnigg, er heißt Engelhard, kommt übermorgen nach München.«

Wenn der Firmenchef sich selbst herbemühte, musste er etwas mit Oltschniggs Auftrag zu tun haben, und er würde diesen Auftrag Kramsky erzählen und dann stand ich ganz schön blöd da mit meiner verschwundenen Tochter. Doch das lag ja nun schon eine ganze Weile zurück, darum konnte es jetzt nicht mehr gehen. Was hatte dieser Firmenchef mit Bruder Bertrams dubioser Sekte zu tun? Was es auch immer war, ich würde bei Kramsky bald mit mehr herausrücken müssen. Mir war klar, dass ich von der Sekte erzählen musste, denn Stutz und Oltschnigg waren aus demselben Grund getötet worden. Aber solange ich noch im Nebel herumstocherte, wollte ich nicht darüber reden. Vor allem nicht über die Zweifel an Stutz' natürlichem Tod. Zwei Tage blieben mir noch, bevor dieser Engelhard hier auftauchte, bis dahin musste ich etwas herausbekommen haben.

Oder wenn es doch um die Tochter ging? Sie könnte ja gegen den Willen des Vaters in die Sekte eingetreten sein, und Oltschnigg sollte sie da rausholen. Jetzt, wo Stutz tot war. Und nur deshalb wurde er dann ermordet?

»Wie genau wurde Oltschnigg eigentlich umgebracht?«, fragte ich.

»Kehle durchgeschnitten. Aber das wissen Sie doch.«

»Schon. Aber geht's a bisserl genauer? Von links oder von rechts?«

Kramsky wusste natürlich, worauf ich hinauswollte. Von rechts bedeutete, dass der Mörder sich in den Wagen gesetzt haben musste, was eigentlich nur bei einem Bekannten Oltschniggs möglich gewesen wäre. Von links dagegen war es durch das geöffnete Fenster geschehen, und das könnte auch ein Fremder gewesen sein, wenn es ihm gelungen war, Oltschnigg mit einem Vorwand zum Öffnen des Fensters zu bewegen. Aber es konnte natürlich auch ein Bekannter durch das geöffnete Fenster zugestochen haben.

»Von links«, sagte Kramsky. »Und der Mörder muss einiges Blut abbekommen haben. Am Arm, aber wahrscheinlich auch an der Kleidung, er musste ja die Tür öffnen, um den Toten gerade hinzusetzen und die Decke darüberzuziehen.«

Es gehörte schon eine Menge Abgebrühtheit dazu, so einen Mord zu begehen und dann mit blutbesudelter Kleidung zu verschwinden. Oder blinde, fanatische Wut.

»Wenn Engelhard da ist, möchte ich Sie auch wieder hier sehen«, sagte der Kommissar. »Bis dahin keine eigenen Ermittlungen. Und alles, was Sie erfahren sollten, müssen Sie mir unverzüglich mitteilen, klar?«

»Klar, Herr Kommissar.«

Das hatte er richtig gut gesagt. Zwar durfte ich keine eigenen Ermittlungen anstellen, aber ich musste es ihm sofort mitteilen, wenn ich etwas herausbekommen sollte. Wir kannten uns halt schon ziemlich lange.

Ich verabschiedete mich und rief unterwegs Gloria Pokalke an. Ich erreichte sie auf ihrem Handy, sie war gerade mit dem Auto unterwegs, und fragte sie, ob wir uns heute noch sehen könnten. Ich musste ihr ja nun doch erzählen, was vorgefallen war.

»Schwierig«, sagte sie. »Ich muss mich noch mit Interessenten für die Nachmiete des Büros treffen. Aber wie wär's mit heute Abend? Wir könnten doch irgendwo eine Kleinigkeit essen.«

Sie machte eine Pause und fügte dann noch hinzu: »Es muss ja nicht unbedingt Lüngerl mit Knödel sein.«

Vielleicht hatte sie ja doch Humor. Jedenfalls war das kein übler Vorschlag. Das würde mich auch ein wenig aus meinem Umzugsstress herausholen. Sie schien ja recht unterhaltsam zu sein, und an mehr wollte ich sowieso nicht denken. Sie schlug einen, wie sie sagte, überdurchschnittlichen Italiener vor, und ich war einverstanden.

Der Italiener war überraschend gut, hätte ich in dieser Ecke Obergiesings, in die sie mich gelotst hatte, gar nicht erwartet – das Überraschendste an diesem Abend war jedoch Gloria Pokalke. Die Verwandlung der distanzierten Englischlehrerin! Ich war vor ihr eingetroffen und gerade am Überlegen, ob ich mir mit einem Campari die Wartezeit verkürzen sollte, als sie hereinkam. Wow! dachte ich, denn Sakra! wäre bei einer Norddeutschen vielleicht nicht angebracht gewesen. Sie trug das Haar jetzt offen, die weiche blonde Welle passte prima zur hellblauen Bluse und dem dunklen Hosenanzug. Sie war dezent geschminkt und strahlte mich mit blauen, nicht mehr von einer getönten Brille verdeckten Augen an. Sie schien sich sogar anders zu bewegen, als sie auf mich zukam, irgendwie eleganter, aber das war vermutlich nur Einbildung, hervorgerufen durch das beeindruckende Gesamtbild.

Ich hätte ihr wahrscheinlich gar nicht zu sagen brauchen, dass sie umwerfend aussah, es stand bestimmt in meinem Gesicht geschrieben. Hoffentlich hatte ich nicht allzu überrascht geschaut. Aber dann wandten wir uns erst mal seriösen Dingen zu und beratschlagten die Bestellung. Etwas später, nach den üblichen belanglosen Floskeln und zwischen den Antipasti misti und den nachfolgenden Gängen begann ich zu erzählen. Von Anfang an, also von meinem Eintreffen in Hochmoning über die Erzählung des Schreiners Haberl und die Meditation bis zur grauslichen Maria und dem Zusammenprall mit Oltschnigg.

Ich musste das Gemälde wohl ziemlich drastisch geschildert haben, denn Gloria schüttelte sich und fragte, ob ich noch ähnliche appetitanregende Details auf Lager hätte. Ich vertröstete sie auf später, auf die Pause zwischen Hauptgericht und Dessert – da wollte ich auf Oltschnigg mit der aufgeschlitzten Kehle zu sprechen kommen. Also widmeten wir uns erst mal dem, was da auf großen Tellern auf den Tisch kam, *Scaloppina alla principessa* für Gloria und *Saltimbocca alla romana* für mich. Dazu gab's einen Barolo aus dem Piemont. Aber bald drehte unser Gespräch vom Belanglosen wieder ins Berufliche, und ich fragte sie, ob sie beim Aufräumen im Büro noch irgendetwas gefunden hatte, das uns weiterhelfen könnte.

»Oh, stimmt, das hatte ich ganz vergessen.« Sie hob ihre Tasche auf, holte einen aus einem Notizblock herausgerissenen Zettel heraus und gab ihn mir. »Das hier habe ich in einer Schublade entdeckt. Können Sie etwas damit anfangen?«

Ich sah ihn mir an. Unter einem Datum von vor etwa drei Monaten stand *ET: Weitere Kontakte?* Da gab's mal vor langer Zeit einen Film mit einem Außerirdischen namens ET, aber der konnte ja wohl nicht gemeint sein. Darunter noch eine ganze Reihe weiterer Daten, immer im Abstand von ein bis zwei Wochen. Das letzte Datum war drei Tage vor Stutz' Tod. Und dann noch, offenbar in Eile hingekritzelt, die für mich rätselhaften Worte *Klappen-Kontakte?*, *Homepage?* und *MM? Kripo?* Außer mit den Worten Homepage und Kripo konnte ich damit nichts anfangen. Es sei denn, mit *MM* war mein werter Name gemeint, aber das half mir auch nicht weiter.

»Nun?«, fragte Gloria und hob ihr im Kerzenschein rotfunkelndes Glas mit dem Barolo.

»Moment noch.« Ich griff noch mal zum Zettel, denn darauf

hatte Stutz in der linken unteren Ecke eine Zahlenreihe notiert und dann wieder durchgestrichen, die vielleicht eine Telefonnummer war. Sie war aber noch lesbar. Ich holte mein Handy aus der Tasche und rief an. Es meldete sich die Kinderklinik München-Schwabing.

Ein paar Sekunden lang herrschte ein solches Durcheinander in meinen grauen Zellen, dass ich überhaupt nicht mehr spürte, worauf ich gerade herumkaute, es hätte auch getrockneter Seetang sein können. Dann war der zarte Salbeigeschmack plötzlich wieder da, ich schaute mein reizvolles Gegenüber an – und meine übliche superintelligente Ausstrahlung musste dabei ganz schön in sich zusammengefallen sein, denn sie fragte sarkastisch: »Na, Meisterdetektiv, heiße Spur entdeckt?«

»Haben Sie eine Idee, was ET bedeuten könnte?«

»Ich habe den Film auch gesehen ... Sie denken wohl an Engelhard?«

»Genau. ET gleich Engelhard-Tochter.«

»Nun gut, kann sein. Aber solange wir nicht wissen, was die anderen Worte bedeuten, können wir nicht viel damit anfangen. Und dass es nicht diese Christa Berner sein kann, wissen wir ja inzwischen.«

Wahrscheinlich hatte sie recht. Aber ich war nicht überzeugt, ich war eigentlich ganz und gar nicht überzeugt. Was war das für ein Treffen mit der jungen Frau und dem Baby gewesen, von dem Korreuter berichtet hatte? Ausgerechnet vor der Kinderklinik München-Schwabing? Und warum hatte die Berner sich so für die Umstände von Stutz' Tod interessiert? Auch Jörg Oltschnigg und sein schwarzer Porsche fielen mir wieder ein. War er es gewesen, der bei Christa Berner von Korreuter vergrault worden war? Es könnte alles so schön zusammenpassen, wenn ... Und überhaupt: War es möglich, dass der blonde Unschuldsengel in irgendwelche düsteren Machenschaften verwickelt war? Irgendetwas in mir sträubte sich dagegen.

»Würde es Ihnen etwas ausmachen, mich an Ihren Überlegungen teilhaben zu lassen?« In Gloria Pokalkes Stimme schwang hörbar Ungeduld.

»Könnten Sie versuchen herauszubekommen, ob die Engelhard-Tochter nicht vielleicht doch einen anderen Namen hat?«

»Sie lassen wohl nie locker. Aber von mir aus, ich versuch's. Wie haben Sie sie eigentlich kennengelernt, die Berner meine ich?«

Sie hatte verstanden, dass ich ihr vorerst nichts von meinen Gedanken erzählen wollte und brachte das mit ihrer Frage zum Ausdruck. Ich war ihr dankbar dafür, denn was hätte ich ihr schon sagen können? Ich erzählte also von meinem bevorstehendem Umzug, von der Vermittlung der neuen Wohnung durch Udo Stutz und wie ich Christa Berner und den Hausmeister Korreuter kennengelernt hatte.

»Dann hat Udo Sie wahrscheinlich als zusätzlichen Aufpasser dorthin gelotst.«

»Sagen wir so, er hat es ausgenützt, dass da gerade eine Wohnung freigeworden war. Er muss den Hausbesitzer ganz schön bekniet haben. Vorausgesetzt, die blonde Unschuld hat überhaupt einen Aufpasser nötig.«

Gloria griff nach dem Notizzettel. »MM? Kripo?«, las sie. »Das kann nur heißen, dass er Sie und vielleicht sogar die Kripo mit einbeziehen wollte, weil ihm die Sache über den Kopf zu wachsen drohte.«

»Genau. Das Herausholen der jungen Frau kann nicht der Grund für die beiden Morde gewesen sein.«

»Wieso zwei Morde?«

Jetzt erst fiel mir wieder ein, dass ich Oltschniggs Tod noch nicht erwähnt hatte. In der Zeitung würde es ja erst morgen stehen. Wir hatten inzwischen beide den Hauptgang beendet, ich hatte eine zweite Flasche Barolo bestellt, also sprach nichts mehr dagegen, ihr nun auch das zu erzählen. Sie nahm es recht gefasst auf.

Während des Nachtischs, Panna Cotta und Tiramisu – nicht sehr originell aber lecker –, meinte sie, der Schlüssel für all das könne nur in Hochmoning liegen. »Da müssen wir ansetzen.«

»Nicht wir, ich«, sagte ich. »Sie halten sich da raus. Und wenn es zu heiß wird, muss die Kripo ran. Immerhin wissen wir ja inzwischen so einiges, was wir denen erzählen können.«

Sie antwortete nicht, und ich hoffte, sie würde nicht auf den Gedanken kommen, sich selbst im Schloss umzuschauen. Ich sagte, ich würde noch mal mit Korreuter reden, vielleicht wisse er doch mehr, als er bisher zugegeben hatte. Im Haus hatte man mir ja erzählt, er sei in letzter Zeit oft weg gewesen, vielleicht hing das auch mit Christa Berner zusammen. Jedenfalls stand jetzt für mich fest, dass an seinem Interesse an ihr nicht nur der Beschützerinstinkt, sondern auch Udo Stutz schuld war. Udo hatte ihn vielleicht sogar dafür bezahlt. Und warum hatte er sich die Mühe gemacht, mir ausgerechnet in diesem Haus die Wohnung zu vermitteln? Nur aus kollegialer Nächstenliebe?

Noch etwas fiel mir ein. »Hat Stutz auch mal davon gesprochen, dass die Berner ein Kind haben könnte?«

»Nein, hat er nicht. Wie kommen Sie darauf?«

Ich erzählte ihr von dem, was Korreuter mir über sein Erlebnis beim Schwabinger Krankenhaus berichtet hatte. Dann, beflügelt vom Barolo, wurde das Gespräch allgemeiner, glitt hinüber ins Private und landete da bei einem nicht unbedingt amüsanten Thema: Wir stellten fest, dass wir beide geschieden waren. Und wenn wir auch nicht ins Detail gingen und leichthin darüber weg plauderten, so konnten wir doch beide die Narben nicht verbergen, die das hinterlassen hatte. Aber vielleicht gerade deshalb, weil da auf beiden Seiten etwas war, das tiefer ging – auch wenn wir schon bald wieder von anderen Dingen redeten, wurde es, alles in allem, ein entspannter, anregender Abend, ein Abend mit einer attraktiven Frau, wie ich ihn schon sehr lange nicht mehr gehabt hatte.

Aber auch so ein Abend geht schließlich zu Ende, und dann standen wir auf der Straße und stiegen ins Taxi. Jeder in das seine. Denn da war noch eine andere Art von Übereinstimmung gewesen, eine, die etwas mit Erfahrungen zu tun hatte, die wir beide mit uns herumschleppten und die uns daran hinderten, es so weitergehen zu lassen, wie man es von solchen Gelegenheiten eigentlich erwartet.

Dann saß ich zu Hause im Ohrensessel, trank einen Single Malt als Absacker und bedauerte, dass es nicht anders geendet hatte. Nicht anders hatte enden können. Zum Abschied hatte sie mich auf die Wange geküsst, sie trug da schon wieder die getönte Brille (»Die Kontaktlinsen bringen mich noch um«) und wir hatten uns gegenseitig für den schönen Abend gedankt. Ich glaubte immer noch den leichten Hauch ihrer Haare an der Wange zu spüren, als ich da so im Ohrensessel saß.

IV

Wo war Korreuter? Zu Hause war er nicht, sein Handy war abgeschaltet, und niemand hatte eine Ahnung, wo er sich aufhielt. Ich hatte ihm ein wenig intensiver auf den Zahn fühlen wollen, denn für mich stand fest, dass er mehr wissen musste, als er mir bisher gesagt hatte. Wenn er mit Stutz Kontakt gehabt hatte, und davon ging ich aus, musste der ihm etwas über Christa Berner erzählt haben. Bestimmt nur ein paar Andeutungen, aber auch die würden mir vielleicht weiterhelfen. Außerdem wollte ich ihn überreden, mit mir in die Wohnung der jungen Frau zu gehen, um nach irgendwelchen Unterlagen zu suchen, die mir vielleicht weiterhelfen könnten. Er hatte ja bestimmt einen Schlüssel.

Aber warum konzentrierte ich mich eigentlich so auf Christa Berner? Bis jetzt gab es keinen einzigen konkreten Hinweis darauf, dass sie etwas mit der Sekte von Bruder Bertram zu tun haben könnte. Alles nur Vermutungen, basierend auf einem Gefühl, das mich so handeln und denken ließ, einem Gefühl, wie ich es auch in anderen Fällen schon gehabt hatte. Und das mich manchmal auf die richtige Spur gebracht, leider aber auch schon des öfteren in die Irre geführt hatte. In diesem Fall kam, wie ich mir eingestand, noch etwas anderes dazu: Der Eindruck, den sie bei unserer ersten Begegnung im Treppenhaus auf mich gemacht hatte, und dann ein paar Tage später, als sie unerwartet bei mir aufgetaucht war. Die ängstliche Unschuld, die verhuschte Schutzbedürftigkeit, das alles hatte Wirkung gezeigt und tat es immer noch. In manchen Momenten aber, wenn ich darüber nachdachte – und ich dachte ziemlich oft über die junge Frau nach, vielleicht sogar zu oft –, kam es mir vor, als wäre das nur die äußere Hülle von etwas, das sich darunter verbarg und das vielleicht ganz anders aussah. Aber was konnte das sein? Ich beschloss, erst mal die Erkundigungen von Gloria Pokalke abzuwarten.

Derweil räumte ich wieder mal ein paar Umzugskartons voll, begann, die Stereoanlage auseinander zu stöpseln, kramte die alten Platten aus dem Schrank, als mich ein Anruf von Patrick erreichte. Am kommenden Wochenende hätte er zu mir kommen sollen, ich hatte schon einiges geplant gehabt, trotz Umzug, aber nun war er erkältet, hatte Fieber und konnte nicht. Was soll man da sagen? Aber er klang wenigstens ehrlich enttäuscht, die Erkältung war ihm auch anzuhören, also verschoben wir das Ganze eben. Nachher kam auch noch Tania ans Telefon, sie sagte, dass es ihr leid täte und meinte, dafür käme er dann in zwei, drei Wochen für länger zu mir, da müsse sie nämlich für eine Woche verreisen. Sie nannte mir den Grund nicht, ich fragte nicht danach, und wir verabschiedeten uns freundlich wie fast immer. Und hinterher robbten dann wieder diese Gedanken durch meinen Kopf: Was war der Anlass, beruflich oder privat, allein oder in Begleitung, sie hatte ja schon mal einen Freund gehabt seit unserer Trennung, war ja auch ganz normal, eigentlich, aber es machte mich trotzdem verrückt, zum Glück hatte ich nichts Näheres erfahren, aber jetzt ging es vielleicht wieder los, ein anderer Mann mit ihr, bei ihr, sie fuhr mit ihm weg …

Das Telefon klingelte schon wieder, ich knurrte »Ja?« ins Mikro und ich wollte sie nach dem Grund der Reise fragen, obgleich ich wusste, dass sie sauer reagieren würde, schließlich auch mit Recht, aber das war mir in diesem Moment egal, ich konnte nicht anders – aber dann war da eine männliche Stimme: »Spreche ich mit Herrn Moser, Privatdetektiv Moser?«

»Ja.«

»Hier Engelhard. Ich weiß nicht, ob Sie meinen Namen schon gehört haben …«

»Habe ich. Jörg Oltschnigg hat für Sie gearbeitet.«

»Stimmt. Und er hat mir Ihren Namen und Ihre Nummer gegeben, für den Fall, dass ihm etwas passiert. Das ist ja nun leider geschehen.«

Er sei gerade auf dem Weg nach München, sagte er dann, und ob wir uns sehen könnten. In einer Stunde würde er da sein.

Wir verabredeten uns in einem Hotel am Stachus. Dort würde er zwei oder drei Tage bleiben, vielleicht auch länger, es hing davon ab, wann die Polizei die Leiche freigab. Dann wollte er sie nach Brandenburg überführen lassen, dort, in einer Kleinstadt, lebte Oltschniggs Mutter und dort sollte er auch beerdigt werden.

Eine Stunde später betrat ich das Hotel, erkundigte mich am Empfang nach Engelhard und wurde in die Bar verwiesen. Er wollte also mit mir reden, noch bevor er morgen zu Kommissar Kramsky ging. Vielleicht sollte ich ja Oltschniggs Auftrag weiterführen. Es würde sich sowieso mit meiner Recherche decken und wenn noch jemand bereit war, mich zu bezahlen, konnte mir das nur recht sein.

Martin Engelhard war nicht zu verfehlen. In der Bar saßen um diese Zeit, es war elf Uhr, nur ein paar fette amerikanische Touristen, drei eifrig diskutierende Jungmanager in uniformen dunklen Anzügen mit wichtiger Miene über ihre Tablets gebeugt, und auf Barhockern zwei attraktive, sehr elegante Frauen. Ob sie beruflich hier waren und was für ein Beruf das war, vermochte ich nicht abzuschätzen. In einer dunklen Ecke erhob sich bei meinem Eintreten ein Mann und kam auf mich zu.

»Herr Moser?«

»Ja. Und Sie sind Herr Engelhard.«

Wir setzten uns und ich bestellte ein Bitter Lemon. Martin Engelhard war in den Fünfzigern, er war groß, hielt sich etwas nach vorne geneigt, wie viele Menschen mit wenig Sport und viel sitzender Tätigkeit, sein spärliches, ins Rötliche spielende Haar war strähnig nach hinten gekämmt, er hatte die dazu passende bleiche, durchscheinende Gesichtshaut. Er musterte mich ein paar Sekunden lang wortlos mit wasserblauen Augen.

»Oltschnigg hat sich über Sie erkundigt«, sagte er dann. »Er war der Meinung, man kann Ihnen vertrauen.«

Ich lächelte sparsam und schwieg.

»Nun gut«, fuhr er fort. »Zunächst hätte ich da mal eine Frage. Was hat Sie nach Hochmoning geführt? Doch wohl nicht die christliche Meditation?«

»Nein, natürlich nicht. Auch ich hatte einen Auftrag.« Das war wohl nicht ganz die Antwort, die er erwartet hatte, aber schließlich wollte er etwas von mir, nicht umgekehrt, und da sollte er ruhig etwas mehr in Vorlage gehen. Der Blick, mit dem er mich fixierte, ließ erkennen, dass er, schließlich Chef eines Unternehmens, unter normalen Umständen wohl heftig reagiert hätte – aber die Umstände hier waren nun mal nicht normal. Also nahm er sich zusammen und redete weiter. »Ursprünglich hatte ich ja einen anderen Münchner Detektiv mit den Ermittlungen betraut, aber der ist leider ausgefallen.« Auch er tastete sich nur vorsichtig vorwärts.

»Udo Stutz«, sagte ich. »Aber der kann ja nun nicht mehr.« Und um endlich etwas mehr Drive in das Gespräch zu bringen, fuhr ich fort: »Meine Ermittlungen haben mit seinem Tod zu tun.«

Er begriff sofort. »Sie meinen, er ist … sein Tod war kein Unfall?«

»Es bestehen einige Zweifel.«

Engelhard nahm einen Schluck vom Mineralwasser. »Aber die Polizei weiß nichts davon?«

»So ist es. Es gibt nur Vermutungen, begründete Vermutungen. Was hat Stutz für Sie getan?«

Er zögerte nur kurz. »Er sollte jemand für mich finden. Meine Tochter.«

»Könnte es sein, dass Ihre Tochter Christa heißt?«

Es war nur ein Versuch, aber er gelang. Die wasserblauen Augen sahen mich verblüfft an. »Woher wissen Sie …? Hat Stutz Sie eingeweiht?«

»Nein. Aber warum heißt Ihre Tochter nicht Engelhard?«

»Sie hat nach meiner Scheidung den Mädchennamen meiner Frau angenommen. Ein paar Jahre später ist meine Frau dann gestorben. Krebs. Das hat Christa nicht verkraftet.«

Das alles schien ihn ziemlich mitzunehmen. Er trank sein Mineralwasser aus, bestellte ein neues, und dann erzählte er. Bei der Scheidung war Christa gerade volljährig geworden, sie zog zur Mutter und wollte von ihrem Vater nichts mehr wissen. Sie hatte ihm die Schuld an allem gegeben und ihm sogar vorgeworfen, er hätte sich wegen der Krankheit der Mutter von ihr scheiden lassen. Dabei habe er davon damals noch keine Ahnung gehabt.

»Nach dem Tod meiner Frau konnte ich Christa überreden, wieder in mein Haus zu ziehen. Sie war ja noch Studentin. Aber es ging nicht lange gut, wir haben ständig gestritten und schließlich ist sie nach München gezogen, zu einer Freundin. Eine Zeit lang hatte ich noch Kontakt zu ihr, dann ist sie auch von dort verschwunden. Durch Udo Stutz, der ja früher schon einmal für meine damalige Firma gearbeitet hat, bekam ich heraus, dass sie sich einer Sekte angeschlossen hat.«

»Und dann haben Sie Stutz beauftragt, sie dort herauszuholen.«

»Richtig. Es war nicht einfach, aber er konnte sie schließlich überreden.«

»Wie lange liegt das jetzt zurück?«

Er überlegte. »Vier Monate ungefähr.«

Sie war aber erst vor rund drei Monaten in das Haus in Schwabing eingezogen. Wo hatte Stutz sie in der Zwischenzeit untergebracht? Ich fragte Engelhard.

»Bei sich zu Hause. Wussten Sie das nicht?«

Das war in der Tat eine Überraschung. Stutz' Witwe hatte vorgegeben, ihren Namen noch nie gehört zu haben. Und der Sohn hatte sie demnach bei sich zu Hause kennengelernt. Da stellten sich mir ja gleich ein paar Fragen, die allerdings Engelhard nicht würde beantworten können. Warum hatten mir die beiden nichts davon erzählt? Und: Hatten sie erfahren, wo Christa Berner wohnte, nachdem sie bei ihnen ausgezogen war? Hatte Stutz sie vielleicht nur weggebracht, damit sie und sein Sohn nicht auf falsche Gedanken kämen?

»Nein, das habe ich nicht gewusst«, sagte ich. »Gab es denn einen konkreten Grund für Ihre Tochter, sich dieser Sekte anzuschließen?«

»Nun, unsere Tochter ist nach christlichen Grundsätzen erzogen worden, der Glaube ist für sie schon immer ein überaus wichtiger Teil ihres Lebens gewesen. Und die Ereignisse haben das dann wahrscheinlich in eine falsche Richtung gelenkt. Der Auslöser könnte gewesen sein, nach dem Tod ihrer Mutter, dass ihr Freund sie im Stich gelassen hat.«

»Sie hatte einen Freund?«

»Ja. Stutz hat herausbekommen, dass sie in Freiburg, vielleicht auch noch später in München, mit einem jungen Mann zusammen war, der plötzlich verschwunden ist. Aber etwas Bestimmtes weiß ich nicht, Christa hat sich auch später, als sie bei Stutz wohnte, geweigert, darüber zu reden. Ich kann mir auch nicht vorstellen, dass sie, bei ihrer christlichen Einstellung, mit ihm intim geworden ist.«

Da war ich allerdings anderer Ansicht, aber das musste ich ihm ja nicht unbedingt sagen. Überhaupt wurde es jetzt allmählich Zeit, auf den Kern der Sache zu sprechen zu kommen. »Weshalb wollten Sie mich treffen, bevor Sie zur Polizei gehen?«

»Können Sie sich das nicht denken? Sie sollen das wiederholen, was Stutz schon mal geschafft hat: meine Tochter da rausholen.«

»Sie vermuten also, dass sie nach Hochmoning zurückgekehrt ist?«

»Ja. Oltschnigg war sich sicher. Er hatte sogar schon Kontakt zu ihr gehabt und wollte sich mit ihr treffen. Aber das hat man ja leider zu verhindern gewusst.«

»Sie glauben, er ist deshalb ermordet worden?«

»Klar. Warum denn sonst?«

Für mich war das keineswegs klar. Ich konnte mir einfach nicht vorstellen, dass das allein der Grund dafür gewesen war. Es musste da noch etwas anderes geben, Oltschnigg hatte es, vielleicht sogar ungewollt, entdeckt, und das war ihm dann zum Verhängnis geworden. Bei Stutz verhielt es sich ebenso. Und jetzt sollte ich da weitermachen, wo die beiden, sozusagen, aufgehört hatten.

Ich erklärte mich einverstanden, erhöhte dabei meine Honorarsätze etwas und ließ mir Namen und Adresse der Freundin geben, bei der Christa Berner damals in München gewohnt hatte. Bestimmt war Stutz schon bei ihr gewesen, aber vielleicht wusste sie ja doch noch etwas, das mir von Nutzen sein konnte. Eine Frage hatte ich aber noch: »Wie lange ist es eigentlich her, dass Sie Ihre Tochter zum letzten Mal gesehen haben?«

»Ungefähr eineinhalb Jahre. Warum interessiert Sie das?«

»Nur so. Um das Bild abzurunden.«

Das war gelogen, aber ich wollte ihm nicht noch ein weiteres Problem aufhalsen. Mich interessierte, ob Christa Berner inzwischen ein Kind hatte bekommen können. Mir war Korreuters Beobachtung beim Schwabinger Krankenhaus eingefallen. Und dann war da noch die Wiege im Keller in Obermenzing.

Ich verabschiedete mich von Martin Engelhard und versprach, ihn über meine Ermittlungen auf dem Laufenden zu halten. Es war ihm anzusehen, dass die ganze Angelegenheit ihm sehr an die Nieren ging, dass er große Angst um seine Tochter hatte, wahrscheinlich machte er sich auch Vorwürfe, aber er hatte sich recht gut in der Gewalt. Als ich ging, bestellte er sich einen doppelten Cognac.

Und während ich die Hotellobby verließ und einen letzten Blick auf die beiden Damen an der Bar warf, fiel mir plötzlich das ein, was mir dauernd das Gefühl gegeben hatte, etwas übersehen zu haben: Christa Berners Halskette. Ich hatte sie bemerkt, als sie zu mir gekommen war, um sich nach den näheren Umständen von Udo Stutz' Tod zu erkundigen. Das kleine goldene Kreuz – es war nicht von einer gezackten Fassung umgeben gewesen, sondern von züngelnden Flammen, es war das gleiche Symbol, das mir dann später auf Schloss Hochmoning aufgefallen war. Natürlich kam mir dabei auch wieder die grausliche Heilige Maria in den Sinn, und das Bild, das ich bisher von Christa Berner im Kopf gehabt hatte, verdüsterte sich zusehens.

Jetzt stand ich also am Stachus. Die Freundin seiner Tochter, deren Adresse Engelhard mir gegeben hatte, wohnte in der nördlichen Luisenstraße, also machte ich mich gleich auf den Weg, es waren ja höchstens zwanzig Minuten. Wahrscheinlich war sie jetzt am Vormittag nicht zu Hause, aber ein kleiner Fußmarsch konnte nicht schaden. Ich ging also erst mal Richtung Bahnhof, am alten Justizpalast entlang und bog dann rechts in die Luisenstraße ein. Dabei kam ich, gleich nach dem Alten Botanischen Garten, an der neuen Wohnkaserne für Superreiche vorbei, den Lenbachgärten, wie man das Riesentrumm Gebäude genannt hatte, und blickte neidlos zu den Penthouse-Wohnungen hinauf, für die eine Million gerade mal als Anzahlung reichen würde. Ob es die da oben in ihrem feudalen Ambiente gemütlicher hatten als ich in meiner Haidhauser Bleibe mit der kleinen Dachterrasse, dem Blick auf die umliegenden Dächer und den begrünten Hinterhof mit dem alten Ahorn mittendrin? Und aus so etwas wollte ich ausziehen!

Ich erreichte die gesuchte Adresse, das Haus war alt, schon leicht abblätternd, dafür aber umso sympathischer. Unten war eine kleine Kneipe mit angeschlossener Weinhandlung, und im dritten Stock fand ich das gesuchte Namensschild an der Tür: Julia Themann. Darunter stand: Energetik – Meditation – Chakra. Schon wieder was Übersinnliches! Ich läutete. Es öffnete eine junge Frau mit bürstenartig getrimmtem schwarzen Haar und dunklen Augen. Gekleidet war sie in ein langes rotes Gewand, das mich an eine altrömische Toga denken ließ. »Oh, hallo!«, strahlte sie mich an. »Schön, dass Sie den Weg zu mir gefunden haben. Nur keine Scheu, treten Sie ein.«

Offenbar hielt sie mich für jemand anderen, aber wenn mir das zu einem schnellen Entrée verhalf, konnte es mir nur recht sein.

Sie führte mich in einen Raum mit heruntergelassener Bambusjalousie, die nur einen schwachen Lichtschein durchließ. Auf einem Tisch brannte ein kleines Öllämpchen. Nachdem meine Augen sich an die Düsternis gewöhnt hatten, erkannte ich neben dem Tisch, einander gegenüber stehend, zwei bequeme Sessel, dahinter einen Wandteppich mit einem orientalisch anmutenden Muster. In einer Vitrine standen kleine Figürchen und Objekte, die ich nicht identifizieren konnte. Ich dachte schon, ich sei bei einer Wahrsagerin gelandet, aber dann sagte sie: »Treten Sie bitte einen Schritt zurück und bleiben Sie so stehen. Und ganz entspannt bleiben. Ich will mir erst mal Ihre Aura ansehen.«

Eigentlich hätte ich jetzt sagen sollen, weshalb ich hier war, andererseits interessierte mich meine Aura. Oder das, was sie dafür hielt. Sie musterte mich, aber sie schien nicht mich wahrzunehmen, sondern etwas, das unsichtbar um mich herum war. Manchmal schloss sie sogar ein paar Sekunden lang die Augen. Das gab mir Zeit mich ein wenig umzusehen. An der Einrichtung war nichts Besonderes, an der Wand gegenüber befand sich ein Schreibtisch mit Computer und Papierkram darauf, auch ein Foto in einem schmalen schwarzen Rahmen stand da, ich konnte aber auf die Entfernung nicht erkennen, wer oder was darauf abgebildet war. Nur die Farbe Rosa stach heraus. Dann hatte Julia Themann die Inspektion meiner Aura beendet, sie sah mich mit einem Ausdruck an, als sei sie eben aus einem Traum erwacht, und sagte: »Sie können jetzt Platz nehmen.«

Sie setzte sich mir gegenüber, das Öllämpchen brannte mit kleiner Flamme und warf einen sanften gelblichen Schein auf ihr Gesicht. Sie war hübsch, hohe Backenknochen, breiter, blassrot geschminkter Mund – wenn ich sie unter anderen Umständen getroffen hätte … Aber was bildete ich mir da schon wieder ein! Doch da war noch etwas, ein Gefühl eher als ein Gedanke: Ich war ihr schon mal begegnet. Es waren ihre Augen, die das auslösten. Aber das konnte überall gewesen sein, in einem Café, auf der Straße …

»Tja, Ihre Aura«, sagte sie jetzt. »Eigentlich gar nicht so übel. Aber da sind doch deutliche Spuren von Anspannung, von einer gewissen Zerrissenheit zu erkennen. Die energetischen Ströme scheinen okay zu sein, aber was den Sex angeht … daran müssen wir noch arbeiten.«

Ich wollte schon fragen, wie sie sich diese Arbeit vorstellte, aber sie sprach weiter. »Am besten, Sie erzählen mir erst mal etwas von sich. Dinge, an denen Sie Freude haben, und solche, die Sie beunruhigen …«

Jetzt wurde es wirklich Zeit, das Missverständnis aufzuklären. Ich hatte keine Lust, hier einer Art Psychoanalyse unterzogen zu werden. Selbst dann nicht, wenn es um mein ausgedünntes Sexualleben ging. Ich sagte also, wer ich war und dass mich nicht meine defekte Aura hierher geführt hätte, sondern die Suche nach ihrer früheren Mitbewohnerin Christa Berner. Ihr Vater hätte mich beauftragt.

Die einfühlsame Freundlichkeit verschwand aus ihrem Gesicht. Es kam mir vor, als hätte das weniger mit dem von mir nicht schnell genug aufgeklärte Irrtum zu tun als mit dem Namen Christa Berner. Aber dann lächelte sie wieder.

»Ach, deshalb also«, sagte sie. »Ich hatte mich schon gewundert, Sie sind nämlich anders als die Leute, die sonst zu mir kommen. Christa ist also schon wieder verschwunden. Oder immer noch? Aber wenn Sie wissen wollen, wo sie sein könnte … null Ahnung. Detektiv sind Sie? Aber da war doch schon mal einer bei mir, vor ein paar Monaten, ein älterer. Hat der jetzt aufgegeben?«

»So kann man sagen. Ich soll jetzt weitermachen. Haben Sie etwas von Christa Berners Kontakten mitbekommen, von den Leuten, die sie getroffen hat?«

»Wenig. Ziemlich regelmäßig war sie in einem Bibelkreis oder so was ähnlichem. Sie war ja total religiös, über was anderes konnte man mit ihr kaum reden. Aber sonst war sie recht nett. Ich habe schon lange nichts mehr von ihr gehört.«

Irgendetwas stimmte hier nicht, ich wusste nur nicht, was. Ich habe ja im Laufe der Zeit gelernt, meinen Gefühlen zu misstrauen, man kann sich davon leicht ins Abseits führen lassen, aber hier ließ es sich nicht wegdrücken: Irgendetwas stimmte nicht. Sie gab bereitwillig Auskunft, aber es kam mir vor, als täte sie das nur, um anderes, Wichtigeres zu verschweigen. Und warum sagte sie gleich, sie hätte Berner schon lange nicht mehr gesehen, ohne dass ich sie danach gefragt hatte? Natürlich, das konnte eine harmlose Bemerkung sein, aber dazu betonte sie es ein wenig zu sehr. Sie schien auch ziemlich nervös zu sein.

»Hat sie einen festen Freund gehabt?«, fragte ich.

»Nicht als sie hier war, ich habe jedenfalls nichts bemerkt.«

»Und vorher?«

»Ich glaube schon. Sie hat nie Einzelheiten erzählt, aber ich habe doch mitgekriegt, dass sie in Freiburg einen Freund hatte, der sie unvermutet sitzengelassen hat. Deshalb ist sie wahrscheinlich auch von zu Hause weg. Mit ihrem Vater hat sie sich ja nicht besonders gut verstanden. Aber das alles habe ich auch schon Ihrem Kollegen erzählt, hat er Sie denn nicht informiert?«

»Dazu ist er nicht mehr gekommen. Hat er Sie auch gefragt, ob Christa schwanger war?«

»Schwanger?« Wieder erschien so ein seltsamer Ausdruck auf ihrem Gesicht, wie eine kurze Starre – aber dann war er auch schon wieder verschwunden und sie sagte nach einer kurzen Pause: »Nein, hat er nicht.«

Warum zögerte sie?

»Na, und? War sie es?«, hakte ich nach.

Sie schien sich zu der Antwort durchringen zu müssen. »Ich hatte nichts bemerkt. Aber jetzt, wo Sie mich danach fragen … Es wäre möglich gewesen.«

Die Atmosphäre zwischen uns hatte sich merklich abgekühlt. Sie schien mit ihren Gedanken woanders zu sein, und die Erinnerung, die ihr da durch den Kopf ging, gehörte anscheinend nicht zu der angenehmen Sorte.

Aber dann redete sie doch. Schon als Christa hier ankam, hätte sie keinen gesunden Eindruck gemacht, erzählte sie. Manchmal war ihr übel, sie sei beim Essen immer zickiger geworden und oft sehr niedergeschlagen gewesen. Julia Themann hatte das zunächst auf die Trennung von ihrem Freund geschoben, aber dann hatte sie sie doch einmal wie zum Spaß gefragt, ob sie vielleicht schwanger sei. »Sie hat total entrüstet reagiert und gefragt, ob ich ihr so etwas wirklich zutrauen würde. Aber sie ist immer stiller geworden und eines Tages war sie dann verschwunden.«

»Hat sie denn nichts zurückgelassen?«

»Doch. Aber das hat alles der Detektiv mitgenommen, ein paar Kleider und Heiligenbilder und so. Er würde es ihr bringen, hat er gesagt. Er hat mir auch eine Quittung gegeben. Wollen Sie sie sehen?«

»Danke, nicht nötig.«

Mir fiel ein, ich sollte sie fragen, ob sie den Namen Hochmoning schon mal gehört hatte, aber dann ließ ich es sein, es hätte ja doch nichts gebracht. Außerdem wollte ich sie nicht zu sehr bedrängen, vielleicht brauchte ich sie ja noch. Ich bedankte und verabschiedete mich. Aber als wir zur Tür gingen, hatte ich doch noch eine Frage: »Wie haben Sie Christa eigentlich kennengelernt?«

Im Grunde war das ja eine völlig harmlose Frage – umso mehr erstaunte mich ihre Reaktion.

»Ich wüsste nicht, was das mit Ihrer Recherche zu tun hat«, sagte sie knapp. »War's das?«

»Sicher.«

Gerade als sie die Wohnungstür öffnen wollte, ging die Türklingel. Draußen stand ein Mann, mittleres Alter und angestrengt atmend. Er stammelte etwas von U-Bahn-Verspätung, aufgehalten worden, es täte ihm leid und ob es denn noch ginge. Dabei schaute er sie fast schon verzweifelt an. Er schien schwer einen an der Aura zu haben.

Ich drückte der Energetik-Chakra-Tussi noch meine Visitenkarte in die Hand, dann machte ich, dass ich wegkam. Von wegen Freundschaft zwischen Christa Berner und Julia Themann! Vielleicht hatte sie ja mal bestanden, aber inzwischen schien da doch ein großer Schatten darauf gefallen zu sein. Irgendetwas stimmte nicht mehr zwischen den beiden, aber ich bezweifelte, dass das für meine Recherchen von Bedeutung war. Es wunderte mich sowieso, dass sie sich mit Christa Berner gut verstanden hatte; gläubige Christen haben schließlich mit Esoterik nichts am Hut. Obwohl es in beiden Fällen ja ums Übersinnliche geht und keiner beweisen kann, dass er recht hat. Vielleicht hätte ich sie doch nach Hochmoning fragen sollen.

Als ich aus dem Haus trat, blieb ich ein paar Augenblicke

lang unschlüssig stehen. Schließlich entschied ich mich für das Nächstliegende: Ich musste mich erst mal hinsetzen und nachdenken, und das ging am besten bei einer Tasse Kaffee. Ich steuerte das nächste Café an, gönnte mir zusätzlich noch einen Erdbeerkuchen und überlegte. Meine Gedanken schweiften ab, weg von Themann, hin zu Hochmoning – und dann blieb das letzte Kuchenstück erst mal ungegessen auf dem Teller liegen. Denn ich sah plötzlich die Szene bei meinem ersten Besuch vor mir, als die junge Frau, die ich für eine Putzfrau gehalten hatte, aus dem Schloss geworfen wurde. Wegen ihres Kopftuchs hatte ich die Haare nicht gesehen und das Gesicht auch nur flüchtig, es war ja auch sehr schnell vor sich gegangen und ich hatte nicht wirklich darauf geachtet – aber ich war mir trotzdem sicher: Das war Julia Themann gewesen. Also war sie doch irgendwie in die Geschichte verwickelt. Sie musste damit zu tun haben, denn jetzt fiel mir auch noch der Terminkalender ein, der in Stutz' verwüstetem Büro auf dem Boden gelegen hatte. *Julia* war an dem Tag eingetragen gewesen, an dem man ihn von der Straße gedrängt hatte. Und ich hatte das für einen privaten Termin gehalten. Ich musste sofort zurück zu ihr und sie nach Hochmoning fragen.

Ich trat aus dem Café auf die Straße, gerade als ein anderer herein wollte. Es war der mit der hilfsbedürftigen Aura. Er sah noch ein wenig geschaffter aus als vorhin. Er erkannte mich auch gleich wieder und versuchte zu lächeln.

»Schon fertig?«, fragte ich.

Er schüttelte den Kopf. »Mittendrin abgebrochen. Stellen Sie sich das vor, einfach so.«

»Was ist denn passiert?«

»Ein Anruf. Jemand hat Frau Themann angerufen, es muss etwas Schlimmes gewesen sein, sie ist ziemlich erschrocken, sie hat die Meditation abgebrochen und mich gebeten zu gehen. Unglaublich.«

»Und sie ist geblieben?«

»Nein. Sie ist gleich nach mir aus dem Haus gekommen und schnell weggegangen. Warum interessiert Sie das eigentlich?«

»Ich wollte auch einen Termin bei ihr, sie ist mir empfohlen worden. Aber wenn das so ist …«

Er schaute mich mitleidig an. »Tja, vielleicht sollten Sie sich jemand anderen suchen. Ich probier's jetzt mal mit Homöopathie, soll ja auch nicht schlecht sein. Also dann …« Er wollte ins Café.

Aber ich hatte noch eine Frage. »Haben Sie etwas mitgekriegt von dem Telefongespräch? Von dem, was Frau Themann gesagt hat?«

Jetzt wurde er doch misstrauisch. »Nein«, antwortete er knapp. Aber dann sagte er doch noch etwas. »Es hörte sich an, als sei jemand gestorben.« Er verschwand im Café.

Bald darauf war ich zu Hause. Aber nur, um die Beretta aus der Schreibtischschublade zu holen. Unbewaffnet wollte ich nicht noch mal in dem Schloss der Sekte aufkreuzen. Korreuter konnte ich noch immer nicht erreichen. Gloria Pokalke hätte ich bestimmt erreichen können, aber das wollte ich jetzt nicht. Was hätte ich ihr auch schon sagen sollen? Höchstens, dass jetzt feststand, dass Christa Berner Engelhards Tochter war.

Auch mit Kommissar Kramsky wollte ich nicht reden, der hatte das inzwischen bestimmt selbst herausgefunden. Und über das Wichtigste, das Motiv für Stutz' und Oltschniggs Ermordung, hätte ich ihm sowieso nichts sagen können. Ich hatte keine Ahnung – und gleichzeitig das Gefühl, dass es ganz offen zutage lag, ich konnte es nur nicht erkennen. Ich wusste nur eines: Es musste mit Hochmoning zu tun haben. Es gab noch einen Grund, sofort dorthin zu fahren: Morgen würde Engelhard bei Kramsky sein und ihm seine Geschichte erzählen, und dann konnte es sich nur noch um Stunden handeln, bis die Kripo auftauchte. Die konnte erst mal nur mit den Leuten reden, sie würde ja nicht gleich mit einem Durchsuchungsbefehl anrücken. Und bis sie den dann hatten, wäre alles Verdächtige beseitigt gewesen. Also musste ich vorher rein ins Schloss. Und aufpassen, dass es mir nicht so erging wie Stutz und Oltschnigg.

Bevor ich losfuhr, googelte ich »Licht und Wahrheit« und bekam auch gleich eine Menge Ergebnisse. Beleuchtungsfirmen gab es da, auch etwas über Lichtinstallationen, aber auch die Homepage der Sekte war angegeben. Ich rief sie auf und sah, wie ich erwartet hatte, nur das, was auch im Prospekt stand. Etwas ausführlicher allerdings und mit Querverweisen, und dann gab es da auch noch ein Foto von Bruder Bertram, zusammen mit einer erbaulichen Schilderung, wie die Erleuchtung über ihn gekommen war. Mit einem Rosenkranz in den Händen stand er vor dem großen Marienbild, das in Hochmoning im Keller an der Wand hing, allerdings vor dem mit der lieben Gottesmutter und den kleinen Kindern. Wie er so dastand, die Augen gläubig nach oben verdreht, sah er aus, als hätte er soeben eine linke Gerade an die Birne bekommen. Aber groß war er, groß und kräftig, wenn ich ihm begegnen sollte, würde ich auf Distanz bleiben müssen.

Ganz unten, ziemlich unauffällig, entdeckte ich einen Link, der nicht so recht zu dem übrigen Meditations- und Mariengelaber passen wollte. *Spezialangebot: Hilfe für werdende Singlemütter* stand da. Ich klickte darauf, eine neue Seite öffnete sich, ein großformatiges Baby strahlte mich an, eine junge Frau, also die Mutter, beugte sich darüber – aber nicht etwa entzückt und liebevoll, wie man es hätte erwarten können, sondern mit einem Gesichtsausdruck, als läge da ein grüner Alien vor ihr, den sie nun stillen müsste.

Angst vor der großen Aufgabe? stand darunter.

Und dann folgte ein längerer Text, der darauf hinaus lief, dass alleinstehende werdende Mütter, die sich vor dem fürchteten, was da auf sie zukam, professionelle Hilfe bei der *Stiftung Marienkinder* bekommen könnten. Voraussetzung sei nur, dass sie an die Weisheit der Bibel glaubten und sich zur allumfassenden Liebe und Macht der Gottesmutter bekannten. Darunter wieder einige Bilder, jetzt von offenbar glücklichen Müttern mit ihren Kindern, und auch die Heilige Maria aus dem Hochmoning-Keller fehlte nicht.

Was sollte das? In dem Prospekt der Sekte stand nichts davon, und auch in Hochmoning hatte ich keinen Hinweis darauf entdeckt. Ich griff zum Telefon und wählte die angegebene Nummer. Es meldete sich ein Anrufbeantworter. Man möge bitte die Telefonnummer hinterlassen, dann würde zurückgerufen und ein Treffen vereinbart. Ich brach ab. Und ich blieb erst mal sitzen. Denn ich hatte die Stimme erkannt. Es war Christa Berner, die da sprach. Es klang sympathisch und sehr vertrauenerweckend.

Dann fuhr ich los. Aber nicht nach Hochmoning, sondern erst mal Richtung Nordschwabing, zu dem Haus, in das ich demnächst einziehen wollte. Wollen sollte.

Als ich es betrat, fiel mir im Flur gleich ein voller Briefkasten auf. *Berner* stand darauf. Sie war also schon längere Zeit nicht mehr hier gewesen. Und ihr Verschwinden musste ungeplant gewesen sein, sonst hätte sie ja wohl jemandem den Briefkastenschlüssel anvertraut. Oder einfach die Postzustellung bis zu ihrer Rückkehr aussetzen lassen.

Das Klingeln an der Korreuter-Wohnung war, wie erwartet, umsonst. Auch gegenüber bei Berner rührte sich nichts. Ich wartete eine Weile, um sicher zu sein, dass niemand mich hier oben bemerkt hatte, dann holte ich mein kleines Werkzeug aus der Tasche. Das Schloss setzte mir keinen besonderen

Widerstand entgegen, ich ging hinein und zog die Tür vorsichtig hinter mir zu. Wie der junge Nagler damals gesagt hatte: Überall hing die Heilige Maria. Allerdings in der üblichen Ausführung, mit Heiligenschein und Jesuskind, nichts deutete auf den Horror von Hochmoning hin. Sonst war nichts Besonderes an der Einrichtung: ein alter Kleiderschrank, eine Bettcouch, Regale, alles nach Ikea aussehend, viele Bücher, die meisten mit religiösem oder kitschig-erbaulichem Titel, ein kleiner Schreibtisch, darüber ein Kruzifix. Die Luft war abgestanden, wahrscheinlich war schon lange kein Fenster mehr geöffnet worden.

Ich sah mir die Papiere an, die auf dem Schreibtisch lagen. Zwei Ansichtskarten älteren Datums, die eine aus Altötting, jemand berichtete da von einer wunderbaren Wallfahrt, die andere aus Mallorca mit den üblichen Urlaubsgrüßen. Dann ein paar ungeöffnete Briefe, einer kam vom Finanzamt, ein anderer vom Hausbesitzer, die übrigen Absender waren auch nicht interessanter. Daneben ein Prospekt von Hochmoning, der gleiche, den ich auch mitgenommen hatte. Auch im Papierkorb nichts Besonderes, ich glättete ein paar zusammengeknüllte Blätter – aber dann stutzte ich doch. Da war eine Liste, ein Computerausdruck mit Adressen. Ich sah sie mir genauer an. Es waren an die zwanzig Frauennamen, die Anschriften stammten aus ganz Deutschland. Bei allen waren auch die Telefonnummern angegeben. Einige Adressen waren durchgestrichen, bei anderen war ein Haken dahinter, bei wieder anderen ein Fragezeichen. Und dann stand da, ebenfalls von Hand dazugeschrieben, jeweils ein Monat. Januar, April, September, ganz verschieden.

Ich setzte mich auf den wackligen Bürostuhl. Natürlich dachte ich sofort an den Telefonservice für werdende Mütter, den die Sekte da offenbar organisiert hatte. Was für ein Service war das, so etwas konnte man doch nicht ausschließlich am Telefon abwickeln. Dann merkte ich, dass alle nicht durchgestrichenen Adressen aus Süddeutschland stammten. Trotzdem blieb es mir schleierhaft, wie die Sektenleute solche Beratungen durchführen wollten. Es sei denn, sie ließen die Frauen hierher kommen. Korreuters Bericht fiel mir wieder ein. Aber bei ihm hatte es sich ja nicht um eine werdende, sondern um eine bereits mit Baby versehene Mutter gehandelt.

Sollte ich mir wirklich darüber den Kopf zerbrechen? Vielleicht gab es ja eine einfache Erklärung für das alles. Aber ich schaffte es nicht, daran zu glauben. Ich verließ die Wohnung von Christa Berner, die Liste nahm ich mit.

Und weil ich schon mal da war, schloss ich meine zukünftige Wohnung auf, ging durch alle Zimmer und versuchte mir vorzustellen, ich wäre jetzt hier zu Hause. Es wollte nicht klappen, aber vielleicht lag es ja daran, dass meine Möbel noch nicht da waren. Meine Schritte hallten in den leeren Räumen, ich ging von Fenster zu Fenster, aber die Aussicht auf die zugeparkte Straße und drei Bäume in fünfzig Metern Entfernung vermochte meine Stimmung auch nicht zu heben. Als ich wieder im Treppenhaus war, kam unter mir Frau Nagler aus ihrer Wohnung.

»Grüß Gott, Herr Moser«, sagte sie. »Ich hab oben Schritte gehört und wollte mal nachsehen. Heutzutage weiß man ja nie, was alles passieren kann.«

In Wirklichkeit hatte sie natürlich die Neugierde aus ihrer Wohnung getrieben, aber das kam mir in diesem Fall gelegen.

»Wissen Sie, was mit Korreuter los ist?«, fragte ich. »Ich versuche schon seit Tagen, ihn zu erreichen.«

»Keine Ahnung«, sagte sie. »Niemand hier weiß, was passiert is. Schon seit vier oder fünf Tagen is er verschwunden. Dabei war er immer so zuverlässig, nie hats einen Grund zur Beschwerde gegeben, und jetzt das. Die ganzen letzten Wochen war er schon ziemlich durchn Wind, unkonzentriert und auch mal den ganzen Tag lang net zu erreichen. Die

Treppe hat er aa net putzt. Ob des was mit der Berner zu tun hat? Die ist nämlich auch weg, aber schon länger. Neulich war sogar der Hausbesitzer da und wollt zu ihr, aber auch umsonst. Ich könnt mir ja denken, dass sie vielleicht die Miete net zahlt hat, aber wo sie doch so gläubig is …«

Ich unterbrach das Wortgeplätscher. »Haben Sie vielleicht bemerkt, dass Korreuter in letzter Zeit Besuch von fremden Leuten bekommen hat? Oder Frau Berner?«

Sie tat so, als überlegte sie angestrengt. Dabei war ihr anzusehen, dass ihr sofort etwas eingefallen war, sie wollte nur nicht den Eindruck erwecken, als liege sie dauernd auf der Lauer, um das Kommen und Gehen im Haus zu überwachen.

»Beim Korreuter is mir nix aufgfalln«, sagte sie dann. »Aber bei der Berner … Da waren mal zwei Leut da, a Mann und a Frau, i hab mir zuerst denkt, es is jemand gstorbn, weil sie so dunkel anzogn warn … Mit denen is sie weg.«

»Und is sie dann zurückgekommen?«

»Nur einmal, gestern. Aber sie is net lang blieben. Wahrscheinlich hat's nur was gholt. Is des wichtig für Sie?«

»Eigentlich net. I bin halt a bisserl neugierig.«

»Des versteh i gut. Mir geht's ja genauso. Vielleicht hätt ich auch Detektiv werden sollen. Übrigens … wann ziehen S' denn jetzt ein?«

»Ich weiß noch nicht genau. Aber bestimmt bald.«

»Ich freu mich schon. Mir wern uns bestimmt gut verstehn.« Sie schaut mich listig an. »Wir zwei Neugierigen.«

Na wunderbar. Sie machte mir ja richtig Lust darauf, hier einzuziehen. Noch mehr als ich sowieso schon gehabt hatte. Ich bedankte und verabschiedete mich.

Im Auto fiel mir ein, dass ich für eine eventuelle Übernachtung in Hochmonig zwar die Zahnbürste und sonst noch so einiges in die Reisetasche gepackt, aber das Kopfkissen vergessen hatte. Ich habe nämlich einen Horror vor dicken Hotel-

und Pensionskopfkissen und deshalb immer ein eigenes dabei. Klein, dünn und mit Rosshaar gefüllt. Da schläft es sich gleich ganz anders. Ich fuhr also zurück, und dabei ereilte mich ein Anruf von Gloria Pokalke. Wo ich denn gerade sei? Auf dem Weg nach Hause, antwortete ich.

»Sehr gut. Ich bin nämlich ganz in der Nähe. Dann können wir gleich reden.«

Das war zwar nicht in meinem Sinn, ich wäre viel lieber sofort nach Hochmoning aufgebrochen, aber sie war schließlich immer noch meine Auftraggeberin.

Kaum war ich zu Hause und hatte das Kissen bereitgelegt, traf auch schon Pokalke ein. Wieder das distanzierte Lehrerinnen-Flair ausstrahlend – trotzdem wirkte sie auf mich heute weitaus weniger kühl, denn ich wusste ja inzwischen, dass das eine Art geschäftsmäßige Hülle war, hinter der sich eine ganz andere Gloria Pokalke verbarg. Oder war das hier doch die echte Gloria, und die, die sie mir beim Italiener vorgeführt hatte, nur die Ausgehversion? Wie auch immer, sie kam gleich zur Sache.

»Mir ist da nämlich noch etwas eingefallen«, sagte sie und schob einige Papiere auf meinem Schreibtisch zur Seite, um Platz für ihre umfangreiche Handtasche zu schaffen. Was die Frauen in diesen Behältnissen nur immer mit rumschleppen? Ich kannte mal eine, die hatte sogar Werkzeug dabei, Zange und Schraubenzieher und Maßband, für alle Fälle.

»Also, Udo hat mal erwähnt, ich weiß nicht mehr, in welchem Zusammenhang, dass er Probleme mit seinem Sohn hat. Er hätte sich in ein Mädchen verknallt, das einen schädlichen Einfluss auf ihn habe. Das hörte sich ziemlich altmodisch an und ich sagte ihm das auch, aber er meinte, das hier wäre anders, wirklich gefährlich, und er müsse etwas tun. Mehr wollte er aber nicht sagen. Ich hab das auch schnell wieder vergessen, weil er nie mehr darauf zurückkam.«

»Wie lange ist das her?«

»Drei, vier Monate schätze ich, so genau weiß ich das nicht mehr.«

»Also ungefähr der Zeitpunkt, zu dem er Christa Berner in der Wohnung unterm Dach unterbrachte.«

Schon wieder die Berner! Alles lief auf sie zu, und ich wusste immer noch nicht, was sie mit den beiden Morden zu tun hatte. Und ob sie überhaupt etwas damit zu schaffen hatte. Immer noch sträubte sich etwas in mir, sie da mit hineinzuziehen. Dass der junge Stutz sich in sie verknallt hatte, war ja nun nicht neu für mich, er hatte es mir schließlich selbst erzählt. Aber vielleicht, fiel mir jetzt ein, hatte er immer noch Kontakt zu ihr, vielleicht wusste er sogar mehr, als er mir gesagt hatte.

Aber war das ein Grund für Gloria Pokalke, mich sofort treffen zu wollen?

Sie schien meine Gedanken erraten zu haben, war ja auch nicht schwer.

»Da ist noch etwas«, sagte sie. »Ich war gestern bei der Witwe Stutz wegen der Büroauflösung, sie musste ein paar Papiere unterschreiben. Sie schien ziemlich durcheinander zu sein, ich habe das zuerst ignoriert, sie ist ja nicht so gut auf mich zu sprechen, aber dann habe ich doch gefragt, ob etwas passiert sei. Und da ist sie damit herausgerückt. Ihr Sohn hätte sich in letzter Zeit so merkwürdig verhalten, und da ist sie mal, als er unterwegs war, in sein Zimmer gegangen, um sich ein wenig umzusehen. Und nun raten Sie mal, was sie gefunden hat!«

Ich sagte gar nichts, das war auch nicht nötig, sie redete gleich weiter.

»Fotos von Marienbildern. Und darunter ein ganz besonderes, eines, das ihr einen solchen Schock versetzt hat, dass es sie beinahe umgehauen hätte. Sagt sie …«

»Die Horror-Maria? Dieses blutige Machwerk?«

»Genau das. Es muss das gewesen sein, das Sie mir beschrieben haben.«

Frau Stutz hatte es, zusammen mit anderen Bildern, im Schreibtisch ihres Sohnes gefunden. Dazu noch einen Prospekt von Hochmoning, wie auch ich einen hatte, und dann noch etwas … Gloria holte ein Blatt Papier aus ihrer Handtasche.

»Haben Sie es mitgehen lassen?«, fragte ich, während ich danach griff.

»Nein. Sie hat es mir sofort gegeben, als ich sie darum bat und sagte, ich wollte es Ihnen zeigen. Sie scheint wirklich sehr beunruhigt zu sein.«

Oben, in der Mitte, war das Kruzifix mit dem Flammenkranz abgebildet, das ich inzwischen schon kannte, und darunter stand, in einer verschnörkelten Computerschrift, *WAS WIR GELOBEN.*

Und dann, wie die zehn Gebote, nacheinander aufgereiht:
Unser Leben der Gottesmutter zu weihen
Ihre Liebe zu suchen, ihren Zorn zu meiden
Ihr zu dienen, ihre Befehle zu erfüllen
Ihrem irdischen Vertreter zu gehorchen
Unser Leben für ihn einzusetzen
Den Menschen unseren Glauben nahezubringen
Die zu belohnen, die mit uns gehen
Die zu bestrafen, die uns bekämpfen
Unschuldige Seelen zu suchen
Sie zum Heil zu führen

Auf den ersten Blick sah das nicht besonders schlimm aus. Ich hatte zwar noch nie mit einer Sekte zu tun gehabt, aber ich vermutete, dass sie alle ihre Gebote hatten, die vor allem darauf hinausliefen, dem jeweiligen Guru bedingungslos zu gehorchen. Denn der war ja in Kontakt mit den höheren Mächten, deren Sprachrohr sozusagen. Aber einiges fiel mir doch auf …

»Nun, was denken Sie?«, fragte Gloria Pokalke, der meine Überlegungen zu lange dauerten.

»Zunächst einmal das mit der Maria und ihrem Zorn. Aber das ist letztlich nur die Erklärung für das Bild. Woher allerdings die Idee mit der bösen Maria stammt, hätte ich doch gerne gewusst.«

»Sonst nichts?«

»Doch. Das Versprechen, sein Leben für diesen Bruder Bertram einzusetzen, und dann die Zeile in der steht, dass die bestraft werden sollen, die die Sekte bekämpfen. Es bedeutet, sie dürfen vor nichts zurückschrecken, und das ergibt zusammengenommen die Rechtfertigung für zwei Morde.«

»So sehe ich das auch. Und was halten Sie von dem Satz mit den unschuldigen Seelen?«

Was sollte ich schon davon halten? »Sie suchen neue Mitglieder, und deren Seelen wollen sie eben entsprechend indoktrinieren, also aus ihrer Sicht zum Heil führen.«

»Aber warum unschuldig? Wenn ich jemanden bekehren will, dann ist der doch, aus Sicht der Sekte, zunächst mal schuldig, weil er nicht den richtigen Glauben hat.«

»Sie meinen, wie vor der Taufe? Mit einer Art Erbsünde belastet? In diesem Fall wohl gleichzusetzen mit dem falschen Glauben, weltlicher Lebensweise und so weiter?«

»Ja, so ungefähr.«

Aber darauf wusste ich keine Antwort, und es schien mir auch nicht besonders wichtig zu sein. Aber etwas anderes fiel mir ein: »Kennen Sie eine Julia Themann?«

»Nein, noch nie gehört. Wer soll das sein?«

»Eine ehemalige Freundin von Christa Berner. Es hätte sein können, dass sie mit Stutz Kontakt aufgenommen hat.«

Aber sie wiederholte, dass sie noch nie etwas von ihr gehört habe. Ob das wichtig sei?

Ich verneinte. Was hätte ich ihr auch schon sagen können?

Ich redete ihr noch aus, ebenfalls nach Hochmoning zu fahren, dann verabschiedete sie sich. Unter der Tür blieb sie kurz stehen und schaute mich an, als wollte sie noch etwas sagen, aber dann sagte sie nur »Viel Glück!« und verschwand. Doch der Blick hatte ausgesehen, als wollte sie etwas ganz anderes sagen, er hatte mich an den Abend beim Italiener erinnert, aber dann war es auch schon wieder vorbei.

Und ich saß noch eine Weile da und dachte nach. Über Gloria nur ganz kurz, das führte ja zu nichts, also beschäftigte ich mich mit dem Stutz-Sohn. Anscheinend hatte diese Christa Berner es geschafft, ihn für ihren Verein zu begeistern. Es hätte mich schon interessiert, wie sie das angestellt hatte, denn selbst wenn dieser Stefan Stutz in sie verliebt war, musste das noch lange nicht heißen, dass er ihr auch auf ihre sektiererischen Abwege folgte. Vielleicht hatte sie ihn ja auch ganz bewusst in sich verliebt gemacht, um so ans eigentliche Ziel zu gelangen. Allmählich wurde mir klar, dass ich mich in ihr gewaltig getäuscht haben musste, dass ich auf ihr unschuldiges Äußeres, das sie wahrscheinlich ganz bewusst pflegte, hereingefallen war. Und dann war da noch diese Julia Themann, die überhaupt nicht hier hereinzupassen schien …

Das Schrillen des Telefons riss mich aus meinen Überlegungen.

»Ja, Moser hier.«

»Der Detektiv Moser?« Es war eine weibliche Stimme, sie klang dumpf und gepresst, so als würde durch ein Taschentuch gesprochen.

»Ja, genau der.«

»Dann passen Sie jetzt gut auf. Wenn Sie nicht sofort aufhören, sich um heilige Dinge zu kümmern, die Sie nichts angehen, dann wird der Zorn der Gottesmutter über Sie kommen. Haben Sie das verstanden?«

»Habe ich. Wer sind Sie denn?«

Die Anruferin reagierte nicht auf meine Frage. »Dies ist die erste und die letzte Warnung. Sie haben ja erfahren, was mit denen geschieht, die in verbotene Bereiche vordringen.«

Ich wollte noch etwas sagen, aber da war die Verbindung schon unterbrochen. Christa Berner war es nicht gewesen, da war ich mir sicher. Die Stimme hier, soviel hatte ich trotz der Manipulation erkannt, klang älter, rauer. Wahrscheinlich war von einer öffentlichen Zelle aus angerufen worden, denn mein Display hatte keine Nummer angezeigt.

Man wurde also nervös in Hochmoning. Nervöse Menschen machen Fehler, das war das Positive daran. Das einzige Positive. Denn es bedeutete natürlich auch, dass ich wirklich in Gefahr war, da machte ich mir nichts vor. Und es ließ darauf schließen, dass sie das, was sie dort trieben und unbedingt geheimhalten wollten, womöglich wegschafften oder verbargen oder sonst irgendwie verschwinden ließen. Was immer es auch sein mochte. Und das wiederum hieß: Ich musste so schnell wie möglich dorthin.

Ich stand auf und warf noch einen kurzen Blick auf das Papier mit den Sektenregeln, das Gloria mir gegeben hatte. Dann fiel mir die Liste ein, die ich bei Christa Berner mitgenommen hatte. Ich zog sie aus der Tasche, faltete sie auf und legte sie daneben. Unschuldige Seelen? Und plötzlich dämmerte es: Damit waren vermutlich die Kinder gemeint, die sie auf den Weg des Heils führen wollten. Nun ja, wenn die Mütter mitmachten … Ich wollte die Liste schon wieder in die Tasche stecken, als mir noch etwas auffiel. Neben eine der Adressen, die mit einem Haken versehen waren, es war eine in München, hatte man mit Bleistift etwas kaum Leserliches gekritzelt. Am klarsten war noch das Datum zu erkennen – es war das von gestern. Was daneben stand, entzifferte ich mit einiger Mühe als *Klappe St. Laurentius.* Was hatte das zu bedeuten? Hörte sich nach Kirche an. Aber *Klappe?*

Plötzlich war der Gedanke da. Babyklappe! Im Schwabinger Krankenhaus, wo Korreuter seine seltsame Begegnung mit den beiden Frauen und dem kleinen Kind gehabt hatte, gab es so eine. Aber was bedeutete St. Laurentius? Ich musste wieder ins Internet. Und nach ein paar Klicks hatte ich es. Es gab ein Kloster St. Laurentius im Münchner Vorort Solln, und das hatte auch eine Babyklappe. Also eine Öffnung irgendwo außen am Gebäude, in die Mütter anonym ihr Neugeborenes legen können, wenn sie es loswerden wollen. Innen ertönt dann ein Klingelsignal und das Baby wird abgeholt. Aber was hatte die Sekte damit zu tun? In mir keimte ein ziemlich schrecklicher Gedanke, den ich gleich wieder zu unterdrücken versuchte. Aber als ich dann aufbrach, fuhr ich erst mal zum Kloster. Es lag ja, wie auch Hochmoning, Richtung Süden, war also kein großer Umweg.

Ich fuhr die Wolfratshauser Straße stadtauswärts, kam nach Solln, einem alten, ziemlich vornehmen Villenvorort, in dem sich inzwischen in Gestalt einiger gesichtsloser Hochhäuser auch der weniger vornehme Mittelstand eingenistet hat. Das Kloster St. Laurentius lag abseits der Straße hinter dicken Mauern.

Am Empfang fragte ich eine Schwester im schwarzen Habit, wer mir über die Babyklappe Auskunft geben könne. Ihr gerade noch freundliches Gesicht verwandelte sich von einem Augenblick zum anderen in eine misstrauische Maske, die braunen Augen blickten streng, sie sagte »Einen Augenblick, bitte«, eilte quer durch den Eingangsbereich davon und verschwand hinter einer Tür im Hintergrund. Eine Minute später ging die Tür wieder auf und es wallte eine an Alter und Umfang schon weiter fortgeschrittene Habitträgerin auf mich zu. Der Gesichtsausdruck war allerdings der gleiche.

»Sind Sie von der Presse?«, fragte sie.

»Nein, ich …«

Aber sie schien mich gar nicht gehört zu haben. Der innere Empörungsdruck war zu groß. »Wenn Sie versuchen sollten, sich unter einem Vorwand hier einzuschleichen, um falsche Nachrichten in die Welt zu setzen, dann …« Sie machte einen Augenblick Pause, um Luft zu holen, das nutzte ich aus.

»Ich bin nicht von der Presse. Ich wollte mich nur erkundigen, ich habe nämlich eine Nichte, die ist schwanger, und ich befürchte …«

»Mag sein«, unterbrach sie mich. »Aber jetzt ist es sehr ungünstig. Kommen Sie in ein paar Tagen wieder.«

»Was ist denn passiert?«

»Das geht Sie nichts an. Auf Wiedersehen.« Sie ließ mich einfach stehen.

Im Augenblick war da nichts zu machen. Aber es musste sich etwas ereignet haben, was die guten Schwestern völlig durcheinander gebracht hatte, und ich hätte jetzt jeden Eid darauf geschworen, dass Christa Berner damit zu tun hatte.

Eine Dreiviertelstunde später, es wurde schon allmählich dunkel, erreichte ich Hochmoning. Bei meinem ersten Aufenthalt hatte ich ein Schild gesehen, das auf einen Gasthof mit Fremdenzimmern hinwies, ich entdeckte es wieder, folgte dem Pfeil und kam etwas außerhalb der Ortschaft zu einem Gasthof mit rundum laufenden, Geranien-geschmückten Holzbalkonen, auf einer Anhöhe breit hingelagert, so, wie man es von einer oberbayerischen Unterkunft erwartet. Es gab auch freie Zimmer.

»Wir hätten da was mit sehr schöner Aussicht«, sagte die junge Empfangsdame im gestylten Dirndl. Das wäre großartig, antwortete ich und riss mich von der schönen Aussicht auf ihr Rüschendekolleté los.

Bevor ich in den zweiten Stock zu meinem Zimmer hinaufstieg, blieb ich vor dem Ständer mit den Zeitungen und Zeitschriften stehen und sah mir die Schlagzeilen an. Und da, auf der ersten Seite des Mistblattes aus dem hohen Norden, das ich in der Regel nicht mal ignoriere, stand die Überschrift »Babyraub im Kloster verhindert«. Und darunter entdeckte ich den Namen *St. Laurentius*. Jetzt musste ich es leider kaufen.

Schon auf der Treppe überflog ich den kurzen Artikel. Kurz nachdem ein Baby in die Klappe gelegt worden war, sei eine junge Frau hereingestürmt und habe unter Tränen das Kind zurückgefordert, sie hätte es sich anders überlegt und wolle es nun doch selbst großziehen. Die Schwestern hätten sie ins Büro gebeten, um ihr Papier mit dem Fingerabdruck des Babys zu überprüfen. Denn jede Mutter, die ihr Kind in die Klappe legt, muss dort mit einem bereit liegenden Stempelkissen einen Fingerabdruck des Babys auf einem Brief platzieren, den sie dann mitnimmt. Und wenn sie später ihr Kind zurück haben will, muss sie diesen Brief vorlegen. Da die junge Frau ja anonym bleiben soll, ist dies die einzige Möglichkeit festzustellen, dass sie die Mutter ist und das Kind in die Klappe gelegt hat.

Die junge Frau habe sich geweigert, und als das nichts half, sei sie weggelaufen. Die Schwestern hatten in der Aufregung nicht daran gedacht, ihr nachzulaufen, um wenigstens die Autonummer zu notieren.

Denn bald danach hatte sich herausgestellt, dass das Baby von einer anderen Frau in die Klappe gelegt worden war. Ein paar Leute vor dem Kloster hatten gesehen, wie die beiden Frauen sich getroffen und gestritten hatten. Eine hatte dann das Kind in die Klappe gelegt und war weggefahren. Die andere hatte eine kleine Weile gewartet und war dann ins Kloster gerannt.

Ich betrat das Zimmer, warf die Zeitung auf den kleinen Tisch, stellte meine Reisetasche auf den Boden, setzte mich aufs Bett und dachte nach. Konnte das wirklich Christa Berner gewesen sein?

Das Handyklingeln unterbrach meine Überlegungen.

»Hallo Moser«, sagte eine müde Stimme, die ich sofort wiedererkannte. »Wo sind Sie denn gerade?«

»Guten Abend, Herr Kramsky«, erwiderte ich höflich. »Unterwegs. Was gibt es denn?«

»Das werde ich Ihnen vielleicht sagen, wenn Sie mir verraten, was Sie im Kloster St. Laurentius gesucht haben. Sie wollten doch etwas über die Babyklappe erfahren, stimmt's?«

Also hatten die Schwestern wenigstens meine Autonummer notiert und sie an die Polizei weitergegeben. Aber warum rief mich ausgerechnet ein Kommissar der Mordkommission deswegen an? Vielleicht hatte man ja nur festgestellt, dass ich oft mit ihm zu tun hatte.

»Stimmt. Aber das war nur eine kleine Ermittlung am Rande. Übrigens, die Frau, die da abgehauen ist, welche Haarfarbe hatte sie?«

»Schwarz. Hören Sie, Moser, ich habe jetzt allmählich genug von Ihren Ausreden. Ich will Sie hier in meinem Büro sehen. Morgen Nachmittag kommt dieser Unternehmer aus Freiburg zu mir, dieser Martin Engelhard, und anschließend reden wir. Und dann will ich wissen, was für ein Spiel Sie da treiben. Wo genau sind Sie denn jetzt?«

»Nicht in München. Also dann bis morgen.«

Ich legte das Handy weg und packte die Reisetasche aus. Kramsky war jetzt natürlich sauer, aber das musste ich in Kauf nehmen. Ich wollte Gewissheit haben, bevor ich etwas erzählte. Die angebliche Babyräuberin war nicht blond gewesen, also offenbar nicht Christa Berner. Aber wozu gibt es Perücken?

Ich kam zum Grund der Tasche und stellte fest, dass ich das Kopfkissen schon wieder vergessen hatte.

V

Es wurde Nacht. Nur ganz weit im Süden, über den Bergspitzen, setzte sich noch ein schwacher heller Schein gegen die herandrängende Dunkelheit zur Wehr. Ich stand im zweiten, dem obersten Stock auf dem Balkon mit der gedrechselten Brüstung und den daran hängenden Kästen mit den noch immer blühenden Geranien und Petunien und schaute über das hügelige Voralpenland. Viel war davon allerdings nicht zu sehen, denn es war auch noch Nebel aufgezogen. Feine, im Licht des fast vollen Mondes wie helles Gespinst schimmernde Schwaden breiteten sich an den tiefer gelegenen Stellen aus und krochen langsam weiter nach oben. Der Hügel, auf dem der Gasthof stand, ragte noch heraus, ebenso wie andere Erhebungen rundum, dazwischen durchbrachen nur noch die Spitzen der Tannen als schwarze, gezackte Silhouetten das weiße Wabern. Von unten, aus der Wirtschaft, drang der Lärm der Gäste durch die geschlossenen Fenster, aber er kam hier oben nur als fernes, dumpfes Gebrabbel an, das die Stille eher noch unterstrich als dass es sie störte. Wie der Nebel blieb das alles unter mir.

Ich schaute auch in die Richtung, in der das Schloss Hochmoning lag, es waren ja, Luftlinie, nur höchstens zwei, drei Kilometer. Aber ich konnte natürlich nichts erkennen. Heute Nacht noch wollte ich dorthin und versuchen, etwas herauszubekommen. Ich konnte nicht länger warten, ich musste mir einfach Klarheit darüber verschaffen, ob das, was mir da in den Sinn gekommen war, wirklich und wahrhaftig zutraf. Und ich durfte auch keine Zeit mehr verlieren, weil die Leute dort inzwischen herausbekommen hatten, dass ich, sozusagen in der Nachfolge von Udo Stutz und Jörg Oltschnigg, versuchte, ihrem Geheimnis auf den Grund zu gehen. Dass an meinem Verdacht etwas dran war, ergab sich für mich auch aus dem Anruf von Kommissar Kramsky.

Von wem die Sekte wohl erfahren hatte, dass ich ihr hinterher recherchierte? Zunächst kam da Stefan Stutz infrage, der ja anscheinend, wie ich leider erst jetzt herausgefunden hatte, durch Christa Berner dort hinein gebracht worden war. Aber es gab noch andere. Die Aura-Spezialistin und zumindest frühere Berner-Freundin Julia Themann zum Beispiel. Es war ja durchaus möglich, dass sie mich angelogen und noch mit ihr Kontakt hatte. Nach dem Anruf, vom dem mir ihr Besucher erzählt hatte, war das sogar wahrscheinlich. Und dann konnte es ja auch sein, dass meine Herumfragerei in Obermenzing jemandem aufgefallen war. Ganz abgesehen von dem Foto, das man von mir bei meinem ersten Besuch in Hochmoning gemacht hatte. Ich konnte also nicht hoffen, hier unerkannt zu bleiben.

Obwohl vorhin bei meiner Ankunft meine Aufmerksamkeit durch das Rüschendekolleté etwas beeinträchtigt war, hatte ich doch den Eindruck, als schaute die Dirndlträgerin mich, als ich mich eintrug, misstrauisch an.

Und bevor sie mir dann den Schlüssel in die Hand drückte und einen angenehmen Aufenthalt wünschte, war sie kurz im dahinter gelegenen Büro verschwunden. Das alles konnte völlig harmlos sein, war es wahrscheinlich auch, vielleicht wurde ich allmählich paranoid. Nachher jedenfalls, in der Wirtschaft, war alles in Ordnung gewesen, vom gut gezapften Weißbier bis zum Kaninchen in Senfsoße.

Ich stand immer noch auf dem Balkon. Es war inzwischen kühler geworden, der helle Schein über den Bergen war verschwunden, aber ich blieb stehen und schaute. Der Nebel hatte sich ausgebreitet, nur noch Baumgruppen und Hügel-Inseln ragten aus der vom Mondlicht zum Leuchten gebrachten weißen Watte heraus und auf einer dieser Inseln stand ich auf dem Balkon und schaute und fröstelte, aber ich konnte mich von dem Anblick nicht losreißen. Es war, als wäre ich allein auf der Welt, alles war ganz ruhig, oben begannen die Sterne zu glimmen, viel heller und deutlicher als in der Stadt, jetzt schrie sogar irgendwo ein Kauz … Und bevor ich total in Romantik und Sentimentalität versackte, ging ich nun doch zurück ins Zimmer. Aber ich konnte nicht verhindern, dass mich ein paar grundsätzliche Gedanken überkamen, dass sich mir wieder die Fragen aufdrängten, auf die es keine Antwort gibt, an denen schon viel schlauere Menschen als ich verzweifelt sind.

Was ist es, das die Menschen so anfällig macht für Fanatismus, für religiösen Wahn, dafür, im Namen eines vermeintlich Höheren die unglaublichsten Verbrechen zu begehen? Wieder einmal war es eine ins Aberwitzige verdrehte religiöse Überzeugung, die ihre Anhänger zu Taten trieb, die sie früher wohl selbst verdammt hätten, wieder einmal gab es da einen »Erleuchteten«, einen »Wissenden«, der seiner Gefolgschaft seinen Willen aufzwang. Wie weit glaubte er selbst an das, was er da predigte? Nicht zum ersten Mal kam mir der Gedanke, es ginge den Menschen ganz ohne Religionen vielleicht besser, aber das war wahrscheinlich zu kurz gedacht. Denn gäbe es sie nicht, würden andere Ideologien ihren Platz einnehmen, auch dafür gibt es ja genug Beispiele. Und die würden dann wieder zu Religionen werden. Oder so ähnlich. Wir brauchen offenbar so etwas, um all das Unerklärbare im Leben erklärbar zu machen, nicht zuletzt das Wissen um den eigenen Tod, und können ohne Religion oder Ersatzreligion nicht existieren. Nur damit richtig umzugehen haben wir immer noch nicht gelernt. Da müsste erst einer kommen und uns umprogrammieren, ein »Erleuchteter«, ein »Wissender« vielleicht. So einer hätte uns dann gerade noch gefehlt. Vielleicht sind wir ja wirklich eine Fehlkonstruktion.

Das Handyklingeln riss mich aus meinen nutzlosen Überlegungen. Die Handynummer, die auf dem Display erschien, war mir unbekannt. Ich meldete mich.

»Hier Julia Themann. Entschuldigen Sie die späte Störung, Herr Moser, aber ich brauche Ihre Hilfe. Das heißt, zuerst müsste ich Ihnen etwas erzählen, es geht auch um Christa Berner, ich habe Ihnen nicht die ganze Wahrheit gesagt …«

Sie sprach leise, mit Unterbrechungen, so als hätte sie Angst entdeckt zu werden. Es hörte sich fast schon gehetzt an. »Sind Sie in München?«, fragte sie zum Schluss. Wahrscheinlich hatte sie zuerst versucht, mich unter meiner Festnetznummer zu erreichen.

»Leider nein«, sagte ich. »Und ich kann auch vor morgen nicht zurück sein.«

»Oh mein Gott!« Es klang nach Panik.

»Werden Sie denn verfolgt? Oder bedroht?«

»Ich weiß nicht … Ja, ich glaube schon.«

Stutz' Terminkalender mit ihrem Namen fiel mir ein. »Hatten sie das auch Udo Stutz erzählen wollen?«

»Vielleicht. Ich wollte ihn treffen. Ich muss jetzt Schluss machen.«

»Sind Sie in Ihrer Wohnung?«

»Nein.« Sie murmelte etwas, das ich nicht verstand, dann: »Ich muss mir jetzt selbst helfen, ich muss …«

»Wo sind Sie denn jetzt?«

Ich hörte ein seltsames Geräusch, ein Rumpeln und Knacken, als wäre das Handy zu Boden gefallen, dann ein erstickter Schrei – »Was? Du?« – eine Männerstimme sagte etwas, ein erneutes Knacken, und dann nichts mehr.

Man hatte sie also erwischt. Es war mir klar, was für Leute das waren, aber was sollte ich tun? Ich konnte nichts tun. Aber ich wusste jetzt, warum Udo Stutz sterben musste. Weil er sich mit Julia Themann hatte treffen wollen. Eine andere Erklärung gab es nicht. Sie wusste offenbar Dinge, die so gravierend waren, dass man deshalb Udo Stutz umbrachte. Aber wie hatten sie von dem geplanten Treffen erfahren? Und warum hatten sie statt ihm nicht die Themann gekillt? Dann hätte sie niemandem mehr etwas verraten können. Ich hatte so eine Ahnung, aber das half mir nicht weiter. Ich konnte nichts tun, absolut nichts.

Also legte ich mich angezogen aufs Bett, um ein paar Stunden Schlaf zu bekommen, den Handy-Wecker stellte ich auf vier Uhr morgens. Ich schloss die Augen, aber wie erwartet ging mir die Themann-Geschichte nicht aus dem Kopf, ich würde bestimmt nicht schlafen können … Dann fiepte der Wecker, mir war, als hätte ich mich gerade erst hingelegt, aber es war vier Uhr am Morgen.

Ich machte nur die Nachttischlampe an, stand auf und trat ans Fenster. Schwarz war es draußen, eine Dunkelheit, so dicht, dass es mir vorkam als müsse sie hereindrücken, wenn ich das Fenster öffnete. Ich zog mich fertig an, vergaß auch die Beretta nicht und verließ mein Zimmer. Im Flur brannte eine funzelige Notbeleuchtung, alles war ruhig.

Schon nach dem Abendessen hatte ich erkundet, wie ich später ungesehen aus dem Haus kommen könnte. Also ging ich jetzt hinunter ins Erdgeschoß, aber nicht zum Haupteingang, der um diese Zeit sowieso verschlossen sein würde, sondern nach hinten, an Küche und Toiletten vorbei zum Hintereingang. Der war verschlossen, aber der Schlüssel steckte. Und wenn nicht, wäre auch das kein Hindernis gewesen. Ich ließ ihn stecken – so würde es, käme da wirklich jemand vorbei, nicht auffallen, dass die Tür nicht abgeschlossen war.

Den Wagen hatte ich gestern so abgestellt, dass er auf dem leicht abschüssigen Parkplatz bei gelöster Bremse von selbst ins Rollen kommen musste. Ich ließ ihn also langsam losrollen und hielt ihn nur mit der Handbremse, damit mich die Bremsleuchten nicht verrieten. Erst nach etwa fünfzig Metern und einer leichten Linkskurve ließ ich den Motor an. Es war zwar sehr unwahrscheinlich, dass im Haus jemand wach war, aber ich wollte sichergehen. Man konnte ja nicht wissen, welche Spinnenfäden die Sekte inzwischen übers Umland gezogen hatte.

Es war immer noch neblig, die Scheinwerfer reichten nur etwa fünfzig Meter weit, was sich rechts und links der Straße befand, wurde von weißen Schwaden verdeckt. Niemand war um diese Zeit unterwegs, auch auf der nach Hochmoning führenden Landstraße herrschte absolute Ruhe. Ich stellte den Wagen ein gutes Stück von den Wirtschaftsgebäuden entfernt am Waldrand ab und machte mich zu Fuß auf den Weg. Zum Glück hatte ich mir bei meinem ersten Besuch die Lage der Gebäude gut eingeprägt, sonst hätte ich mich bestimmt verfranzt. Nur von Zeit zu Zeit ließ ich die Taschenlampe kurz aufleuchten, um mich zu orientieren. Schließlich erreichte ich die Schlossmauer und begann an ihr entlangzugehen. Hier musste ich die Taschenlampe im Dauerbetrieb nutzen, denn die Mauer verlief unregelmäßig, an manchen Stellen lagen heruntergefallene Steinbrocken, über die ich sonst unweigerlich gestolpert wäre. Und überall wucherte Gestrüpp. Einmal kam ich an einen schmalen, gut unterhaltenen Weg, der auf eine Tür in der Mauer zuführte. Sie war verschlossen, und ich hütete mich vor dem Versuch sie zu öffnen. Es konnte ja sein, dass man sie mit einer Alarmanlage gesichert hatte.

Ich hatte das Gelände bestimmt schon zu zwei Dritteln umrundet, als ich an eine Stelle kam, wo der herabgefallene Schutt zu einem Kegel aufgetürmt war, anscheinend hatte sich oben ein größeres Mauertrumm gelöst. Im Schein der Taschenlampe erkannte ich die schadhafte Stelle und sah, dass sie noch nicht ausgebessert war. So wie das ganze Mauerstück hier. Während man sonst überall zumindest den Putz zwischen den Steinen erneuert hatte, stand das hier noch bevor. Was bedeutete, dass es zwischen den Steinen genug Löcher und Fugen gab, um sich festzuhalten. Ich überlegte nicht lange und begann zu klettern.

Es war leichter als gedacht. Auf der Mauerkrone pausierte ich nur kurz, denn der Nebel machte es unmöglich, sich einen Überblick zu verschaffen. Rechts von mir erhob sich etwas Dunkles, oben spitz Zulaufendes, das konnte nur der Turm der kleinen Kapelle sein, die ich bei meinem ersten Besuch bemerkt hatte. Ich befand mich also auf dem Mauerteil, der den kleinen Friedhof rückwärts abschloss. Auch die Innenseite der Mauer bot genügend Halt zum Klettern, sodass ich gleich darauf zwischen den Gräbern stand.

Die alten schmiedeeisernen Kreuze neben mir waren nur schemenhaft zu erkennen, ich bewegte mich vorsichtig zwischen ihnen hindurch. Ein Dekor wie in einem Gruselfilm, gleich musste Graf Dracula um die Ecke kommen. Doch der Blutsauger kam nicht, dafür wäre ich beinahe über einen Grabhügel gestolpert, der höher und weicher war als die anderen. Gleich daneben war noch so einer. Wahrscheinlich hatte man begonnen, auch die Gräber herzurichten, um sie frisch zu bepflanzen. Ich kletterte über das Eisengitter, das den Friedhof vom eigentlichen Schlosshof trennte. Bestimmt hätte es auch irgendwo eine Tür gegeben, aber die Gefahr, dass sie beim Öffnen quietschte, erschien mir zu groß.

Und dann stand ich im Hof, von dem ich kaum etwas sehen konnte. Nach ein paar Minuten war aber doch einiges zu erkennen – hier innen schien der Nebel weniger dicht zu sein und das Mondlicht drang schwach bis zum Boden durch. Alles war still, eine bedrohliche Stille, wie mir schien, aber das kam wahrscheinlich von meiner Anspannung. Ich war mir sicher, dass man Vorkehrungen getroffen hatte, um sich vor unerwünschten Besuchern zu schützen. Deshalb versuchte ich erst gar nicht, beim Haupteingang ins Haus zu kommen. Aber es musste ja auch noch andere Eingänge geben, ich dachte da an die Tür in der Mauer, die ich vorhin passiert hatte. Als ich quer über den Hof ging, fiel ich beinahe über eine Schubkarre, die mitten auf dem Weg abgestellt war. Der Kies knirschte, als ich dagegen stieß, ich lauschte, aber alles blieb ruhig. Ich kam zum Nebeneingang. Er lag zwischen zwei an die Mauer angrenzenden Gebäuden, von denen eines an das Haupthaus anschloss, und wenn ich nicht gewusst hätte, dass es diese Lücke zwischen den beiden Häusern gab, hätte ich ihn wahrscheinlich übersehen.

Wie ich gehofft hatte: Man konnte auch hier hinein. Auf beiden Seiten des Durchgangs gab es eine Tür, die Schlösser waren nicht von der Art, die einem hinhaltenden Widerstand entgegensetzt. Ich schaute mich erneut um, man kann es auch übertreiben mit der Vorsicht, sagte ich mir, aber ich hatte ein ungutes Gefühl. Fast war es so, als sei es mir unheimlich, dass man mich noch nicht entdeckt hatte. Plötzlich ging auf der anderen Hofseite, im ersten Stock des Hauptgebäudes, in einem Zimmer das Licht an. Das helle Fensterviereck strahlte durch den Nebel, da war wohl jemand wach geworden, aber mit mir konnte das ja nichts zu tun haben. Ich entschied mich für eine der beiden Türen, holte mein Werkzeug aus der Tasche, und als ich hochblickte, war das Licht schon wieder erloschen.

Dann war ich drin. Ein langer Gang erstreckte sich vor mir, ähnlich dem, den ich bei meinem ersten Besuch entlanggeschlichen war. Und auch hier gab es eine Art Notbeleuchtung. Aber ich war ein gutes Stück weit weg vom Hauptgebäude, und nur dort erhoffte ich mir Aufklärung. Es konnte ja nicht so schwer sein, dorthin zu gelangen. Ich ging also möglichst lautlos weiter, kam an eine Kreuzung, überquerte sie – bemerkte in der Dunkelheit rechts und links von mir eine Bewegung, man packte mich an den Armen, und bevor ich reagieren konnte, klatschte mir etwas Dunkles, Feuchtes ins Gesicht, ich verspürte einen süßlichen Geruch, ich wollte es wegreißen, und dann spürte ich gar nichts mehr.

Ich erwachte, weil ich fror. Unwillkürlich griff ich neben mich, um nach einer Zudecke zu suchen, aber da war nichts, und etwas unterhalb des Nichts harter, kalter Stein. Auf meinem Kopf lastete ein dumpfer Druck, mir war kotzübel, die Folge des Chloroforms, aber ich war doch klar genug um zu erkennen, in welcher beschissenen Lage ich mich befand. Man hatte mich auf ein schmales hartes Bett gelegt, eher eine Liege, die in einer Zelle mit unverputzten Wänden stand. Ich setzte mich auf, es klirrte, etwas zog an meinem linken Fußgelenk … Es war eine eiserne Fußfessel, die mit einer Kette an der Wand befestigt war. Wahrscheinlich aus den Beständen der alten Raubritter, die hier früher mal gehaust haben mochten. Schwaches Licht kam durch eine schmale, vergitterte Öffnung unter der Decke. Es war Tageslicht, also musste ich eine ganze Weile so gelegen haben. Ich besah mir die dicke Eisenklammer um das Fußgelenk. Keine Chance, sie irgendwie aufzukriegen.

Mein Handy und die Pistole waren weg, die Armbanduhr hatten sie mir gelassen, es war kurz vor sechs. Wenigstens hatten sie mich nicht gleich abgemurkst, sie mussten sich wohl erst eine passende Vorgehensweise ausdenken, eine, die nicht auffiel, die nach Unfall aussah. Beim Mord an Jörg Oltschnigg hatten sie vermutlich keine andere Wahl gehabt, er musste schnell weg, bevor er etwas verraten konnte. Mit mir hingegen konnten sie sich Zeit lassen, ich war ja so nett gewesen, freiwillig zu ihnen zu kommen. Denn dass sie mich töten mussten, war mir klar, sie konnten kein Risiko mehr eingehen. Sie würden mir auch nicht abnehmen, dass ich nicht wusste, worum es hier ging. Worum es wahrscheinlich ging, denn noch hatte ich keine Gewissheit.

Ich stand auf, machte ein paar Kniebeugen und wedelte mit den Armen, um warm zu werden. Die Kette war lang genug, um ein paar Schritte zu tun. In die Ecke unter dem winzigen Fenster hatten sie ein Chemieklo gestellt. Eine halbe Stunde verging, ohne dass etwas geschah, dann wurde draußen ein Riegel zurückgeschoben und die Tür ging quietschend auf. Der Mann, der hereinkam, musste sich bücken, um nicht an den Querbalken zu stoßen, er war bestimmt über eins neunzig groß und so breit, dass er den Türrahmen ausfüllte. Er trug eine lange graue Mönchskutte, um die Hüften eine weiße, vorne verknotete Kordel und um den Hals eine goldglänzende Kette, an der ein ebenfalls goldenes Kreuz im Flammenkranz baumelte. Der Hals, an dem das hing, war kaum zu erkennen, denn der Kopf, fast so breit wie hoch, schien direkt auf den Schultern zu sitzen. Das musste dieser Bruder Bertram sein, von dem man mir erzählt hatte, der ehemalige Boxer. Seine Nase war erstaunlicherweise nicht plattgedrückt, dafür saß sie schief im Gesicht, es sah aus, als hätte er links von sich etwas gerochen und würde nun Witterung aufnehmen. Dunkle, tiefliegende Augen sahen mich streng an, die Stirn darüber, sowieso nicht sehr hoch, wurde durch die nach vorne gekämmten schwarzen Haare fast zum Verschwinden gebracht. Er mochte um die Fünfzig sein. Hinter ihm hörte ich Gewisper, da schienen sich noch andere Leute zu drängen.

»Seien Sie gegrüßt, Herr Moser«, sagte er salbungsvoll mit tiefer, öliger Stimme. »Zu welcher Erkenntnis sind Sie gelangt?«

Seltsame Art der Begrüßung. »Wie meinen Sie das?«, fragte ich zurück.

»Nun, ich möchte wissen, ob Sie immer noch glauben, sich dem göttlichen Willen widersetzen zu können, ob Sie weiterhin den Zorn der Gottesmutter Maria herausfordern wollen.«

»Ich will gar nichts herausfordern, ich will nur wissen, was Sie und Ihre Leute hier so treiben. Sie sind doch Bruder Bertram, oder?«

»Der bin ich. Und ich dulde es nicht, dass Unbefugte hier eindringen. In diesen Mauern wird die Herrschaft der Heiligen

Mutter über die Welt vorbereitet, von hier aus wird die Botschaft hinausgetragen werden, hinausgetragen von Menschen, die nur diesem einen heiligen Ziel verpflichtet sind. Aber noch ist es nicht so weit, noch müssen wir unbeobachtet bleiben. Und jeder, der diesen heiligen Bund zu stören versucht, wird streng bestraft werden.«

Das war ja fast schon eine Predigt, und sie war wohl mehr an die Leute hinter ihm als an mich gerichtet. Ich vernahm zustimmendes Gemurmel.

Bruder Bertram sprach weiter. »Ich werde die Zwiesprache mit der großen Mutter suchen und dann über die Bestrafung entscheiden. Und du, der du dich Detektiv nennst, wirst hier demütig auf dein Urteil warten.« Er wandte sich an sein hinter ihm andächtig ausharrendes Gefolge: »Bringt ihm Licht, damit er die heiligen Texte studieren kann, und etwas zu essen.«

Er drehte sich um und verschwand. Die Tür schloss sich wieder, der Riegel wurde vorgeschoben. Ich war überzeugt, dass er längst entschieden hatte, was mit mir geschehen würde, er musste nur vor seinen Leuten den Schein des unmittelbaren Kontakts zu seiner Heiligen Maria aufrecht erhalten. Wie wohl aus einem Boxer ein Sektenguru hatte werden können? Vielleicht ganz einfach dadurch, dass er ein paar Schläge zu viel an die Birne bekommen hatte. Aber das war Nebensache, wichtig war nur die Frage, wie ich hier wieder herauskommen sollte, bevor es ihm einfiel, sein Urteil zu vollstrecken. Oder vollstrecken zu lassen, denn er selbst würde wohl kaum Hand anlegen.

Ich setzte mich wieder aufs Bett. Mein vorgesehenes Treffen mit Patrick fiel mir ein. Ich würde es wohl nicht schaffen, ihn zu sehen. Wenn ich ihn überhaupt je wiedersehen würde. Ein Scheißjob war das, den ich mir da ausgesucht hatte, es war ja nicht das erste Mal, dass ich mich in Lebensgefahr befand, aber so tief in der Dings hatte ich noch nie gesteckt. Vielleicht kam meine trübe Stimmung aber auch nur daher, dass ich älter wurde, dass ich mich einer Einsicht immer weniger verweigern konnte: Eines Tages würde es wirklich ins Auge gehen.

Jetzt wurde draußen der Riegel zurückgeschoben, die Tür öffnete sich und eine ebenfalls in eine graue Kutte gekleidete Frau erschien. Ich erkannte sie sofort wieder: Es war die Schwester Dorothea, die uns damals die Meditation erklärt hatte. Sie würdigte mich keines Blickes und stellte ein Tablett mit dampfendem Kaffee und zwei Croissants auf das niedrige Bett. Es fiel ihr nicht leicht, denn sie war inzwischen noch schwangerer geworden, der Bauch war schon sehr hinderlich. Hinter ihr kam ein mittelgroßer, etwas dicklicher Mann, er trug Jeans und darüber eine graue, bis zu den Oberschenkeln reichende Kutte, ebenfalls mit einer Kordel zusammengehalten. In der Hand hielt er eine Art Stehlampe, das heißt, einen Stehlampenfuß samt Stange aber ohne Schirm, oben mit nackter Glühbirne in der Fassung. Mir fiel beinahe die Kinnlade hinunter – nicht wegen dieser Beleuchtung, sondern des Mannes wegen, der sie in meine Zelle stellte: Es war Korreuter! Korreuter, der brave Hausmeister, der selbsternannte Beschützer von Christa Berner. Hatte sie ihn also auch rumgekriegt. Auch er sah mich nicht an und legte ein Buch, das er in der anderen Hand getragen hatte, neben das Tablett auf das Bett. Mir fiel auf, dass seine Begleiterin ihn dabei nicht aus den Augen ließ. Vielleicht absolvierte er ja so eine Art Probezeit. Deshalb wahrscheinlich der Aufzug mit Jeans und kurzer Kutte, also noch kein vollwertiges Sektenmitglied. Auf mich hatte er ja, trotz seines einfach gestrickten Naturells, nicht den Eindruck gemacht, als gehöre er zu denen, die so ohne weiteres einem Heilsverkünder nachlaufen. Ich unterschätzte offenbar immer noch die Rolle, die Christa Berner spielte.

Als die beiden gegangen waren, sah ich mich nach einer Steckdose um und entdeckte schließlich eine in der Ecke unter dem Fenster. Man hatte einfach ein Loch in die dicke Seitenwand gebohrt und die Leitung hindurchgeschoben. Ich steckte die Lampe an und machte mich über das Frühstück her. Die Croissants waren ganz frisch, anscheinend machten sie sie hier selbst. Von Selbstkasteiung konnte bei der Sekte also keine Rede sein. Ich dachte immer noch über Korreuter nach. Auch wenn er nun zur Gegenseite übergewechselt war, hatte sein Auftauchen mir doch wieder Hoffnung gemacht. Er schien zum Service-Personal zu gehören, war vielleicht auch hier so eine Art Hausmeister. Aber dass er so sang- und klanglos verschwunden war, wollte mir nicht einleuchten, vielleicht hielt ihn ja etwas hier fest, das über seine Zuneigung zu Christa Berner hinausging.

Es machte keinen Sinn, darüber nachzugrübeln. Ich sah mir das Buch an. Es war natürlich die Bibel. Und darin eingelegt ein paar Blätter, auf deren erstem der Titel *DIE WAHRE MARIA* stand. Also wohl so eine Art Glaubensbekenntnis dieser Leute. Ich überflog den Text. Da war vom Alten und vom Neuen Testament die Rede, davon, dass die Heilige Maria nur eine christliche Fortführung und Anpassung früherer Göttinnnen und Gottesmütter gewesen sei – wie etwa Devaki, die Mutter Krischnas, in Indien, und Isis, die den ägyptischen Gott Horus zur Welt brachte. Bei all dem handle es sich immer um dieselbe, die einzige und wahre Muttergottheit, bei den Griechen und Römern habe sie Artemis beziehungsweise Diana geheißen. Sie sei die wichtigste und größte Gottheit überhaupt, die wahre Himmelskönigin, größer und mächtiger noch als ihr Sohn Jesus. Was an diesen historischen Behauptungen richtig war und was erfunden, vermochte ich nicht zu beurteilen, ich las also weiter.

Vom Konzil in Ephesus im Jahre 431 war dann die Rede, bei dem Maria sozusagen offiziell zur »Gottesgebärerin« ernannt wurde, und schließlich vom Dogma der Unbefleckten Empfängis, 1854 von Papst Pius IX. verkündet. Und dann, nach dem Zwischentitel *Die Lüge von der Jungfräulichkeit*, wandelte der Text sich zu einer Verhöhnung dieses Grundsatzes, einzig die katholische Kirche, so hieß es, halte an diesem Unsinn fest. Dass es damit nichts auf sich habe, ergebe allein schon die Tatsache, dass man sich erst im 19. Jahrhundert dazu durchgerungen habe, dies offiziell festzustellen. *Wieso befleckt?* hieß es weiter, wie könne die Liebe zu einer Befleckung, also zu einem Makel führen? Das habe etwas mit dem Glauben an die Erbsünde zu tun, einem Begriff, der ebenso falsch und verlogen sei. So ging es noch eine ganze Weile weiter, bis dann, mit dem Titel *Die Offenbarung* der letzte Teil begann.

Ja, sie ist mir erschienen, mir, dem unwürdigen Bruder Bertram! stand da als erster Satz, und dann folgte eine Schilderung, bei deren Lektüre sich mir die Zehennägel hochbogen. In der Boxschule sei es gewesen, nach einem schweren Kampf, als er am Abend allein im Ring saß und über den Sinn des Ganzen nachgrübelte – da sei sie ihm erschienen, leuchtend und strahlend. Und sie habe ihm die Wahrheit über sich erzählt und ihn aufgefordert, diese Wahrheit zu verbreiten, andere Menschen zu überzeugen, einen neuen Glauben zu begründen … Und so weiter. Ein paar Sätze weiter wurde es wieder interessant. *Suche unschuldige Seelen, schaffe unschuldige Seelen und pflanze ihnen diesen Glauben ein! Forme sie zum Neuen Menschen!*, habe sie ihm befohlen. Und als er zögerte, sei Maria böse geworden, Flammen hätten plötzlich um sie gelodert, sie habe schrecklich ausgesehen und ihm mit einer Peitsche gedroht. Jessasmariaundjosef! Aber es ging noch weiter.

Zu der Wahrheit, die sie angeblich erzählt hatte, gehörte auch, dass sie die Liebe, die körperliche Liebe, bejahte, dass sie Bruder Bertram sogar auftrug, sie mit gläubigen Frauen zu pflegen und so die unschuldigen Seelen zu schaffen, derer sie bedürfe. Das war es also! Da hatte dieser scheinheilige Bruder sich einen Glauben zurechtgezimmert, der es ihm erlaubte, mit allen seinen Anhängerinnen zu vögeln. Dafür versprach er ihnen dann wahrscheinlich das Himmelreich. Er, der Bruder Bertram, so stand da weiter, könne auch gläubigen Jüngern die Erlaubnis dazu erteilen. So schafft man sich treue Gefolgsleute. Das alles war zwar ziemlich widerlich, vielleicht spielte auch Unzucht mit Abhängigen eine Rolle – aber es erklärte immer noch nicht die beiden Morde. Im Text folgten jetzt noch einige Anweisungen der heiligen Maria, Verhaltensregeln, die jedoch auch nichts Neues brachten. Mir fiel auf, dass sie nirgends »Jungfrau« genannt wurde. Aber das war nach dem Vorangegangenen ja nur logisch. Den Schluss des Ganzen bildeten die »Zehn Gebote«, die ich in Christa Berners Wohnung gefunden hatte.

Eines machte mich stutzig. *Suche unschuldige Seelen* hatte der allerhöchste Auftrag geheißen, auch in den Geboten. Klar, sie konnten ja nicht warten, bis nach neun Monaten die Seelen zur Welt kamen, sie mussten sich auch auf anderem Wege welche beschaffen. Genau das war der Punkt. Darauf beruhte auch mein Verdacht, aber den konnte ich nur nachprüfen, wenn ich aus diesem Verlies hier rauskam. Und danach sah es ganz und gar nicht aus.

Ich beschloss, möglichst wenig über all das nachzudenken; so lange ich nicht mehr wusste, führte das zu nichts. Ich zog die Lederjacke aus und machte ein paar Kniebeugen, dann auch noch Liegestütze, musste aber nach zwölf Stück schnaufend aufgeben. Vielleicht waren ja die Nachwirkungen des Chloroforms daran schuld. Oder die Croissants. Oder das Alter. Ich legte mich wieder aufs Bett, dachte an Gloria Pokalke, hoffentlich kam sie nicht auf die Idee, hier aufzukreuzen, ich schloss die Augen – und als ich sie wieder öffnete, war es zwei Stunden später.

Die einzige Abwechslung der folgenden Stunden bestand aus dem Mittagessen: Gulasch mit Kartoffeln, dazu Mineralwasser. Gebracht wurde es von einer jungen Frau, einer, die ich noch nicht kannte. Man wollte mich anscheinend nicht hungern lassen – nur umbringen. Meine Hoffnung, Korreuter würde sich vielleicht wieder sehen lassen, erfüllte sich nicht. Es wurde Nachmittag, es wurde Abend, dann hörte ich wieder Schritte im Flur und der Riegel wurde zurückgeschoben. Aber anstelle des Abendessens erschien erneut Bruder Bertram, zusammen mit zwei Männern. Einer von ihnen war Korreuter. Der andere, ebenso gekleidet, aber größer und mit geschorenem Kopf, trug einen Schnurrbart. Also wahrscheinlich dieser Wolfgang Amberger.

»Wir werden Ihnen nun eine letzte Gelegenheit geben, die Macht unseres Glaubens kennenzulernen«, sagte der Bruder in seinem üblichen Predigerton. »Dann werden wir die nötigen Entscheidungen treffen.«

Korreuter und der andere traten vor und lösten die Kette an meinen Füßen. Aber nur, um mir anschließend Handfesseln anzulegen. Es waren breite, verstellbare Kabelbinder aus Kunststoff, und Korreuter, der sie mir anlegte, zog sie so fest, dass ich wegen des plötzlichen Schmerzes unwillkürlich zusammenzuckte. Er brummte etwas und lockerte sie ein wenig. Bei all dem vermied er es erneut, mir ins Gesicht zu sehen. Er schien endgültig übergelaufen zu sein. Während dieser Prozedur, als die Kette abgenommen und die Kunststoffbänder noch nicht meine Handgelenke umfingen, war mir kurz der Gedanke eines Fluchtversuchs gekommen. Mit Korreuter und dem anderen wäre ich vielleicht fertig geworden, aber an Bruder Bertram, dem ehemaligen Profiboxer, der hinter ihnen den Türrahmen ausfüllte, wäre ich nie vorbeigekommen. Ich musste also auf eine andere Gelegenheit warten. Viel Zeit blieb mir nicht mehr.

»Los, vorwärts«, knurrte Korreuter und gab mir einen Stoß.

Zwischen Bruder Bertram, der vorausging, und den beiden Männern hinter mir marschierte ich den Flur entlang. Wir kamen an die breite Treppe, die ich vor ein paar Tagen hinuntergeschlichen war. Bruder Bertram blieb vor dem Gemälde mit der Horrormaria stehen. »Nun, Herr Detektiv, was sagen Sie zu diesem Bild?«

Ich sah nur flüchtig hin. »Interessant«, sagte ich.

Er schaute mich überrascht an, wahrscheinlich hatte er eine andere Reaktion erwartet. Aber den Gefallen wollte ich ihm nicht tun.

»Sie scheinen sich gut in der Gewalt zu haben«, sagte er dann. »Es ist ja auch nur ein Bild. Warten Sie auf die Realität.« Er ging die Treppe hinunter und wir folgten ihm. Ich musste wieder an Jörg Oltschnigg denken, mit dem ich hier zusammengetroffen war und der seine Recherchen nicht überlebt hatte. Ob Amberger der Mörder gewesen war? Jetzt sollte wohl ich an der Reihe sein, auch wenn dieser verrückte Bruder mir vorher noch das zweifelhafte Vergnügen bereiten wollte, eine ihrer Zusammenkünfte kennenzulernen. Vielleicht sollte das ja so eine Art Schauprozess werden. Ich fühlte mich, vorsichtig ausgedrückt, gar nicht mehr wohl in meiner Haut.

Wir gingen also den Gang im Untergeschoß entlang, das leise Gemurmel, das schon die ganze Zeit über zu hören gewesen war, wurde lauter, dann öffnete Bruder Bertram eine zweiflüglige Tür. Sofort war es still. Wir betraten eine große Halle, deren unverputzte Wände zum Teil von senkrechten roten Stoffbahnen verdeckt wurden, zwischen denen große, oben von Flammenkränzen umgebene Holzkreuze hingen. Von der hohen Decke herabhängende altmodische Kronleuchter verströmten fahles Licht über die Menschen, die sich hier versammelt hatten, ich schätzte sie auf etwa dreißig. Sie füllten nicht mal die Hälfte des Saales, zwei Drittel von ihnen waren Frauen. Sie standen, es gab keine Sitzgelegenheiten. Alle waren sie in jenes Grau gekleidet, das ich schon kannte – in dem trüben Licht kamen sie mir vor wie eine Zusammenrottung Untoter.

Das Gemurmel verstummte, als wir eintraten, sie wandten uns schweigend ihre blassen Gesichter zu. Bruder Bertram ging auf eine Empore an der Schmalseite des Saales zu, eine Bühne, die die ganze Breite ausfüllte, und stieg hinauf, und wir, also meine beiden Bewacher und ich, folgten ihm. Über der Empore hingen die beiden Bilder, die ich schon kannte: die gute Maria und die böse, hier allerdings in noch größerem Format. Zwischen den Bildern hing wieder ein Kreuz, und direkt darunter stand ein Pult, flankiert von zwei hohen fünfarmigen Leuchtern. Die Flammen der dicken Kerzen flackerten leicht. Also musste sich hier irgendwo eine Öffnung befinden, durch die Zugluft eintrat.

Bruder Bertram stellte sich hinter das Pult und gab meinen beiden Bewachern einen Wink. Sie bugsierten mich schräg hinter ihm vor eine der Stoffbahnen. »Hier stehen bleiben! Nicht bewegen!«, zischte Amberger leise. »Wir sind immer in der Nähe.« Dann verschwanden er und Korreuter hinter dem roten Stoff, der, aus der Nähe betrachtet, ziemlich abgeschabt und fleckig aussah.

Bertram trat hinter das Pult und hob segnend die Arme. »Seid mir gegrüßt, Brüder und Schwestern!«, rief er, und seine Stimme hallte durch den hohen Raum. »Lasst uns unsere Urmutter Maria preisen, unser Vorbild, unserer Heilige, die uns durch mich leitet, die uns belohnt und die uns bestraft, die Gutes mit Gutem vergilt und Böses mit Bösem.« Er drehte sich etwas zur Seite und zeigte auf mich. »Seht, wir haben heute einen Gast. Einen, den wir nicht eingeladen hatten, einen, der gekommen ist, unsere Gemeinschaft zu zerstören und uns von unseren Zielen abzubringen. Wir werden über sein Schicksal entscheiden und wir werden ihn richten.«

Er machte eine Pause. An die dreißig Augenpaare starrten mich an, und ich spürte den Hass, der mir entgegenströmte. Aber niemand sprach ein Wort, es herrschte eine bedrohliche, eine bedrückende Stille. Ich war mir sicher: Ein Wort von diesem Bruder Bertram hätte genügt und sie hätten mich auf der Stelle gelyncht. Aber er hob erneut die Arme und rief: »Doch zuerst wollen wir singen und beten und unsere Urmutter preisen.«

Eine Frau setzte sich an das Harmonium, das in einer Ecke der Bühne stand, sie schlug einen flotten Swingrhythmus an, und dann begannen sie zu singen. Bertram hatte eine schöne Baritonstimme, ich achtete nicht auf die Worte, sondern schaute auf die verzückten Gesichter unter mir. Alle die Menschen wiegten sich mit erhobenen Armen im Takt hin und her, wahrscheinlich hatten sie sich das bei irgendwelchen Erweckungsveranstaltungen in den USA abgeguckt, die meisten hatten die Augen geschlossen und wirkten völlig weggetreten. Ich suchte das Gesicht von Christa Berner, aber ich konnte es nirgends entdecken. Stefan Stutz dagegen sah ich, er war ziemlich weit hinten und versuchte sich hinter den Leuten zu verstecken, die vor ihm standen. Er wollte nicht von mir gesehen werden, es war ihm peinlich und das konnte ich sogar verstehen. Ob er wirklich ein überzeugter Anhänger Bertrams war oder sich nur von der Berner hatte hineinziehen lassen und es vielleicht schon wieder bereute? Aber es war bestimmt nicht leicht, da wieder herauszukommen, so ein Versuch konnte lebensgefährlich sein.

Plötzlich war mir, als hörte ich hinter mir ein leises Zischen, so als machte jemand »Pssst«. Da war es schon wieder, und ich bewegte mich ganz langsam, zentimeterweise rückwärts, bis ich den Stoff direkt hinter mir spürte. Niemand achtete auf mich, alle starrten gebannt auf Bruder Bertram. Dann hörte ich ein Flüstern: »Wenn das Licht ausgeht, durch den Vorhang!« Der Satz wurde wiederholt, Korreuter, denn nur der konnte es sein, wollte sichergehen, dass ich es auch verstanden hatte. Ich konnte ihm kein Zeichen dafür geben, auch nicht dadurch, dass ich mit den hinter meinem Rücken gefesselten Händen gegen den Vorhang drückte; trotz der allgemeinen Verzückung hätte jemand da unten die Bewegung des Stoffes bemerken können. Also war Korreuter doch nicht übergelaufen. Ich gestattete mir ein tiefes Aufatmen. Noch war ich nicht entkommen, aber es gab wenigstens wieder etwas Hoffnung.

Das Lied war zu Ende, Bertram begann zu predigen, im Stil amerikanischer Erweckungschristen. Es war eine nicht enden wollende Litanei von Glaube, Hoffnung, Erlösung und fröhlicher Wiedergeburt. Wieder einmal rief er ein »Maria, beschütze uns!« in den Saal, ein vielstimmiges »Maria, beschütze uns!« schallte zurück – und plötzlich war es stockdunkel. Laute Rufe ertönten, Bertram rief irgendetwas, es polterte, ein Schmerzenschrei ertönte, und ich rang mit der Stoffbahn. Genauer gesagt, ich versuchte daran vorbei nach hinten zu kommen, verfing mich jedoch darin, denn meine Hände waren ja auf dem Rücken gefesselt, aber schließlich war ich doch durch und blieb erst mal stehen, denn hier war es genauso finster wie im Saal. Am Luftzug spürte ich, dass vor mir ein Gang lag, aber wenn ich einfach drauflos rannte, würde ich garantiert gegen die Mauer knallen. Da leuchtete rechts vor mit eine Taschenlampe auf, ich lief darauf zu, Korreuter ergriff meinen Arm und zog mich so schnell vorwärts, dass ich mit meinen gefesselten Händen Mühe hatte ihm zu folgen.

Ein paarmal ging es links und rechts um die Ecke, einmal schrammte ich schmerzhaft an der Wand entlang, schließlich öffnete Korreuter eine Tür und zog mich hinein. Er atmete schwer, kein Wunder bei seinen schätzungsweise fünfzehn

Kilo Übergewicht. So eine sportliche Anstrengung hatte er wahrscheinlich schon lange nicht mehr vollbracht.

»Bitte ruhighalten«, schnaufte er. »Ich schau, ob ich die Fesseln aufkrieg.«

Er stellte sich hinter mich, nahm die Taschenlampe zwischen die Zähne und begann an den Kabelbindern herumzufingern, die meine Handgelenke einschnürten. Irgendwo im Schloss waren dumpfe Rufe zu hören, während Korreuter versuchte, die winzigen Laschen zu erwischen, die man reindrücken musste, um die Binder zu lösen. Er wurde immer nervöser, ich spürte, dass seine Hände schwitzten, er schaffte es nicht …

»Ham S' denn nix zum Abzwicken?«, fragte ich.

»Jessas, ja«, sagte er und griff in die Tasche. Es schien eine Gartenschere zu sein, die er da herauszog.

Schließlich gelang es ihm, nach einigen Mühen und Flüchen und nachdem er mir ein Stückchen Haut weggezwickt hatte, die Binder aufzukriegen.

»Wo ist denn der andere, Amberger?«, fragte ich.

»Was erledigen. Aber jetzt kommen S', bevor die den Kurzschluss finden, den i fabriziert hab.«

Er zog mich aus dem Raum wieder hinaus, lief einen schmalen Gang entlang, blieb an einer Kreuzung stehen und schüttete etwas auf den Boden. »Pfeffer«, erklärte er. »Falls die an Hund einsetzen.«

Er schien an alles gedacht zu haben. Zehn Meter weiter öffnete er eine Tür, die er hinter uns wieder abschloss, wir standen in einer kleinen Kammer voll Gerümpel. Korreuter richtete den Strahl seiner Taschenlampe in eine Ecke, vor der diagonal ein hoher alter Schrank stand. »Da geht's weiter«, sagte er.

Ich erkannte, kaum sichtbar in dieser dunklen Ecke, eine schmale, niedrige, eisenbeschlagene Tür. Korreuter zog einen großen Schlüssel aus der Tasche, es knirschte leise, als er ihn im Schloss drehte, dann schwang sie auf. Ich wartete auf das Ächzen der Scharniere, aber da kam nichts. Als hätte er meine Gedanken erraten, sagte Korreuter mit Stolz in der Stimme: »Gestern extra gschmiert.«

Ich folgte ihm, er schloß hinter uns die Tür wieder ab. Vor uns führte eine steile, enge Wendeltreppe nach oben – wir befanden uns also im Innern eines des vier Türme. Ohne zu zögern, stieg Korreuter nach oben. Ich hatte gedacht, er würde uns irgendwie aus dem Schloss hinaus bringen, aber er schien er es für sicherer zu halten, wenn wir uns hier versteckten. Durch eine Falltür gelangten wir schließlich ins Freie: Wir standen auf dem zinnenbewehrten Turm. Und jetzt verstand ich, warum Korreuter dieses Versteck gewählt hatte: Überall in der Umgebung des Schlosses waren die Lichtpunkte von Taschenlampen zu sehen, Hundegebell ertönte – man suchte also das ganze Gelände nach uns ab. Es wäre uns schwer gefallen zu entkommen. Jetzt flammten auch noch überall an den Ecken des Schlosses Halogenscheinwerfer auf; also hatte man den Kurzschluss entdeckt und behoben. Wir duckten uns hinter die Mauer.

»I hab an Nebeneingang offen lassen, damit die meinen, wir san da raus«, flüsterte Korreuter.

Ich bewunderte seine Umsicht. Trotzdem war mir klar, dass wir auch hier auf Dauer nicht sicher waren.

Korreuter nickte, als ich es ihm sagte. »Wenn's draußen ruhig wird, müssen wir runter. Da hinten liegt a Seil.« Er deutete in eine Ecke.

Also mit dem Seil außen runter, das musste zu schaffen sein. Zumindest für mich. Ich fragte mich allerdings, wie der schwergewichtige Hausmeister das bewerkstelligen wollte. Aber erst mal musste ich wissen, wie er überhaupt hierher gelangt war und womit man ihn dazu gebracht hatte zu bleiben.

Ich fragte ihn das, nachdem wir uns auf den Boden gesetzt hatten, und während draußen die Suche nach uns weiterging, begann er leise zu erzählen. Nicht flüssig hintereinander, sondern immer wieder stockend und nach Worten suchend – er schämte sich natürlich, dass er sich so hatte hineinziehen lassen. Vielleicht war er auch nur deshalb so offen, weil wir im Dunkeln saßen und ich sein Gesicht nicht sehen konnte. Aber an seiner Stimme, an der Art, wie er sprach, war unschwer zu erkennen, wie er sich fühlte.

Schuld an allem war, wie ich vermutet hatte, Christa Berner. Sie hatte ihn überredet, sie nach Hochmoning zu begleiten. Er hatte dort an einigen Zusammenkünften teilgenommen, das alles war ihm immer seltsamer vorgekommen, aber Christa hatte gemeint, er solle ruhig erst mal eine Weile bleiben und sich alles ansehen. Einiges wäre ja recht interessant gewesen, sagte er und stockte. Er wirkte verlegen, und ich erriet, weshalb.

»Sie meinen, wegen der freien Liebe und so«, sagte ich.

»Ja.«

Klar, Korreuter war ja nicht gerade der Typ, auf den die Frauen flogen. Und wenn es das hier umsonst gab … Aber warum wollte man ihn unbedingt dabehalten? Das machte nur Sinn, wenn er irgendetwas bemerkt hatte, was er nicht hatte bemerken sollen.

»Ham Sie der Christa erzählt, dass Sie sie mitm Kind gsehn ham?«, fragte ich.

»Ja. Sie hat ziemlich sauer reagiert und gmeint, des geht mich nix an.«

»Und ham Sie sonst noch irgendwo was gsehn, mit kleinen Kindern?«

Sein Erstaunen war unüberhörbar. »Ja. Wie kommen Sie jetzt da drauf?«

Ich beantwortete seine Frage nicht, sondern erkundigte mich, was genau er da mitbekommen habe.

»Na ja, gleich am Anfang, da hab i mi mal verlaufen, drüben im Haupthaus, und da war dann auf einmal des Babygschrei …«

»Und?«

Er war dem Geschrei nachgegangen, hatte eine Tür geöffnet und einen großen Raum mit Kinderbetten gesehen – aber nur ganz kurz, denn sofort war eine Frau auf ihn zugeschossen und hatte ihn hinausgeworfen.

»Wie viele Betten waren's denn?«

»So an die zehn bestimmt. Vielleicht fünfzehn. Aber i hab natürlich net gsehn, ob die alle belegt warn. Es war ja nur ganz kurz.« Er schien zu überlegen, dann sagte er: »I versteh des net. I mein, so vui Kinder können die doch gar net kriegt ham, obwohl sie …«

»Wild durcheinander vögeln«, ergänzte ich. »Aber des erklär ich Ihnen später. Was is dann passiert?«

Man hatte ihn zur Rede gestellt, aber dann hatte Bruder Bertram entschieden, er werde ihm verzeihen. Und am Abend war dann ein junges Mädchen zu ihm ihn die Zelle gekommen.

»Na ja, und die hat mi dann rumkriegt. Verstehen S' schon, i bin ja net besonders verwöhnt in der Beziehung. Und wenn da dann freiwillig eine zu mir kommt, so ganz a junge …«

»I versteh schon. Und was is dann passiert?«

»Dann is am nächsten Morgen der Bruder Bertram zu mir kommen und hat gsagt, des Madl war erst vierzehn und des wär Unzucht mit Minderjährigen gwesn und strafbar. Er hat mir auch ihren Ausweis zeigt.«

»Ham Sie sich den genau angeschaut?«

»Naa, ich war ja vui zu durcheinander.«

Dann hatte der Bruder Bertram gesagt, er würde von einer Anzeige absehen, wenn Korreuter bis auf weiteres hier in Hochmoning bliebe. Später, bei guter Führung, werde man dann weitersehen. Das also war es, was ihn hier festgehalten hatte. Ihm war gar nichts anderes übrig geblieben als sich einzufügen und nichts zu tun, was negativ auffallen konnte. Er war auch nie mehr in die Nähe des Raumes gegangen, wo er die Babys entdeckt hatte.

Mein Verdacht schien sich also zu bewahrheiten: Die Sekte besorgte sich die unschuldigen Seelen nicht nur durch Eigenproduktion. Das allein, die Indoktrination sozusagen von Geburt an, die abstruse Gehirnprogrammierung, wäre schon schlimm genug gewesen, aber dass sie sich diese Seelen auch noch andernorts beschafften, das war wirklich der Gipfel.

Der Trick mit dem Internetlink, mit der versprochenen Hilfe für ledige Mütter war fast schon genial. Diese meist sowieso schon verunsicherten jungen Frauen ließen sich helfen und beraten und quasi ganz nebenbei für die Ziele der Sekte gewinnen. Bestimmt nicht alle, aber wahrscheinlich mehr als genug. Und Christa Berner, mit ihrem unschuldigen Aussehen, spielte dabei offenbar die Hauptrolle. Warum tat sie so etwas, warum? War sie wirklich so fanatisch, oder gab es noch einen anderen Grund? Die Frau, die ihr Kind in die Klappe von St. Laurentius hatte legen wollen, hatte sich vermutlich gegen die Sekte entschieden und sollte im letzten Moment daran gehindert werden. Beim Schwabinger Krankenhaus war es vermutlich so ähnlich gewesen. Nur mit dem Unterschied, dass die junge Mutter sich von Berner hatte überreden lassen.

Aber das brachte mich automatisch zu der Frage, die ich mir schon öfter gestellt hatte: Rechtfertigte das zwei Morde? Schließlich wurden die Mütter ja nicht gezwungen, sich mitsamt ihren Babys der Sekte anzuschließen. Es war eine Sauerei, aber nicht illegal. Da musste noch etwas anderes mit im Spiel sein, etwas, das auf keinen Fall bekannt werden durfte. Vielleicht hatte es mit der Vergangenheit zu tun, als Bruder Bertram erst anfing, seine Gefolgsleute um sich zu versammeln.

Noch eine andere Frage tauchte in meinem Kopf auf: Was passierte, wenn so eine Mutter sich zu einem späteren Zeitpunkt entschloss, diesen Verein zu verlassen? Wenn Bruder Bertram nicht wollte, dass das herauskam, was er geheimhalten wollte und was mir immer noch unklar war, musste er das unter allen Umständen verhindern. Aber wie? Ich musste schleunigst versuchen, hier herauszukommen und die ganze Geschichte auffliegen zu lassen, bevor noch mehr passierte. Und ich musste mich um Julia Themann kümmern, die sie wahrscheinlich irgendwo in München gefangen hielten.

»Kann man hier irgendwo an ein Telefon oder ein Handy herankommen?«, fragte ich Korreuter.

»Naa. Nur der Bertram hat a Handy. Sonst san's verboten. Und des Büro is nachts abgsperrt.«

Noch immer suchten sie draußen nach uns, jetzt in größerer Entfernung. Wir mussten abwarten.

Korreuter konnte sein Problem nicht vergessen. »Meinen S', die können mir was anhaben wegen der Kleinen?«, fragte er.

»I glaub net«, sagte ich. »Die ham so viel aufm Kerbholz, die können sich net auch noch um Ihr kloans Abenteuer kümmern.«

Er schnaufte erleichtert auf. Ich konnte ihm ja nicht gut sagen, dass er schon froh sein musste, wenn er lebend aus der Geschichte hier heraus kam.

Um die Wartezeit zu verkürzen, begann ich Korreuter vorsichtig nach seinem Leben auszufragen, was er denn früher getan hätte, wie er ins Haus gekommen war und so weiter. Und er erzählte … Von seinem Vater, einem Türken, der versprochen hatte, die Mutter zu heiraten, aber dann, kurz nach seiner Geburt, nach Anatolien abgehauen war. Von der Mutter, die hart gearbeitet hatte, die sich für keinen Job zu schade war, um sie beide durchzubringen, davon, wie sie dann Krebs bekommen hatte und sich, als es zu Ende ging, in die kleine

Dachwohnung hatte zurückbringen lassen, um dort zu sterben. Und wie er bis zur letzten Minute bei ihr gewesen war. Es schien ihm gut zu tun, mir das hier im Dunkeln zu erzählen, hier, wo ich seine Tränen nicht sehen konnte. »Und jetzt bin i halt noch immer in der Wohnung«, sagte er, »und i hab noch immer des Gefühl, sie is da irgendwo, und dann red i mit ihr.«

Ich hätte seine Mutter gerne kennengelernt; so wie er sie schilderte, musste sie eine sympathische, fröhliche Frau gewesen sein. Inzwischen war es um das Schloss herum ruhig geworden, und als ich mich aufrichtete, konnte ich nur noch in größerer Entfernung ein paar sich bewegende Lichter sehen. Es bestand natürlich die Gefahr, dass, wenn man draußen nichts gefunden hatte, die Suche drinnen weiterging, aber das bezweifelte ich. Sie mussten zunächst einmal davon ausgehen, dass ich entkommen war und sich darüber klar werden, was nun zu tun war. Denn ich würde ja nicht untätig bleiben und dann würde demnächst vielleicht sogar die Polizei hier auftauchen. Auch wenn ich, wie sie annehmen mussten, nichts wirklich Verdächtiges gesehen hatte. Selbst Korreuter konnte, genau genommen, nichts Stichhaltiges erzählen. Also gab es für mich nur eine Lösung: Ich musste mir das alles selbst ansehen.

»Erklären S' mir mal, wie man zu dem Raum mit den Kinderbetten kommt«, forderte ich Korreuter auf. »Und zum Büro.«

»Wieso? Sie wollen doch net …?«

»Doch. Ich muss mir das anschauen. Es dauert net lang. Wenn ich in einer halben Stunde net zurück bin, dann lassen Sie sich am Seil runter und hauen ab. Und versuchen, so schnell wie möglich die Polizei zu alarmieren.«

Korreuter versuchte es mir auszureden, sah aber schnell ein, dass es zu nichts führte. Ich ließ mir die Taschenlampe geben und stieg die Treppe hinunter. Dabei fiel mir ein, dass er ohne

Lampe ja nicht feststellen konnte, wann eine halbe Stunde vergangen war. Es sei denn, er hatte eine Uhr mit einschaltbarer Beleuchtung. Ich hoffte es für ihn. Er hatte den Schlüssel zum Flur im Schloss stecken lassen, ich verschloss wieder von außen und nahm den Schlüssel mit.

Irgendwo in den weit verzweigten Gängen hörte ich Stimmen, aber in diesem Teil des Schlosses war es ruhig. Die schwache Nachtbeleuchtung brannte, und ich kam, obwohl ich in jeder Nische und hinter jeder Ecke kurz haltmachte und mich umsah, rasch voran. Das Büro lag einen Stock höher, doch als ich die nächste Treppe hinaufschlich, wurden die Stimmen lauter und ich kehrte wieder um. Wahrscheinlich hatte Bruder Bertram dort seine wichtigsten Gefolgsleute versammelt, um mit ihnen zu beraten. Schade, ich hätte gerne, wenn schon nicht die Pistole, so doch wenigstens mein Handy wieder gehabt, weniger um zu telefonieren, als um das zu fotografieren, was ich jetzt hoffentlich entdecken würde.

Korreuters Wegbeschreibung war nicht sehr genau gewesen, er war ja nur durch Zufall auf diese Babystation gestoßen. Aber dann gelangte ich in einen Flur, der auch jetzt noch hell erleuchtet war, an den Wänden hingen Bilder, alle mit der Heiligen Maria, dem naiven Stil nach von Laien gemalt, aber wenigstens sah die Jesusmutter hier freundlich drein. Und auf allen Bildern war sie von kleinen Kindern umgeben. Kein Mensch war zu sehen, aber ich war mir klar darüber, dass sich hier bestimmt Betreuerinnen befinden mussten. Ich hörte jetzt auch ein Baby quäken, dann noch ein zweites, und dann stand ich vor der Tür, durch die es drang.

Vielleicht gab es irgendwo einen zweiten Eingang, aber ich hatte keine Zeit, danach zu suchen. Vorsichtig drückte ich die Klinke hinunter. Es war dunkel dahinter, es gab da einen Vorhang, eine Art Windfang. Davon hatte Korreuter nichts gesagt, vielleicht war er ja geöffnet gewesen. Ich schob ihn ein wenig zur Seite und sah einen matt erleuchteten, ziemlich großen Raum, an dessen Längsseite Kinderbetten aufgereiht waren. Ich zählte acht Stück. Parallel dazu, in der Mitte des Raums, nochmal vier. Diese waren größer, wahrscheinlich schliefen hier die schon etwas älteren Kinder. Bunte Mobiles hingen von der Decke herunter, an den anderen Wänden standen Schränke mit Glastüren, zwei Wickelkommoden, eine Couch mit Spielsachen darauf und in der Mitte ein Tisch mit drei Stühlen. An den freien Wandflächen hingen wieder bunte Bilder, und alle zeigten sie, soviel ich sehen konnte, das gleiche Motiv: Maria, in allen denkbaren Variationen. Meinem Standplatz gegenüber hing das große Kruzifix mit dem Flammenkranz und daneben befand sich noch eine Tür, sie stand einen Spalt breit offen. Vermutlich führte sie zu einem Raum fürs Personal.

Soviel ich sehen konnte, waren zehn der zwölf Betten belegt. Schilder waren daran befestigt, die ich aus dieser Entfernung jedoch nicht lesen konnte, irgendwelche Lätzchen und Tücher hingen am Fußende. Eines der beiden weinenden Babys war inzwischen wieder eingeschlafen, das zweite jammerte noch leise vor sich hin, und ich überlegte, ob ich es wagen sollte reinzugehen, um zu lesen, was auf den Schildern stand. Die Entscheidung wurde mir abgenommen: Durch die noch offene Tür zum Flur, hinter der ich stand, hörte ich Stimmen, Schritte näherten sich … Da sich in diesem Flur keine andere Tür befand, konnten sie nur hierher kommen … Acht Sekunden später lag ich hinter der Couch. Die Rückenlehne war schräg nach hinten geneigt, so hatte ich dahinter Platz gefunden. Trotzdem hatte ich sie ein wenig von der Wand wegschieben müssen; ich konnte nur hoffen, dass es keinem auffiel.

Bruder Bertram kam herein, zusammen mit einer Frau. Ich erkannte ihn sofort an der Stimme und den großen Füßen. Aus dem Zimmer gegenüber kam jetzt eine weitere Frau, sie hatte offenbar die Nachtschicht. »Seid gegrüßt, Bruder Bertram, Schwester Agnes«, sagte sie.

»Schon gut, Schwester Clarissa«, sagte der Bruder. »Pass auf. Du weißt, was passiert ist. Die beiden sind uns entkommen. Wir werden zwar noch mal das ganze Schloss durchsuchen, aber ich glaube nicht, dass sie noch hier sind. Wahrscheinlich wissen sie nicht genug, um uns gefährlich zu werden, aber wir müssen Vorsorge treffen.«

Schwester Agnes mischte sich ein. »Die Kinder müssen sofort weggebracht werden, in unser Ausweichquartier. Ich werde dir zwei Schwestern schicken, die dir helfen.«

»Aber muss das wirklich jetzt gleich geschehen?« Das war Schwester Clarissa. »Sie schlafen doch alle so schön. Wenn wir sie jetzt wecken, gibt das ein Riesengeschrei. In zwei Stunden werden sie sowieso wach, dann füttern wir sie und sie sind wieder ruhig, und wir können sie wegbringen.« Mir fiel auf, dass sie mit Akzent sprach, er erinnerte mich an den der asiatischen Frau von Wolfgang Amberger.

»Dazu ist keine Zeit ...«, wollte Schwester Agnes einwenden, aber Bertram unterbrach sie: »Doch, Schwester Clarissa hat recht. Wenn die kleinen Seelen ruhig sind, ist es besser für alle. Aber in zwei Stunden müssen sie für den Transport fertig sein.«

»Gut«, sagte Clarissa. »Aber was machen wir mit Luzia? Sie hat hohes Fieber.«

»Du musst das schaffen.« Bruder Bertrams Stimme klang entschieden. »Noch ein Unglück wie das von Anselm können wir uns nicht leisten.«

»Und die Mütter?«, fragte Schwester Agnes.

»Die holen wir morgen nach. Auch sie müssen weg sein, bevor die Polizei hier eintrifft. Ich lasse mir etwas einfallen, um es ihnen zu erklären. Sie dürfen nicht zu lange von ihren Kindern getrennt sein.«

Ein Baby fing an zu weinen. Clarissa machte »Pssst«, und Bertram und seine Begleiterin verschwanden durch die Tür. Clarissa ging zu dem Bettchen, in dem das weinende Kind lag, sie redete leise auf es ein, ihre Stimmt klang gepresst, so als versuchte sie, die Tränen zu unterdrücken. Nach ein paar Minuten war das Kind ruhig und Clarissa ging zur zweiten Tür hinaus.

Ich robbte hinter der Couch hervor, aber bevor ich zur Tür schlich, besah ich mir die Schilder an den kleinen Betten. Da standen Namen, Hedwig, Lukas, Judith und andere, und dahinter das Geburtsdatum. Darunter die Namen der Mütter, alle mit dem Zusatz »Schwester«. Wahrscheinlich waren das die Namen, die sie hier im Schloss trugen, denn es waren nur solche von christlichen Heiligen.

Ich schlich zur Tür und eilte so schnell es ging zum Turm zurück. Zum Glück hatten sie die von Bruder Bertram angekündigte Suche noch nicht begonnen, zumindest nicht in diesem Teil des Schlosses, denn ich war so durcheinander, dass ich sie vielleicht sogar zu spät bemerkt hätte. Es hatte mich doch ganz schön mitgenommen: Da lagen Kinder, deren Mütter sie dieser dubiosen Sekte anvertraut hatten und die man von klein auf zu bornierten Fanatikern erziehen wollte. Konnte man den überforderten jungen Müttern einen Vorwurf machen? Höchstens den der Dummheit. Aber was geschah, wenn eine von ihnen wieder weg wollte, wenn sie gar beabsichtigte, den Verein hier auffliegen zu lassen? Das war vermutlich auch der Grund dafür, sie nachts von ihren Kindern zu trennen. So konnten sie sich nicht heimlich davonstehlen.

Ich versuchte mich auf den Rückweg zu konzentrieren und erreichte unbehelligt die Tür zum Turm, schloss auf und ging die Treppe hinauf. »Ich bin's, Mike Moser«, rief ich hinauf, damit Korreuter nicht vielleicht in einer Panikreaktion etwas Unüberlegtes tat.

»Gott sei Dank«, schnaufte er, als ich meinen Kopf durch die Falltür steckte. »Ham S' was gfunden?«

»Ja, aber des erzähl ich Ihnen später. Wir müssen weg. Die durchsuchen jetzt doch noch das Schloss.«

Ich besah mir das Seil, das Korreuter bereitgelegt hatte. Es war lang und solide genug und aus zwei Seilen zusammengebunden. Ich befestigte es an einem senkrechten Eisenrohr in der Mitte des Turms. Wahrscheinlich hatte es früher dazu gedient, eine Fahne hineinzustecken. Ich warf das Seil hinunter, es waren bestimmt an die sieben, acht Meter bis zum Boden, zeigte Korreuter, wie man es um die Oberschenkel winden musste, um sich mit den Füßen an der Mauer abstützen zu können, und stieg über die Brüstung. Es war schon ein recht blödes Gefühl, da oben zu hängen und den Boden unter sich nicht zu sehen. Allerdings begann es bereits leicht zu dämmern, sodass man nicht total im Dunkeln agierte.

Ich kam ganz gut unten an. Korreuter zog das Seil hoch, um es sich ebenfall um die Oberschenkel zu ziehen. Ich hörte unterdrücktes Fluchen, schließlich erschien er als dunkler Schatten vor dem heller werdenden Himmel über der Brüstung. Dann verschwand er wieder. »Los!«, rief ich ebenso leise wie energisch nach oben. Natürlich hatte er Schiss, aber da musste er jetzt durch. Schließlich erschien er wieder, das Seilende kam heruntergeflogen, er fing, weiterfluchend, an, sich herunterzulassen – und wie ich befürchtet hatte, rutschen ihm nach der halben Strecke die Füße von der Mauer und er hing wie ein nasser Sack am Seil. »Weiter!«, zischte ich. Er hangelte sich weiter, viel zu schnell, das Seil schnitt ihm schmerzhaft in die Hände, wahrscheinlich hatte er es nicht richtig geschlungen, und die letzten zwei Meter konnte er es nicht mehr halten und rauschte herunter. Ich versuchte ihn aufzufangen, und wir plumpsten beide zur Seite ins Gras. Nachdem wir uns aufgerappelt und festgestellt hatten, dass keiner bleibende Schäden davongetragen hatte, gingen wir zur Straße, wo ich, ein gutes Stück hinter den Wirtschaftsgebäuden, meinen Wagen abgestellt hatte. Korreuter stöhnte von Zeit zu Zeit leise und bewegte die Finger. In seinen Handflächen war nicht viel Haut übriggeblieben.

Wir umgingen die Wirtschaftsgebäude in größerer Entfernung an der Rückseite, wir hatten Glück, dass kein Hund anschlug, und erreichten schließlich die Straße. Vor uns stand als schwarze, massige Silhouette der Wald, an dessen Rand ich den Wagen abgestellt hatte. Etwa hundert Meter davor mündete links ein Feldweg ein – und da blieb ich stehen. Denn auf dem Weg, vom Buschwerk fast verdeckt, stand ein Auto, das vorher noch nicht da gestanden hatte. Das konnte völlig harmlos sein, aber in meiner Situation war es besser, vorsichtig zu sein. Ich sagte Korreuter leise, er solle an der Straße warten, dann ging ich auf den Wagen zu – und erkannte ihn. Er gehörte Gloria Pokalke. Die Nummer hatte ich mir nicht gemerkt, aber es waren der gleiche Typ und die gleiche Farbe. Die Scheiben waren innen beschlagen, also war jemand drin.

Ruckartig öffnete ich die Tür. Gloria, die, den Kopf auf dem Lenkrad abgestützt, geschlafen hatte, fuhr hoch. Im Schein der aufgeflammten Innenbeleuchtung erkannte sie mich, und der Schrecken wich aus ihrem Gesicht.

»Ich muss wohl eingeschlafen sein«, sagte sie.

»Sieht fast so aus. Was um Himmels willen machen Sie hier?«

»Ich dachte mir, Sie brauchen vielleicht Unterstützung. Im Hotel sagte man mir, Sie seien nachts weggefahren, also bin ich hierher, ich habe da hinten Ihren Wagen entdeckt, direkt danebenstellen wollte ich mich nicht, und da habe ich eben hier gewartet.«

Das Hotel zu finden, in dem ich abgestiegen war, war ihr nicht schwergefallen, es war das einzige in der Gegend. Während wir noch sprachen, schaute sie plötzlich erschrocken an mir vorbei. Ich dreht mich um: Es war Korreuter, es war ihm zu langweilig geworden.

»Der gehört zu uns«, sagte ich beruhigend. »Aber wir sollten jetzt wirklich losfahren. Am besten fahren Sie hinter uns her, ich kenne mich inzwischen hier aus. Haben Sie auch ein Zimmer im Hotel genommen?«

»Habe ich. Aber das mit dem Hinterherfahren wird nicht klappen.«

»Wieso?«

»Ihre beiden Vorderreifen sind durchstochen. Sie waren es schon, als ich hier ankam. Deshalb wollte ich mich ja auch nicht danebenstellen.«

Verdammter Mist! Vermutlich hatte jemand aus dem Hotel hier angerufen, und sie hatten schon auf mich gewartet. Bevor wir nun also mit Gloria Pokalkes Wagen losfuhren, nahm sie etwas vom Beifahrersitz und reichte es mir, etwas Viereckiges, Weiches.

»Ich habe Ihnen hier ein kleines Kopfkissen mitgebracht. Sie nehmen sowas doch immer in Hotels mit, stimmt's?«

VI

B ei der Raststätte Höhenrain fuhr ich von der Autobahn Garmisch-München runter. So eilig ich es auch hatte, ich musste erst einmal etwas in den Magen kriegen, wenn ich nicht schlappmachen wollte. Der Kaffee war so, wie er in deutschen Autobahnraststätten zu sein pflegt, dazu gönnte ich mir eine zähe Schinkensemmel und einen leicht angetrockneten Muffin vom Vortag. Aber es störte mich nicht, ich war so in meine Gedanken vertieft, dass ich gar nicht richtig wahrnahm, was ich da in mich hineinstopfte. Denn ich hatte Mist gebaut, und jetzt musste ich versuchen, das wieder auf die Reihe zu kriegen.

Nach dem Treffen mit Gloria Pokalke waren wir zusammen in ihrem Auto Richtung Dorf gefahren, es ging zunächst nur darum, von Schloss Hochmoning wegzukommen. Es war gegen halb sechs, schlaftrunkenes Dämmerlicht lag über der Gegend, ein leichter Wind war aufgekommen und trieb Nebelschwaden über die Straße. Die Müdigkeit lastete schwer und machte uns wortkarg, Gloria unterließ es sogar, mich nach meinen Erlebnissen auszufragen. Ich hatte ihr nur erklärt, man hätte uns gefasst und jetzt seien wir abgehauen und müssten schnellstens verschwinden. Dann bat ich sie, uns zum Hotel zu fahren. Zwar würde um diese Zeit niemand bereit sein, uns ein Frühstück zu servieren, aber wenigstens waren die beiden untergebracht. Denn ich musste gleich wieder weg. Eine Gefahr für die beiden bestand nicht, selbst wenn, was ich annahm, jemand die Sekte über ihre Anwesenheit unterrichtete. Bruder Bertrams Leute hatten genug mit ihren eigenen Problemen zu tun.

Als wir vor dem Hotel anhielten, erklärte ich ihnen, wie es weitergehen sollte. Die beiden würden sich hier erst mal ein Zimmer nehmen, um noch ein paar Stunden Schlaf zu

bekommen, sonst konnten sie um diese Zeit sowieso nichts
tun. Korreuter erklärte sich sogar bereit, mein Zimmer zu
übernehmen, es mache ihm nichts aus, dass ich das Bett schon
benutzt hatte. Am Morgen dann sollten sie sich darum kümmern, dass mein Wagen abgeschleppt wurde und neue Vorderreifen bekam.

»Ihr Handy bräuchte ich dann bitte auch noch«, sagte ich
zum Schluss zu Gloria. »Man hat mir meines abgenommmen.«

Jetzt wachte sie doch allmählich auf. »Also mein Auto und
mein Handy. Haben Sie sonst noch einen Wunsch? Ich meine,
wenn Sie hier schon den Feldherrn mimen, der seine Truppen
einteilt, dann hätte ich doch gerne gewusst, was das alles soll.«

»Tut mir leid, aber dazu ist jetzt keine Zeit. Ich muss sofort
zurück, um zu sehen, wo sie die Kinder hinbringen. Und um
vielleicht sogar jemandem das Leben zu retten.«

»Was denn für Kinder?«

»Herr Korreuter wird Ihnen alles erzählen. Ich darf wirklich
keine Zeit mehr verlieren.«

Sie sagte nichts mehr, gab mir das Handy und ich fuhr ab.
Das mit den Kindern hätte ich vielleicht nicht sagen sollen,
aber viel konnte Korreuter ja nicht berichten. Unweit der Einmündung des Hochmoninger Sträßchens in die Hauptstraße
fand ich einen von der Fahrbahn aus kaum einsehbaren Platz,
wo ich parken konnte. Ich stellte mich so hin, dass ich jeden
Wagen sehen konnte, der vorbeikam. Jetzt war es kurz vor
sechs. Ich öffnete das Fenster einen Spalt breit, um frische Luft
einzulassen, ich hütete mich, die Rückenlehne weiter zurückzukippen – all das, um nur ja nicht einzuschlafen. Krähengekrächze ertönte aus dem nahen Wald, dann flatterten zwei
schwarze Silhouetten durch den Nebel. Ich sah ihnen nach,
wenigstens etwas Ablenkung …

Dann sah ich wieder auf die Uhr. Ich sah ein zweites Mal
darauf. Es war gleich halb neun. Verdammte Scheiße! Ich war

eingepennt. Und draußen waren nur noch Nebelreste, die Sonne brach durch, es schien wieder ein wunderschöner Herbsttag zu werden. Ich war so wütend, dass ich aus dem Auto sprang und unflätige Flüche in die Gegend brüllte. Dann machte ich ein paar gymnastische Übungen um mich abzuregen und weil mir das Kreuz wehtat, setzte mich wieder hinters Lenkrad und versuchte zu überlegen. Die Kinder waren längst weggebracht, daran gab es keine Zweifel. Aber wohin? Wahrscheinlich in den früheren Sitz der Sekte nach Obermenzing. Die Gebäude waren zwar völlig leergeräumt, aber als Notquartier konnte man es ja provisorisch ein wenig einrichten. Bertrams Leute würden sich da schon etwas einfallen lassen. Für sie ging es ja nur darum, die Kinder so lange von Hochmoning fernzuhalten, bis die Polizei dort ihre Ermittlungen abgeschlossen hatte.

Und dann war da noch die Sache mit Julia Themann, die vermutlich von den Bertram-Leuten geschnappt worden war. Vielleicht hielt man sie auch in Obermenzing fest. Wenn man sie nicht schon umgebracht hatte. Dagegen sprach eigentlich nur, dass man das nicht schon längst getan hatte. Warum eigentlich? Und was war, wenn sie nicht in ihre ehemalig Bleibe nach Obermenzing gefahren waren, sondern noch woanders über einen Unterschlupf verfügten? Dann stand ich ganz schön blöd da.

Soweit war ich mit meinen Überlegungen gekommen, als ich an der Raststätte Höhenrain zum Auto zurückging. Bevor ich es aufschloss, rief ich bei Kommissar Kramsky an. Die Begrüßung fiel ziemlich ungehalten aus. »Mensch, Moser, wo stecken Sie denn? Ich habe schon ein paarmal versucht Sie zu erreichen. Warum gehen Sie nicht an Ihr Handy?«

»Weil ich es nicht mehr habe. Abhanden gekommen. Was ist denn so dringend?«

»Das können Sie sich doch denken. Ich habe mit Martin Engelhard gesprochen, wegen dem Mord an Oltschnigg. Er hat mir auch von dem Treffen mit Ihnen berichtet. Und von einer Sekte, der seine Tochter sich angeschlossen hatte. Ich muss Sie sehen, Moser, und Sie werden mir gefälligst alles erzählen, was Sie wissen.«

»Werde ich. Aber zuerst noch eine Frage. Haben Sie seit dieser Geschichte in Solln noch etwas gehört von Vorfällen bei Babyklappen?«

Ein paar Sekunden lang herrschte Schweigen. Dann die Frage: »Verdammt, was haben Sie denn damit zu tun? Da schulden Sie mir auch noch eine Antwort.«

»Haben Sie etwas gehört oder nicht?«

»Ja. In Augsburg ist vor ein paar Tagen sowas passiert. Die Mutter hat bereut, was sie getan hatte und ist zurückgekommen, um ihr Baby wiederzuholen ...«

»Aber es war nicht mehr da, weil eine andere Mutter schneller war.«

»Stimmt. Die Leute dort haben nicht nach den Personalien gefragt und ihr das Baby gegeben. Wir geben vorerst nichts an die Medien, um die Leute nicht verrückt zu machen. Aber wir haben eine Umfrage bei allen bayerischen Babyklappen gestartet. Aber jetzt sagen Sie mir sofort, warum Sie das wissen wollen! Hat das mit unserem Fall zu tun, mit dieser Sekte?«

»Möglich. Ich melde mich wieder.«

Ich beendete das Gespräch und stieg ins Auto. Kramsky rief nicht zurück, er ahnte wohl, dass es nichts bringen würde. Vom eigentlichen Zweck der Sekte hatte er von Engelhard wohl nichts erfahren können; Christa hatte ihrem Vater betimmt nichts von den unschuldigen Seelen erzählt, Oltschnigg hatte es wahrscheinlich herausbekommen, aber keine Zeit mehr gehabt, seinem Auftraggeber davon zu berichten.

Auf der Autobahn hatte ich viel Zeit, weiter über diesen

Klappentrick nachzudenken. Denn Pokalkes alte Mühle verfügte über die Beschleunigungswerte einer Straßenwalze, sodass es mir nur selten gelang, noch langsamere Vehikel zu überholen.

Ein Gedanke ließ mich seit dem Gespräch mit Kramsky nicht mehr los: Hatte Christa Berner bei ihren beiden Baby-Entführungen, der missglückten und der gelungenen, im Auftrag der Sekte, also Bruder Bertrams, gehandelt? Ich bezweifelte es. Die Sekte hatte doch mit ihrem Internetangebot einen ebenso einfachen wie genialen Trick gefunden, um ihre unschuldigen Seelen anzulocken. Zusammen mit den Müttern, also ganz legal. Sie hatte es gar nicht nötig, sich auf kriminelle Weise Nachschub zu besorgen. Also hatte Berner auf eigene Faust gehandelt. Weshalb? War sie wirklich so fanatisch?

Warum tut eine junge Frau wie Christa Berner so etwas? War es Hörigkeit, hatte dieser Bertram eine solche Gewalt über sie? Ich konnte es mir einfach nicht vorstellen. Aber weshalb dann? Udo Stutz hatte sie schließlich da rausgeholt; war sie nur seines Todes wegen zur Sekte zurückgekehrt? Ich erinnerte mich an den Tag, an dem sie mich besucht hatte. Sie hatte Einzelheiten über Stutz' Tod wissen wollen. Wahrscheinlich hatte sie geahnt, dass es kein Unfall gewesen war, dass man ihn zum Schweigen gebracht hatte. War sie deshalb zurückgekehrt, aus Angst, das gleiche Schicksal zu erleiden?

Um auf andere Gedanken zu kommen, holte ich Pokalkes Handy heraus und rief meinen Anrufbeantworter an. Mein Haidhauser Hausbesitzer wollte wissen, wann ich denn nun auszuziehen gedächte, es hätten sich schon ein paar Interessenten für die Wohnung bei ihm gemeldet. Dann waren da noch zwei Anrufe von Firmen wegen einer Mitarbeiterüberprüfung, und dann kam einer, der mich interessierte: Hier ist Stefan Stutz. Herr Moser, ich muss Sie dringend sprechen. Bitte rufen Sie mich an. Es folgte eine Handynummer. Der Anruf war von heute Nacht. Seltsam, gestern Abend hatte ich ihn noch bei dieser Messe in Hochmoning gesehen. War er noch dort oder hatte er die nächtliche Suchaktion dazu benutzt, sich abzusetzen? Jetzt kam die letzte aufgezeichnete Nachricht, und die war noch merkwürdiger – sie war von Christa Berner: Herr Moser, ich habe erfahren, was geschehen ist. Es tut mir sehr leid, und ich möchte Sie treffen und Ihnen einiges erklären. Ich möchte Sie engagieren. Ich melde mich wieder.

Christa Berner wollte mich engagieren! Ich verbot mir, darüber nachzudenken, es wären doch nur haltlose Spekulationen geworden. Bevor ich Stefan Stutz anrufen konnte, klingelte das Handy. Es war Gloria Pokalke, sie rief von der Werkstätte aus an. Mein Wagen sei abgeschleppt, das mit den Reifen würde noch ein wenig dauern, weil man sie erst besorgen müsse, aber spätestens am frühen Nachmittag wäre sie mit meinem Auto wieder in München. Und dann wolle sie mich sofort treffen, schließlich würde sie mich bezahlen und wolle nun endlich wissen, was los sei. Korreuter sei zwar sehr auskunftsfreudig gewesen, aber jetzt sei ihr noch weniger klar als vorher.

Eigentlich wollte ich sie bitten, den Wagen zu meiner Wohnung zu bringen. Ich würde auch hinkommen, dann könnten wir reden. Aber dann sagte ich zu meiner Überraschung etwas anderes: »Am besten treffen wir uns bei Akif in der Dönerbude. Rufen Sie mich an, wenn Sie in München ankommen.« Die Atmosphäre bei Akif würde mir guttun, Gloria wahrscheinlich auch, das würde uns – vielleicht – für kurze Zeit ein wenig aus dieser üblen Geschichte herausholen.

Ich fuhr nach Obermenzing, ich wollte sichergehen, dass die Bande auch dort war. Zumindest der Teil von ihr, der sich um die Kinder kümmern musste. Ich bog in die Straße ein, an der die alte Villa und das Fabrikgebäude lagen und rollte langsam an dem Grundstück vorbei. Glorias Wagen kannten sie ja nicht, also war das Risiko entdeckt zu werden, gering. Und sie hatten schließlich anderes zu tun als die Straße zu beobachten. Die breite Einfahrt im Zaun war heute nicht abgeschlossen, dahinter, also auf der Wiese, standen zwei Pkw, zwei Kleinbusse und ein 3,5-Tonner-Lkw eines Autoverleihs. Vermutlich hatten sie damit die nötigen Möbel und Gerätschaften für ihren Aufenthalt herangeschafft. Die Mütter, zumindest die meisten von ihnen, waren inzwischen wohl auch eingetroffen. Der silbergraue SUV war nicht zu sehen. Aber es waren ja bestimmt auch Leute in Hochmoning geblieben, vielleicht sogar Bruder Bertram; schließlich musste man der Polizei dort ein funktionierendes Gemeinwesen vorführen.

Sollte ich die Polizei informieren? Aber was hätte ich Kramsky sagen können; ich hatte keinen Beweis für gar nichts, selbst die Enführung von Julia Themann war nur eine Vermutung. Ich musste weitermachen, etwas Konkretes herausfinden, ich hatte keine Wahl.

Die Morde an Stutz und Oltschnigg waren noch immer ungeklärt. Bei Stutz deutete einiges auf Amberger hin, aber bei Oltschnigg war ich mir nicht so sicher. Denn er musste seinen Mörder gekannt haben oder sich zumindest sicher sein, dass von ihm keine Gefahr ausging, sonst hätte er sich nicht so überraschen lassen. Und das passte überhaupt nicht auf Wolfgang Amberger.

Am Ende der Straße blieb ich so stehen, dass ich im Rückspiegel den Eingang zum Grundstück im Auge behalten konnte. Warum eigentlich? Wegen Julia Themann natürlich. Allerdings: Hier draußen auf der Straße würde ich wohl kaum erfahren, ob man sie da drin festhielt, und ich konnte ja schlecht reingehen und nachschauen. Es hatte also keinen Sinn, hier stehen zu bleiben und auf ein Wunder zu warten. Also erst mal nach Hause. Ich drehte den Zündschlüssel, der Anlasser setzte krächzend den Motor in Bewegung – doch ich fuhr nicht weg. Denn jetzt kam jemand aus dem Grundstück. Ich erkannte sie sofort wieder: Es war Frau Amberger, die Asiatin, die mit der niedlichen kleinen Tochter. Sie hatte eine leere Stofftasche in der Hand, und sie ging in meine Richtung. Sie trug das lange graue Gewand der Sekte, etwas aufgehübscht mit einer blauen Schürze. Wahrscheinlich war das die Tracht derer, die sich um die Kinder kümmerten. Ich stieg aus. Sie erkannte mich sofort, blieb stehen, schien kurz zu überlegen und ging aber dann weiter auf mich zu. Und ohne anzuhalten an mir vorbei. »Nicht hier, man könnte uns sehen«, sagte sie, ohne mir einen Blick zu gönnen.

Sie bog in eine Seitenstraße ein, ich folgte ihr. Sie blieb auch gleich stehen und sah mich mit ihren mandelförmigen dunklen Augen an. Ich erkannte Angst darin. Und bevor ich noch etwas sagen konnte, fragte sie, es klang gehetzt: »Wollen Sie mir helfen?«

»Ja, vielleicht. Aber zuerst hätte ich gerne gewusst …«

Sie achtete nicht auf das, was ich sagte, wahrscheinlich hatte sie in ihrer Angst nur das »Ja« gehört. »Warten Sie auf mich. Ich muss ein paar Einkäufe machen, dann komme ich. Und Sie bringen mich von hier weg. Mich und meine Tochter. Ja?«

»Ja«, sagte ich, was hätte ich auch sonst sagen sollen.

Frau Amberger war auch schon weg. Sie ging schnell die Straße hinunter und bog um die nächste Ecke. Und ich ging wieder zurück zum Auto und setzte mich hinein. Sie wollte sich also absetzen, wollte das Treiben der Sekte nicht mehr mitmachen. Hier war das ja auch leichter möglich als in Hochmoning. Sie hatte mich natürlich sofort wiedererkannt und wollte die Gelegenheit nutzen. Einerseits war mir das recht, so bekam ich vielleicht einige Auskünfte, die mir weiterhalfen, andererseits hoffte ich, dass sie wusste, wohin sie wollte. Denn ich konnte sie ja nirgendwo unterbringen, schon gar nicht in meiner eigenen, gekündigten Wohnung.

Also wartete ich. Und wartete. Nach einer Dreiviertelstunde, ich begann gerade zu überlegen, ob ihr Vorhaben vielleicht gescheitert war, sah ich sie wieder herauskommen, mit ihrer kleinen Tochter an der Hand. Jetzt war sie »zivil« gekleidet, in Jeans und grauem Sweatshirt, ihre Tochter hatte diesmal ein dunkelrotes Kleidchen an. Die Mutter zog einen großen Rollkoffer hinter sich her, die Kleine schleppte einen anscheinend ziemlich schweren Rucksack. Ich ließ den Motor an, fuhr ein paar Meter weiter, bog in die Seitenstraße ein, in der wir vorhin miteinander gesprochen hatten und blieb gleich wieder stehen. Falls jemand die beiden verfolgte, sollte er wenigstens das Autokennzeichen nicht mitbekommen.

Als ich ausgestiegen war, kamen die beiden auch schon um die Ecke.

»Na, was hab ich dir gesagt, er ist nicht weggefahren«, hörte ich die Mutter zu ihrer Tocher sagen.

Die sagte nichts, sondern sah mich nur ernst an, wie bei der ersten Begegnung, als sie neben dem bellenden Hund hinter dem Zaun gestanden hatte. Ich fragte mich, wie weit sie von den kruden Thesen des Bruder Bertrams schon infiziert war, ob sie überhaupt zu den »unschuldigen Seelen« gehörte. Vielleicht war sie der Sekte nicht mehr jung genug, die schienen ja nur an Babys und Kleinkindern interessiert zu sein.

Ich nahm Frau Amberger den Koffer ab und legte ihn in den Kofferraum. Ihre Tochter ließ den Rucksack von den Schultern gleiten, aber als ich ihn ihr abnehmen wollte, umschlang sie ihn mit beiden Armen und wollte ihn nicht hergeben.

»Gib ihm doch den Rucksack, Nina, er hilft uns«, sagte die Mutter, aber die Kleine gab keine Antwort und rührte sich nicht.

»Dann steigt bitte ein, wir müssen sehen, dass wir hier wegkommen«, drängte ich.

Gleich darauf fuhren wir los, die Tochter samt Rucksack

hinten, die Mutter auf dem Beifahrersitz. Sie nannte mir eine Adresse in Laim, dort würde eine Freundin leben, mit der sie früher eine Wohnung geteilt hatte.

»Kennt Ihr Mann diese Freundin?«, fragte ich, wie selbstverständlich voraussetzend, dass er von der Flucht seiner Frau nichts wusste.

»Ja, aber nicht ihre neue Adresse. Sie ist vor Kurzem umgezogen.«

Das beruhigte mich etwas. Denn die Sekte würde natürlich versuchen, die Mitwisserin wieder einzufangen. »Warum wollen Sie eigentlich weg von der Sekte?«, fragte ich, während ich Richtung Innenstadt fuhr, um dann bei der Friedenheimer Brücke nach Laim hinüberzuwechseln.

Sie suchte einen Moment lang nach den richtigen Worten. »Weil dort schlimme Dinge passieren«, sagte sie dann. »Und weil ich Angst habe.«

»Sie sind doch die Schwester Clarissa, stimmt's?«

Sie schaute mich erstaunt an, aber ich ließ sie nicht zu Wort kommen. »Wissen Sie, ob in dem Haus dort, wo die Kinder jetzt sind, eine junge Frau gefangen gehalten wird, schlank, kurzes schwarzes Haar? Vielleicht haben sie ja etwas bemerkt.«

Sie schüttelte den Kopf. »Nein, bestimmt nicht. Das hätte ich mitbekommen. Was ist das für eine Frau, ist ihr Kind bei uns?«

»Nein, das hat andere Gründe. Aber was meinten Sie mit den schlimmen Dingen, die dort passieren?«

Wieder überlegte sie. »Etwas Genaues weiß ich nicht. Aber mit den Kindern stimmt etwas nicht. Es hat mich ja zunächst nicht besonders interessiert, wie das alles läuft, ich habe gedacht, dass mit den Müttern und ihren Babys alles in Ordnung ist, dass wir ihnen nur helfen. Und ihnen den rechten Glauben nahebringen. Bruder Bertram meint es nur gut, habe ich gedacht ...« Sie brach ab.

Ich reagierte nicht gleich, denn ich musste abbremsen, um einen Radfahrer, der zwischen den Autos hindurchkurvte, nicht auf die Hörner zu nehmen. Eine wahre Plage, diese zweirädrigen Irren, die glauben, dass für sie keine Verkehrsregeln gelten.

Ich unterdrückte ein unschönes Schimpfwort, um die Kleine auf dem Rücksitz nicht zu schockieren, und fragte: »Und was hat Sie daran zweifeln lassen?«

»Es ist nach und nach geschehen. Vor ein paar Monaten ist ein Kind krank geworden und dann war es plötzlich nicht mehr da. Wir haben geglaubt, es ist im Krankenhaus. Die Mutter hat dann Streit mit Bruder Bertram bekommen, und ein paar Tage später war auch sie weg. Uns wurde gesagt, sie sei mit dem Kind weggezogen. Aber wir durften mit niemanden darüber reden. Später bin ich dazugekommen, wie ein Mann mit Bruder Bertram gestritten hat. Ich glaube, er hat die Frau gesucht, aber der Bruder konnte ihm nicht helfen.«

Eine Frau verschwindet mit ihrem Kind … Das kann etwas bedeuten, es kann aber auch völlig harmlos sein. Ich konnte nicht weiter überlegen, denn Frau Amberger redete weiter. Jetzt, wo sie sich dazu entschlossen hatte, wollte sie offenbar alles loswerden. »Es wurde immer fanatischer, niemand durfte etwas kritisieren. Wissen Sie, ich bin sehr gläubig, ich verehre die Heilige Jungfrau, ich stamme aus einer christlichen Familie, die gibt es auch in Thailand … aber das hier wurde mir einfach zu viel. Und mein Mann hat sich davon anstecken lassen, er hat mich und Nina total überwacht, ich durfte überhaupt keine Kontakte mehr nach draußen haben.«

Ich ließ sie reden. Vielleicht war ja etwas dabei, das mir weiterhalf.

»Besonders schlimm wurde es, als die Gemeinschaft ins Schloss umgezogen war. Und was Bruder Bertram dann im Namen der Heiligen Maria alles getan hat … Ich konnte immer weniger glauben, dass das richtig war. Das mit den unschuldigen Seelen war ja eine gute Idee, zunächst, aber dann … Aber ich habe nichts gesagt, weil alle anderen es in Ordnung fanden. Vielleicht habe ich ja nur noch nicht den richtigen Glauben, habe ich gedacht, und ich habe gebetet, dass es besser wird mit mir.«

Sie machte eine Pause und schaute sich zu ihrer Tochter um, die stumm auf dem Rücksitz saß. Dann sagte sie: »Aber dann sind diese Sachen mit Schwester Magdalena passiert …«

»Mit wem?«

»Schwester Magdalena. Christa heißt sie mit richtigem Vornamen. Ich weiß nicht, ob Sie sie kennen.«

Schwester Magdalena also! Die reuige Sünderin! Da hatte sie sich aber einen bedeutungsvollen Namen gegeben. Was immer er bedeuten mochte.

Ich bog rechts in die Landsberger Straße ein. »Was für Sachen?«

»Nun ja, viel weiß ich ja nicht, aber seit ihr Kind damals krank wurde und der Bruder Bertram sich persönlich darum gekümmert hat … Sie hat sich sehr verändert seitdem, früher konnte man mit ihr reden, aber jetzt … Richtig fanatisch ist sie geworden. Neulich hat sie wieder ein Kind gebracht, bei dem die Mutter nicht mitgekommen ist. Und man durfte sie auch nicht fragen, nicht nach dem Kind und erst recht nicht nach ihrem eigenen. Ich weiß nicht mal, wo Bruder Bertram es hingebracht hat. Und dann hat es auch noch Krach gegeben zwischen den beiden …«

Sie hatte immer leiser gesprochen, wie zu sich selbst, wie um sich etwas von der Seele zu reden – doch plötzlich fiel ihr etwas auf: »Sagen Sie, Sie sind doch Detektiv? Was wollen sie eigentlich? Sie waren Gefangener bei uns, dann sind Sie abgehauen … Wollen Sie uns die Kinder wegnehmen?«

Sie hatte »uns« gesagt, also fühlte sie sich der Sekte doch

noch verbunden. Ich musste vorsichtig sein. Ich stellte mich also vor und sagte, ich sei beauftragt, nach einer jungen Mutter zu suchen, die mit ihrem Kind verschwunden war. Das schien ihr als Erklärung zu genügen. Sie fragte nicht weiter, sagte nur noch ein paar beruhigende Belanglosigkeiten zu ihrer Tochter auf dem Rücksitz, die von den Ereignissen ziemlich mitgenommen zu sein schien.

Eine Frage fiel mir noch ein, einfach so, ohne besonderen Grund: »Wie lautet eigentlich Ihr Vorname, Frau Amberger?«

»Ist das wichtig für Ihre Ermittlungen?«

»Nein. Ich hätt's nur gerne gewusst.«

»Jennifer. Mein richtiger Vorname ist für Fremde schwer auszusprechen. Also habe ich mir diesen Namen gegeben, bevor ich nach Deutschland kam.«

Dann waren wir auch schon da, in einer kleinen Straße in der Nähe vom Westbad. Ich ließ die beiden aussteigen, wartete, bis sie im Haus verschwunden waren – und fuhr trotzdem noch nicht los. Denn ich wusste nicht recht wohin. Ich rief Gloria Pokalke an, aber da meldete sich nur die Mailbox.

Also erst mal nach Hause. Zwar würde dort wahrscheinlich auch keine geniale Idee auf mich warten, aber wenigsten konnte ich duschen. Ich stieg die Treppe zu meiner Dachbehausung hoch, was mir nun, da ich mich zum Auszug entschlossen hatte, plötzlich gar nicht mehr so schlimm vorkam – als mir plötzlich etwas einfiel: Gloria Pokalke hatte mir bei einem unserer Gespräche gesagt, sie habe in der Vergangenheit von Bertram Hofhaider geforscht und sei dabei auf seine geschiedene Frau gestoßen. Sie hieß Erika Hofhaider, hatte also seinen Namen behalten und wohnte irgendwo im Glockenbachviertel. Ich hatte mir das zwar auf einen Zettel geschrieben, aber wieder vergessen. Was sollte ich schon bei seiner Ex erfahren? Aber jetzt fiel mir doch etwas dazu ein: Julia Themann! Wenn Bruder Bertram sie nicht in Obermenzing untergebracht hatte, hielt er sie woanders gefangen und die gewesene Frau Hofhaider konnte mir vielleicht helfen, dieses Versteck zu finden. Natürlich konnte man sie inzwischen umgebracht haben, aber das glaubte ich nicht. Ich hatte keinen stichhaltigen Grund für diese Annahme, es war nur so ein Gefühl.

Ich stand am Schreibtisch und wühlte in meinen alten und neuen Notizzetteln, die da bunt durcheinander lagen und schon seit Äonen darauf warteten, entweder sortiert oder weggeworfen zu werden – als es an der Wohnungstür läutete. Wahrscheinlich die Pokalke, und sie würde mich wieder mal von der Arbeit abhalten. Ich öffnete – und erhielt einen Stoß vor die Brust, der mich zurücktaumeln ließ, ich konnte mich gerade noch an der alten Kommode im Flur festhalten. Das war nicht Pokalke, das war Wolfgang Amberger!

Damals, im Schloss, als die Bande mich geschnappt hatte, war mir keine Zeit geblieben, ihn mir genauer anzusehen, nur der kurzgeschorene Kopf und der seitlich über die Mundwinkel herabhängende Schnurrbart waren mir aufgefallen. Jetzt bemerkte ich auch noch eine knollige Nase, die in dem hageren Gesicht deplatziert wirkte, die Augen hatte er zusammengekniffen, vielleicht, weil er dachte, das würde gefährlicher aussehen. Ich schätzte ihn auf Mitte, Ende dreißig.

»Da rein«, sagte er und wies mit dem Kopf auf die offene Tür hinter mir. »Und hinsetzen!«

Ich gehorchte wort- und widerstandslos, denn er verfügte über ein durchschlagendes Argument: einen auf meinen Bauch gerichteten Revolver. Ich setzte mich also, allerdings nicht in meinen Ohrensessel, sondern auf den Besucherstuhl. Denn ich vermutete, dass er dem bequemen alten Möbel nicht würde widerstehen können. Es strahlte, mit seinem dunkelroten, abgewetzten Velourbezug und den mattgoldenen Ziernägeln, eine Art von hoheitsvoll-morbider Anziehungskraft aus, die gerade bei einem Prolltyp wie Amberger

Wirkung zeigen musste. Ich hatte mich nicht getäuscht: Er steuerte sofort darauf zu und ließ sich hineinfallen. Der Revolver blieb dabei immer auf mich gerichtet.

Es war aber nicht nur das mit dem Sessel verbundene und zur Unvorsichtigkeit verleitende Überlegenheitsgefühl, das mich hatte hoffen lassen, er würde sich hineinsetzen. Zu meinem detektivischen Kalkül gehörte auch die Tatsache, dass der Sessel mit seinen gepolsterten Armlehnen die Beweglichkeit des darin Sitzenden stark einschränkte, was mir vielleicht nützen würde. Amberger saß also jetzt da drin, und er passte hinein wie ein Krokodil in einen Streichelzoo. Er schien sich allerdings so wohl zu fühlen, dass seine unübersehbare Wut etwas gedämpft wurde. Aber es war immer noch genug davon vorhanden, um mich anzubrüllen: »Wo ist Jennifer? Wo haben Sie sie hingebracht?«

Für mich kam es jetzt darauf an, ihn hinzuhalten, einen günstigen Zeitpunkt abzupassen, um ihn unschädlich zu machen. Wie ich das bei einem auf mich gerichteten Revolver anstellen sollte, musste ich allerdings erst noch herausfinden.

Gleichzeitig war mir klar, dass ich keine Zeit verlieren durfte, wenn ich Julia Themann noch rechtzeitig finden wollte.»Jennifer? Meinen Sie Schwester Clarissa?«, fragte ich.

»Ja, verdammt noch mal. Wo ist sie? Und meine Tochter? Ich hab euch doch gesehen, alle drei, wie ihr weggefahren seid!«

Das hatte ich allerdings nicht mitgekriegt. Wahrscheinlich war er zufällig gerade aus dem Haus gekommen, als wir in den Wagen stiegen.

Amberger ließ mich gar nicht erst zu Wort kommen. »Sie sagen mir jetzt sofort, wo sie ist!« Der Revolverlauf senkte sich etwas. »Der erste Schuss geht ins Knie, welches, können Sie sich aussuchen.«

Ich hatte keinen Zweifel, dass er es ernst meinte. Ich musste was tun.

»Darf ich aufstehen?«, fragte ich höflich. »Ich hab die Adresse auf einen Zettel geschrieben, und der liegt aufm Schreibtisch.«

Er musterte mich misstrauisch. »San Sie so blöd, dass Sie sich die Adress net merken können? Na, von mir aus. Aber koane Tricks, klar?«

»Klar.« Wenigsten war er nicht auf die Idee gekommen, aufzustehen und selbst auf dem Schreibtisch nachzusehen. Mein Ohrensessel hielt ihn fest.

Ich stand also auf, denn wenn ich was tun wollte, konnte das nur im Stehen passieren. Ich machte die zwei Schritte zum Schreibtisch, der sich etwas seitlich von Amberger befand, und wusste immer noch nicht, wie ich es anstellen sollte. Der Revolver schwenkte mit, er zielte jetzt wieder etwas höher. Amberger saß breitbeinig im Sessel, soweit es ihm die Armlehnen erlaubten – und da fiel mir plötzlich etwas ein: die Urangst des Mannes vorm offenen Hosentürl. Nur die konnte mich jetzt retten.

Ich machte ein überraschtes Gesicht, schaute auf die bewusste Stelle und grinste: »Freier Durchzug, was? Also an Ihrer Stelle würd ich den Reißverschluss zumachen.«

Er konnte gar nicht anders, er schaute nach unten – zu mehr kam er nicht. Mit einem Satz war ich bei ihm, über ihm, ich packte Handgelenk und Revolver, er wollte sich wehren, saß aber zu tief zwischen den Polsterlehnen – danke, Ohrensessel! – und der Rest war nicht mehr schwer. Kurz darauf lag er, mit Kabelbindern gefesselt, auf meinem abgewetzten dunkelgrünen Spannteppich.

Ich hatte mit einer Suada übler Beschimpfungen gerechnet, aber da hatte ich mich getäuscht. Er lag mit zusammengepressten Lippen da, verfolgte mich mit seinen Blicken und gab kein Wort von sich. Auch auf meine Frage nach Julia

Themann reagierte er nicht. Was sollte ich mit ihm anfangen? Ich konnte ihn ja schlecht hier liegenlassen, bis ich irgendwann zurückkam.

Einen Versuch wollte ich noch machen, um ihn zum Reden zu bringen. »Das war's dann wohl«, sagte ich, während ich auf meinem Schreibtisch nach dem Zettel mit der Adresse von Bertrams Ex suchte. »Sie landen bei der Polizei, und mit der Sippschaft von Bruder Bertram ist es auch bald zu Ende.«

Ich schien in der Tat den wunden Punkt getroffen zu haben. Er riss die Augen auf und sagte, in reinem Hochdeutsch und wie auswendig gelernt: »Da täuschen Sie sich. Niemand kann Bruder Bertram etwas anhaben. Alles was er bis jetzt geplant hat, ist eingetreten. Er wird uns weiter anleiten und zur Erlösung führen. Und wer sich ihm in den Weg stellt, wird ausgeschaltet.« Ganz offensichtlich glaubte er, was er sagte, aus seinem Gesicht sprach der blanke Fanatismus.

»Ausgeschaltet? Wie Udo Stutz?«

»Ja, genau so.«

»Haben Sie das getan?«

Er wollte antworten – aber jetzt klingelte es schon wieder an der Tür. Amberger merkte, dass er im Begriff gestanden hatte, mehr zu sagen als er wollte, und kniff wieder die Lippen zusammen. Ich ging zur Tür. Bestimmt die Pokalke. Ausgerechnet jetzt! Aber als ich öffnete, stand Stefan Stutz draußen. »Kann ich Sie kurz sprechen?«

Ich bat ihn herein. Er reagierte erstaunlich gelassen, als er den gefesselten Amberger am Boden liegen sah. »Ah, geht's denen jetzt an den Kragen?«

»Sieht so aus«, anwortete ich. »Was kann ich für Sie tun? Ich bin ziemlich in Eile.«

Er sah müde aus, der Sohn von Udo Stutz, fast schon erschöpft. Er musste von Schloss Hochmoning abgehauen sein, die ganze Geschichte, soweit er sie überblicken konnte, schien ihm ziemlich an die Nieren zu gehen. Vermutlich hatte er die letzte Nacht nicht geschlafen.

»Ich möchte Sie nicht aufhalten«, sagte er. »Aber ich will jetzt endlich wissen, was los ist. Was ermitteln Sie eigentlich? Und in wessen Auftrag? Hat das etwas mit dem Tod meines Vaters zu tun?«

Ich zog ihn in den Flur zurück und schloss die Tür zum Wohnzimmer. Amberger musste ja nicht alles mitkriegen. »Meinen Auftraggeber darf ich Ihnen nicht nennen«, sagte ich. »Aber Sie vermuten richtig, es geht um Ihren Vater. Haben Sie in Hochmoning etwas mitbekommen?«

»Wenig. Ich bin mal in ein Gespräch reingeplatzt, Bruder Bertram und Schwester Dorothea, sie haben sofort unterbrochen, als sie mich sahen. Ich habe nur noch gehört, dass die beiden Schnüffler ihre gerechte Strafe bekommen haben. Soll das heißen …?«

Ich vollendete seine Frage. »Dass die Bande Ihren Vater auf dem Gewissen hat? Ja. Er muss auf etwas gestoßen sein, das man unbedingt verbergen will.«

Stefan Stutz schwieg einen Moment. Ich ließ ihm Zeit. Er blickte auf die geschlossene Wohnzimmertür. »Hat er es getan?«

»Wahrscheinlich. Aber es gibt keine Beweise.«

»Und? Wird es die noch geben?«

»Ich denke schon.« Ich hütete mich, etwas von Ambergers halbem Geständnis von vorhin zu erzählen. Das hatte nichts zu bedeuten, solange er es bei der Polizei nicht wiederholte. Außerdem hatte ich vor, Stefan Stutz für kurze Zeit allein hier zurückzulassen, und ich wollte nicht, dass er auf die Idee kam zu versuchen, etwas aus Amberger herauszupressen.

»Aber wieso haben die von zwei Schnüfflern gesprochen? Sie waren ihnen doch entkommen.«

»Haben Sie mich deshalb angerufen?«, fragte ich.

»Ja. Und ich wollte Sie warnen. Ich glaube, die planen etwas gegen Sie.«

»Das kann ich mir denken. Sonst nichts?«

»Ich bin mir nicht sicher. Als ich wegging, habe ich noch gehört, wie Bertram gesagt hat, wenn Amberger es nicht schafft, hätten sie ja noch die Blutenburg-Madonna, die hätte sich bestens bewährt. Und dann haben sie gelacht. Wissen Sie was das bedeutet?«

Ich wusste es nicht. Bei der Blutenburg war Jörg Oltschnigg ermordet worden, aber was hatte das mit einer Madonna zu tun? In der Kapelle gab es eine, aber die konnte ja wohl nicht gemeint sein.

Ich erkläre Stefan Stutz noch, wer mit dem zweiten Schnüffler gemeint gewesen war. Er war natürlich erschrocken und und wollte sofort die Polizei informieren.

»Und was wollen Sie denen sagen, außer vagen Vermutungen?«, fragte ich. »Den Mord an Oltschnigg untersucht sie ja sowieso, und bei dem an Ihrem Vater müssen wir erst noch Genaueres herausfinden. Ich verspreche Ihnen, ich werde sie rechtzeitig einschalten.«

Noch etwas interessierte mich: »Wie sind Sie denn überhaupt nach Hochmoning gekommen? Glauben Sie an das, was dieser Bruder Bertram predigt?«

»Nein, natürlich nicht.« Er zögerte weiterzureden.

»Hat Christa Berner Sie überredet?«

»Ja. Sie hat mir so lange vorgeschwärmt, bis ich gesagt habe, ich seh's mir mal an. Und ich hab mir auch wirklich Mühe gegeben, Christa zuliebe. Doch das ist nichts für mich. Ich glaube ja an Gott, aber was die da so treiben …«

»Haben Sie etwas über die Kinder erfahren?«

»Kinder? Ja, da gab's irgenwo welche, aber das sind doch die von den Schwestern, nehme ich an. Warum fragen Sie?«

»Nur so. War übrigens auch Christa Berner in Hochmoning, während Sie dort waren?«

»Nur an zwei Tagen. Sonst war sie in München unterwegs, für Bruder Bertram einiges erledigen.«

»Wissen Sie denn, wo sie in dieser Zeit übernachtet hat? In ihrer Wohnung war sie nämlich nicht.«

»Ich glaube, sie hat da irgendwo eine Freundin von früher.«

Das konnte nur Julia Themann sein. War das vor oder nach deren Entführung gewesen? Ob Christa Berner etwas damit zu tun hatte? Vielleicht hatte sie sogar verhindert, dass man ihre Freundin umbrachte.

Ich sagte zu Stefan Stutz, er solle kurze Zeit hier warten, bis die Polizei käme, um Wolfgang Amberger festzunehmen. Es schien ihm nicht sehr zu gefallen, aber er willigte ein.

Eine Frage hatte ich aber noch: »Haben Sie mit Christa Berner geschlafen?«

»Ja.« Trotz lag in seiner Stimme. »Gehört das mit zu Ihren Ermittlungen?«

»Vielleicht. Ich muss mir eben von allem ein Bild machen. Haben Ihre Eltern davon nichts mitbekommen?«

»Doch. Deshalb hat Vater sie ja in die andere Wohnung gebracht.«

»Und Sie haben sie dann in ihrer Wohnung besucht?«

»Nein, nie. Wir haben uns woanders getroffen.«

Woanders? Da fiel mir schon wieder etwas ein. »In Obermenzing, im Keller der Villa? Christa hatte noch einen Schlüssel, stimmt's?«

Er nickte. Seine Wangen röteten sich, aber er sagte nichts. Dafür hatte ich noch eine Frage: »Und wozu diente die Wiege?«

»Die hat den Vormietern gehört. Christa hat sie da nur zur Dekoration reingestellt.«

»Seltsame Dekoration. Na gut, ich muss jetzt los.«

Ich ging meine fünf Treppen hinunter. Der junge Mann

schien seiner Christa wirklich alles geglaubt zu haben, was sie ihm erzählte. Nun ja, wenn man verliebt ist … Ich vermutete, dass der Raum da unten dazu gedient hatte, das eine oder andere gestohlene Kind zwischenzulagern, vielleicht sogar mit der Mutter, wenn die beiden aus irgendeinem Grund nicht sofort nach Hochmoning gebracht werden konnten. Vielleicht hatte auch Christas eigenes Kind mal darin gelegen. Für meinen Fall war es ohne Belang, die Polizei würde es schon herausfinden.

Warum eigentlich hatte ich so genau wissen wollen, was zwischen Stefan Stutz und der jungen Frau gewesen war? Gehörte das wirklich zu meinen Ermittlungen oder machte ich mir da etwas vor? Es war wohl eher so, dass ich mich noch immer mehr für diese junge Frau interessierte, als ich mir eingestehen wollte. Dass mich ihr unschuldiges Aussehen immer noch verfolgte. Dass ich immer noch nicht glauben wollte, wie sehr sie dieses Aussehen, die Wirkung, die sie damit erzielte, ganz bewusst einsetzte. Dass sie Kinder raubte, dass sie mit Männern schlief, wenn ihr das für ihre Ziele dienlich war. Denn inzwischen schloss ich nicht mehr aus, dass sie auch mit Stutz senior etwas gehabt hatte. Aber warum? Gab es noch andere Gründe für ihr Verhalten als den Fanatismus für die Sekte des Bruder Bertram? Sie konnte doch nicht immer so gewesen sein, Herrgottnochmal!

Bevor ich ins Auto stieg, rief ich Kommissar Kramsky an. Ich ließ ihn gar nicht erst zu Wort kommen, sondern sagte nur, er möge doch bitte einen gewissen Wolfgang Amberger aus meiner Wohnung abholen lassen. Der sei dort eingebrochen, habe mich mit der Waffe bedroht, und er habe auch einiges mit der Sekte zu tun, von der Martin Engelhard ihm ja bestimmt erzählt habe.

»Morgen komme ich zu Ihnen und erkläre Ihnen alles«, schloss ich meine Ausführungen und ignorierte seine wütenden Zwischenrufe.

Kurz darauf war ich im Glockenbachviertel, wo Bertrams Ex zu Hause war. Bereits nach zehn Minuten hatte ich einen Parkplatz gefunden. Das Viertel, lange Zeit oberhip, aber inzwischen im Rating schon wieder zurückgefallen, hat seinen Namen von einem Bach, der überwiegend unterirdisch durch die Stadt fließt, aber hier auf eine kurze Strecke an die Oberfläche kommt und für ein mäßig romantisches Flair sorgt. Zusammen mit den zahlreichen im Krieg unversehrt gebliebenen und teuer renovierten Altbauten hat sich das zu einem Viertel herausgeputzt, das als jung und angesagt und cool gilt und in dem die entsprechenden Leute wohnen, solange sie es sich leisten können. Jede Dachwohnung nennt sich Loft, jede dritte Parterrewohnung ist zur Kneipe ausgebaut, es gibt viele kleine kuschelige Läden voller überflüssigem Krimskrams, die mit einer Party eröffnen und nach ein paar Jahren mit einer Pleite wieder schließen. Das ursprünglich nicht sehr große Viertel hat sich, wenn man den Immobilienagenturen glauben darf, im Laufe der Jahre stark ausgeweitet, jede Wohnung, von der aus der Glockenbach in einer halben Stunde Fußmarsch zu erreichen ist, gilt für sie als dem Stadtteil zugehörig und wird zu Quadratmeterpreisen verkauft, die einem die Tränen in die Augen treiben. Schon wieder musste ich an meine nette Haidhauser Dachwohnung denken, die ich aufgeben wollte – aber dazu war jetzt wirklich nicht der Moment.

Erika Hofhaider war zu Hause. Ich musste einige Überredungskunst aufbieten, damit sie mich einließ, aber schließlich glaubte sie mir, dass es wichtig war und bat mich in ihr Arbeitszimmer. Ihr Beruf schien mit Schreiben zu tun zu haben, zwei Wände waren mit Bücherregalen vollgestellt, auf dem Schreibtisch neben dem Laptop lagen auch welche, und soweit ich auf die Schnelle erkennen konnte, behandelten sie hauptsächlich Sport-Themen. Auch ein paar Titel über Wellness konnte ich entdecken. In einer Vitrine funkelten mehrere Pokale.

»Ich schreibe und übersetze Bücher über Sport und verwandte Themen«, sagte sie, als sie meinen Rundumblick bemerkte. Sie selbst sah ja auch recht sportlich aus. Sie war schlank, fast hager, eine drahtige Leichtathletikfigur, auch das Gesicht war irgendwie windschnittig, die Nase etwas zu spitz um niedlich zu sein, um den schmallippigen Mund hatten sich feine Falten eingekerbt. Ihr Alter war schwer zu bestimmen, irgendwo zwischen Mitte dreißig und Mitte vierzig. Aber sie machte immer noch den Eindruck, als könne sie aus dem Stand über ihren Schreibtisch springen. »Nehmen Sie doch Platz«, sagte sie. »Sie erwähnten meinen Exmann, hat er etwas ausgefressen?«

»Wissen Sie über das Bescheid, was er jetzt so treibt?«, fragte ich zurück.

»Nur sehr vage. Er hat sich zu einer Art Guru gemausert, habe ich gehört. Aber das alles interessiert mich nicht. Also was kann ich für Sie tun? Ich habe nämlich nicht viel Zeit.«

Natürlich durfte ich nicht verraten, worum es genau ging, also sagte ich nur, ihr Mann sei in eine ziemlich böse Sache verwickelt, andere Leute seien davon betroffen, und ich müsse versuchen, das alles aufzuhalten, bevor wirklich etwas Schlimmes passiere.

»Das hört sich sehr nach Bertram an«, sagte sie. »Er war schon immer fürs Extreme. Aber wenn es so schlimm ist ... warum schalten Sie nicht die Polizei ein?«

»Das kommt noch. Zuerst muss ich ihn finden. Und noch einiges abklären.« Ob es denn irgendeinen Ort gebe, an den er sich zurückziehen könne, wenn er allein sein wolle. Abgesehen von der ehemaligen Bleibe in Obermenzing, die würde ich schon kennen.

Sie schüttelte den Kopf. »Davon weiß ich nichts.« Sie lächelte sarkastisch. »Außer er hat sich inzwischen noch eine Erbschaft gekrallt.«

»Er hat geerbt?«

»Ja, eine sehr große Summe. Eine seiner älteren Anbeterinnen hat es ihm vermacht. Sie ist ganz plötzlich gestorben, leider erst nach unserer Scheidung, sonst hätte ich auch noch etwas davon abbekommen. Er hat sich dann irgendwo südlich von München ein heruntergekommenes Schloss gekauft. Vorher hat er kaum die Miete für die Baracke in Obermenzing zusammenbekommen.«

»Woran ist die Frau denn gestorben?«

»Irgendeine akute Krankheit. Ein paar leer ausgegangene Erben haben damals vermutet, dass da vielleicht nachgeholfen wurde, es gab auch eine Untersuchung, aber es ist nichts dabei herausgekommen. Kann ich sonst noch etwas für Sie tun?«

»Ich glaube nicht, vielen Dank.«

»Und Sie wollen mir wirklich nicht sagen, worum es geht?«

»Das ist leider unmöglich. Aber sobald es ausgestanden ist, gebe ich Ihnen Bescheid, versprochen.« Dann fiel mir doch noch etwas ein: »Kennen Sie eine Christa Berner?«

Sie wurde noch schmallippiger. »Den schwangeren Unschuldsengel? Ich habe sie mal getroffen.«

Und als sie mein Erstaunen über ihre Reaktion sah, ergänzte sie: »Mein Mann hat sich ihrer angenommen. Vielleicht ein wenig zu sehr. Mehr möchte ich dazu nicht sagen. Und jetzt bitte ich Sie wirklich, mich zu entschuldigen. Ich muss wieder an meine Arbeit.«

Ich verabschiedete mich. Im Hausflur blieb ich kurz stehen. »Gestatten Sie noch eine private Frage? Haben Sie Kinder?«

»Nein. Wir konnten keine bekommen.« Und nach einer kurzen Pause: »Bertram hätte gerne welche gehabt.«

Ich hatte schon den Fuß auf der zweiten Treppenstufe, als sie mir nachrief: »Moment noch. Mir ist da was eingefallen.«

Ich drehte um, und sie sagte, ihr Mann hätte kurz nach der Scheidung, als er hier ausgezogen war und noch nicht wusste, wohin, ein paar Monate in einem Wohnwagen auf einem Campingplatz am Langwieder See, westlich von München, gehaust. »Er hat uns beiden gehört, aber er hat mich nicht mehr interessiert. Vielleicht hat er ihn ja noch.«

Das musste es sein! Ich bedankte mich und rannte die Treppe hinunter.

Aber schon als ich aus dem Haus trat, wurde ich langsamer. Machte es wirklich Sinn, jetzt nach Langwied zu rasen, um dort eine Befreiungsaktion zu starten? Sicher, Julia Themann würde mir bestimmt einiges erzählen können, man hatte sie schließlich nicht umsonst aus dem Verkehr gezogen – aber würde sie überhaupt in der Lage sein, mir etwas zu erzählen? Wenn sie überhaupt noch dort war, wenn sie noch lebte.

Mir war klar, dass ich mir da etwas vormachte, dass ich eigentlich hin müsste, aber ich hatte einfach keine Lust mehr. Ich fühlte mich plötzlich sehr müde, ich hatte das Gefühl, ich müsse dringend etwas tun, was mit dem Fall überhaupt nichts zu tun hatte. Schlafen wäre am besten gewesen, aber das ging jetzt nicht. Also rief ich Kramsky an, sollte doch die Polizei nach Langwied fahren, die würden schneller dort sein als ich.

»Sie schon wieder«, knurrte er nach meiner Begrüßung ins Telefon. »Den Typen in Ihrer Wohnung haben wir festgesetzt. Jetzt müssen Sie mir nur noch verraten, was gespielt wird. Was hatte denn der Sohn von Stutz dort zu suchen? Er hat gesagt, Sie würden auch wegen des Todes seines Vaters ermitteln. Was verheimlichen Sie mir eigentlich noch alles? Meine Geduld ist jetzt wirklich am Ende, ich werde …«

»Tut mir leid«, unterbrach ich ihn. »Aber wie ich schon sagte: Morgen erfahren Sie alles. Ich hätte da übrigens noch eine Bitte …«

Ein tiefer Schnaufer am anderen Ende verriet mir, dass dort eine Explosion unmittelbar bevorstand. Ich redete weiter, was hätte ich auch sonst tun sollen. »Am Langwieder See, auf dem

Campingplatz, steht ein Wohnwagen, der gehört einem gewissen Bertram Hofhaider. In dem Wohnwagen wird eine junge Frau gefangen gehalten. Die kann Ihnen übrigens einiges über den Fall erzählen. Vielleicht sogar etwas, das ich noch nicht weiß.«

Die letzte Ankündigung schien Kramsky etwas zu beruhigen. Er fragte: »Bertram Hofhaider, ist das der Sektenguru von Hochmoning?«

»Genau der.«

»Und Sie sind sicher, dass diese Gefangene dort ist, in dem Wohnwagen?«

»Nein, bin ich nicht.« Und um die Explosion weiter hinauszuschieben, fragt ich: »Waren Ihre Leute inzwischen in Hochmoning?«

»Meine nicht, sondern die für die Gegend zuständigen Kollegen. Die Resultate bekomme ich erst noch. Wer ist das in dem Wohnwagen?«

»Sie heißt Julia Themann. Also dann bis morgen.« Ich brach ab, um weitere Fragen zu vermeiden.

Ich setzte mich wieder in Pokalkes Auto – und blieb erst mal sitzen. Denn ich hatte keine Ahnung, was ich nun tun sollte. Vielleicht war es nur die Müdigkeit, aber es kam mir vor, als hätte sich eine dichte dunkle Wolke auf mich herabgesenkt, die mir das Gehirn verklebte. Ich musste etwas tun, das war mir klar, bevor ich völlig in dieser Mir-scheißegal-Einstellung versackte. Ich ließ den Motor an und fuhr los und stellte gleich darauf fest, dass ich zu Julia Themanns Wohnung unterwegs war. Warum auch nicht, vielleicht fand ich darin etwas, das mir weiterhalf.

Das Handy klingelte, Pokalkes Handy. Sie war in einer Telefonzelle am Stadtrand, sie sei gerade mit meinem reparierten Auto in München angekommen, und wo denn diese komische Dönerkneipe liege. Ich beschrieb ihr den Weg, sie klang nicht sehr überzeugt, als sie sagte, sie habe verstanden.

Ich hatte gerade das Haus in der Luisenstraße betreten und war auf dem Weg nach oben, als mir jemand entgegen kam. Wir begegneten uns im ersten Stock. Es war Christa Berner. »Oh, Herr Moser«, sagte sie.

Es klang nicht einmal überrascht. Sie sah aus, als könne sie überhaupt nichts mehr überraschen. Bei der ersten Begegnung war sie mir ja noch irgendwie strahlend erschienen, unschuldig, schutzbedürftig, wie ein Engel, der sich verflogen hat, bei der zweiten, als sie mir in meinem Büro gegenübersaß, hatte sich das schon abgeschwächt gehabt, und jetzt war alles Strahlen verschwunden, und das lag nicht nur an der trüben Beleuchtung hier im Treppenhaus. Ihr Gesicht war schmaler geworden, härter, es wirkte freudlos auf mich, aber ich glaubte auch so etwas wie eine verkniffene Entschlossenheit darin zu erkennen. Die Wandlung, die sich an dieser jungen Frau vollzogen hatte, ließ mich fast erschrecken.

»Wenn Sie zu Julia Themann wollen«, sagte sie, »die ist nicht da. Ich wollte sie gerade besuchen.«

»Schade«, sagte ich. »Übrigens, Sie wollten mich sprechen. Worum geht es denn?«

Es schien, als sei sie mit ihren Gedanken woanders, als müsse sie sich zwingen, sich auf mich zu konzentrieren.

»Ja, stimmt«, sagte sie. »Aber nicht jetzt. Ich habe keine Zeit, ich muss … Ich rufe Sie an.«

Sie hatte mich kaum angesehen, während sie sprach, und jetzt ließ sie mich einfach stehen und ging weiter nach unten.

Mein erster Gedanke war, ihr nachzugehen, um zu sehen, warum sie es so eilig hatte, aber das hätte jetzt wahrscheinlich nichts gebracht. Und vor allem wollte ich zunächst die Rückkehr von Pokalke mit meinem Wagen abwarten. Also ging ich erst mal langsam weiter nach oben.

Erstaunlich, wie gut der Engel lügen konnte. Sie musste natürlich wissen, dass Julia Themann entführt worden war, vielleicht hatte sie sogar selbst dabei mitgemacht. Warum hatte sie mich engagieren wollen? Hatte sie vielleicht inzwischen auch Probleme mit der Sekte bekommen? Es brachte nichts herumzurätseln, ich holte mein kleines »Sesam öffne dich«-Werkzeug aus der Tasche, und dann stand ich in Themanns Wohnung.

Sie war nicht groß. Der Raum, den ich schon kannte, war durch einen dunkelroten, grobgewirkten Leinenvorhang in zwei Hälften geteilt. Im vorderen Teil hatte ich gesessen, der hintere war auch nicht weiter aufregend. Ein Bücherregal, vorwiegend mit Esoterischem bestückt, kleiner Flachfernseher auf niedrigem Sideboard, ein zweisitziges Sofa mit einem bunten Flickenüberzug, der mir gefiel, ein ebensolcher Sessel und ein niedriger Tisch. Auf Tisch und Sofa waren Papiere und ein paar Aktenordner verstreut, es sah aus, als hätte Julia Themann vor ihrem Verschwinden etwas gesucht. Es konnte natürlich auch sein, dass das Christa Berner gewesen war. Aber sie schien nicht sehr intensiv gesucht zu haben, denn nur eine Schiebetür im Sideboard war geöffnet. Oder, andere Möglichkeit, sie hatte sehr schnell gefunden, wonach sie gesucht hatte.

Ich überflog die Papiere. Meist waren es Rechnungen für die von Julia Themann erbrachten Dienstleistungen, auf denen »bezahlt« oder ein paarmal auch »Mahnung« handschriftlich geschrieben stand. Dazu Briefe, ein paar Fotos, meist von Kindern, auch eines von einem dicken Mops mit der von Kinderhand geschriebenen Unterzeile »Bongo ist lieb« – das war's im Wesentlichen. Aber Christa Berner war in Eile gewesen, total unter Stress, und da übersieht man schon manchmal etwas. Oder lässt etwas fallen. Also ging ich in die Knie, aber da lag nichts, weder unter den Sesseln noch unter dem Sofa, außer einer respektablen Menge Staubflusen. Aber beim Wiederaufrichten sah ich die Ecke eines Papiers zwischen den Rechnungen, das ich hervorzog – denn es hatte einen Trauerrand. Es war ein kleiner, abgerissener Teil einer Danksagung *für die*

Anteilnahme an … mehr war nicht mehr vorhanden. Nur die Worte *Tochter, unvergessen* und *schweres Schicksal* waren noch vorhanden. Auch das Datum war noch da, demnach war das Papier nur drei Wochen alt. Wahrscheinlich hatte es mit diesem Fall nichts zu tun, irgendeine traurige Privatangelegenheit von Julia Themann, aber ich steckte das Stück Papier trotzdem ein. Denn es konnte ja sein, dass Christa Berner das fehlende Teilstück mitgenommen hatte. Aber warum hatte sie die Danksagung dann zerrissen?

Ich sah auf die Uhr: Pokalke und Korreuter waren bestimmt schon bei Akif eingetroffen. Gleichzeitig wurde mir bewusst, dass ich Hunger hatte, seit der Semmel und dem Muffin an der Autobahnraststätte hatte ich nichts mehr in den Magen bekommen. Und jetzt war Nachmittag. Ich hatte auch keine Lust mehr, weiter hier herumzusuchen, in der sehr vagen Hoffnung, irgendeinen Hinweis zu finden. Die Fakten, die zu Stutz' Ermordung und Julia Themanns Entführung geführt hatten, befanden sich wahrscheinlich nur an einer einzigen Stelle: in Themanns Kopf. Und ich konnte nur hoffen, dass der noch unversehrt war.

Zwanzig Minuten später betrat ich Akifs Dönerkneipe. Aber nur Gloria Pokalke saß da, vor sich einen Cappuccino und ein nicht übel aussehendes Stück Apfelkuchen. »Ich habe schon in Hochmoning etwas gegessen«, sagte sie, nachdem ich Akif begrüßt und mich zu ihr gesetzt hatte. »Aber ich brauche jetzt unbedingt etwas Süßes, das baut mich wieder auf.«

Es hörte sich an wie eine Entschuldigung, aber ich ging nicht darauf ein. »Wollte Korreuter nicht mitkommen?«, fragte ich.

»Nein. Als er hörte, dass wir uns bei einem Türken treffen, hat er sich strikt geweigert. Hat er was gegen Türken? Er sieht doch selber aus wie einer.«

Nach dem, was Korreuter mir auf dem Turm von Schloss

Hochmoning über seinen türkischen Vater erzählt hatte, konnte ich das verstehen. War vielleicht auch besser so, er musste ja nicht unbedingt alles erfahren. Und von Nutzen konnte er mir jetzt auch nicht mehr sein.

»Das erzähle ich Ihnen ein andermal«, antwortete ich. »Haben Sie was dagegen, wenn ich mir einen Döner bestelle? Passt geruchsmäßig ja nicht so gut zum Kuchen.«

»Nur zu. Das stört mich nicht.«

Außer uns beiden war um diese Zeit nur noch ein Gast in dem Raum mit den vier kleinen Tischen, ein alter Türke, es war der, der immer hier saß, und starrte in seine leere Espressotasse. Er war einer der wenigen, die Akifs Umstellung vom türkischen Kaffee auf italienischen Espresso immer noch nicht verwunden hatten. Ich bestellte ein Mineralwasser und einen Döner und begann, so komprimiert wie möglich, das Wichtigste zu erzählen.

Als ich von den Babys sprach, legte sie die Gabel mit dem Kuchenstück, das sie gerade zum Mund führen wollte, wieder auf den Teller zurück und schaute mich entsetzt an. »Das ist ja schrecklich. Die armen Kinder! Und die Mütter!«

Ich bedeutete ihr mit einer Handbewegung, leiser zu sprechen; ich brauchte gar nicht hinzusehen um zu wissen, wie Akif hinter seiner Theke lange Ohren bekam.

»Nun ja«, sagte ich dann. »Bis jetzt wissen wir nur von einem entführten Baby und von einem missglückten Versuch. Bei den anderen sind die Mütter ja mitgekommen. Aber natürlich ist das Ganze eine Riesensauerei.«

»Die Kinder sind also in Obermenzing«, sagte Gloria. »Haben Sie die Polizei verständigt?«

»Noch nicht. Die Kinder und die Mütter werden dort ja nicht gleich wieder weggebracht. Mein Auftrag lautet schließlich, den Mord an Udo Stutz aufzuklären. Da muss ich noch ein paar Recherchen anstellen. Zur Polizei gehe ich erst morgen. Im Augenblick wüsste ich nicht, was ich dort konkret sagen sollte.«

Es war ihr anzusehen, dass ihr diese Antwort nicht gefiel, aber sie musste sie akzeptieren. Wolfgang Ambergers Eindringen in meine Wohnung erwähnte ich ebenso wenig wie die Flucht seiner Frau. Sie hätte sonst ihre neue Adresse wissen wollen und in ihrem Übereifer womöglich Schaden angerichtet. Schließlich glaubte Jennifer Amberger immer noch an Bruder Bertrams Thesen. Und dann war da noch die Ermordung Oltschniggs, die nach meiner Meinung nicht auf Ambergers Konto ging.

Akif brachte den dampfenden Döner. »Was gibt's Neues«, fragte er so harmlos wie möglich.

»Nichts Aufregendes. Die üblichen Ermittlungen.«

»Und was ist mit Mann mit Schnurrbart? Ist er Türke? Oder Verbrecher?«

»Kein Türke. Und ob er ein Verbrecher ist, muss die Polizei herausfinden.«

Akif merkte, dass ich nicht mehr sagen wollte, wünschte »Guten Appetit« und wollte zurück zur Theke. Aber dann blieb er doch noch mal stehen. »Ich habe ein bisschen gehört Ihr Gespräch«, sagte er. »Sind Babys gestohlen worden? Schrecklich. In meiner Heimat auch mal sowas passiert. Hat Frau eigenes Baby verloren und dann andere gestohlen. Ist dann ganz verrückt geworden im Gefängnis, wollte andere Leute umbringen.«

»Ja, schlimm«, sagte ich. »Aber das hier ist etwas anderes.«

Akif sagte nichts mehr und ging zu seinem Dönerspieß zurück. War das hier wirklich etwas anderes? Einen Augenblick lang kam es mir vor, als hätte er von Christa Berner gesprochen.

Ich begann zu essen, und Gloria Pokalke kramte inzwischen

meine Autoschlüssel und die Rechnung fürs Abschleppen und die neuen Reifen aus ihrer großen Handtasche. Ich gab ihr die ihren zurück. Beim Handy zögerte ich allerdings.

»Wenn Sie mir versprechen, sich schnellstens ein neues zu besorgen, können Sie es noch ein wenig behalten«, sagte Gloria. »Ich habe irgendwo zu Hause ein altes von Stutz. Das müsste noch funktionieren.«

Ich unterdrückte die Frage, was sie denn sonst noch alles von Stutz mit nach Hause genommen habe. Aber etwas anderes interessierte mich noch: »Und vielen Dank für das Kopfkissen. Ich hab's ja nun leider nicht mehr gebraucht. Woher wussten Sie eigentlich …?«

»Dass Sie sowas auf Reisen mitnehmen? Als ich bei Ihnen war, lag es auf dem Schreibtisch. Und Sie wollten gerade aufbrechen, also habe ich zwei und zwei zusammengezählt. Sie sind ja nicht der einzige, der sowas mit sich herumschleppt. Und da Sie es während unseres Gesprächs achtlos zur Seite legten, war ich mir ziemlich sicher, dass Sie es vergessen würden, so eilig, wie Sie es hatten.«

Ich wollte etwas Lobendes über ihre Kombinationsgabe sagen, aber vielleicht hätte sie das als Ironie aufgefasst, deshalb ließ ich es lieber.

Gloria war inzwischen mit dem Kuchen fertig. »Wissen Sie, was ich nicht verstehe? Dass jemand wie diese Christa Berner dabei mitmacht. Ich habe sie nur einmal kurz gesehen, aber wie eine borniere Fanatikerin sah sie ja nun wirklich nicht aus.«

»Vielleicht ist das ja gerade der Trick dabei«, sagte ich – als Pokalkes Handy klingelte. Automatisch streckte sie die Hand danach aus, sie kannte ja den Ton, aber ich war schon dran. Es war Kommissar Kramsky, er musste sich die Nummer bei unserem letzten Gespräch notiert haben.

»Hallo, Herr Kommissar«, sagte ich. »Haben Sie die entführte Frau gefunden?«

»Ja. Aber leider keine Entführer. Der oder die sind rechtzeitig abgehauen.«

»Und wie geht es Frau Themann?«

»Nicht besonders, wir haben sie erstmal ins Krankenhaus gebracht. Aber da ist noch etwas mit ihr …« Beim letzten Satz klang er ziemlich düster.

»Ist es schlimm?«, fragte ich, jetzt doch ein wenig erschrocken.

»Wie man's nimmt. Sie will nämlich nicht mit uns reden, sondern nur mit Ihnen.«

Ich konnte ein leises Grinsen nicht unterdrücken. »Na sowas. Welches Krankenhaus ist es denn?«

Er nannte es mir und ich versprach erneut, am nächsten Vormittag zu ihm ins Kommissariat zu kommen und Bericht zu erstatten. Er gab sich damit zufrieden – bei Gloria Pokalke war das nicht der Fall.

»Wer ist diese Frau Themann und warum haben Sie mir bis jetzt nichts von ihr gesagt?«, fragte sie.

Sie sei eine Bekannte von Christa Berner, erklärte ich ihr, und es sei überhaupt noch nicht sicher, dass sie irgendetwas zur Lösung des Falles beitragen könnte. »Sobald ich mit ihr gesprochen habe, gebe ich Ihnen Bescheid«, sagte ich und stand auf. »Sind Sie so nett und übernehmen das hier? Dafür erscheint es dann nicht auf der Spesenrechnung.«

Sie war einen Augenblick lang sprachlos, und das genügte mir, um »Bis später« zu sagen und zur Tür zu eilen. Als sie mir dann etwas hinterher rief, war ich schon draußen.

Es wurde bereits dunkel, als ich ins Klinikum rechts der Isar fuhr, das an der Grenze zwischen Haidhausen und Bogenhausen liegt, also unweit meiner Noch-Behausung. Und während ich auf der Suche nach einem Parkplatz durch die umliegenden Straßen kurvte, kamen mir wieder mal die früheren Zeiten in Erinnerung, als nicht nur ich hier zu Hause war, sondern auch Tania und Patrick, als alles hier noch Spaß machte, nicht nur das gemütliche Stadtviertel. Und selbst das wollte ich jetzt aufgeben. War ich noch zu retten?

Endlich, hinterm Max-Weber-Platz, entdeckte ich eine Parklücke und machte mich auf den Weg zurück zum Klinikum. Und ich bemühte mich, meine Gedanken in eine andere Richtung zu lenken. War gar nicht schwer. Eine seltsame Geschichte, in die ich da hineingeraten war und in der ich mich zu orientieren versuchte. Stutz, der das alles ausgelöst hatte, war inzwischen fast schon im Hintergrund verschwunden, dann tauchten die Sekte und Hochmoning auf und dann die Sache mit den Kindern, den unschuldigen Seelen, aber auch das schien inzwischen einigermaßen geklärt zu sein und trotzdem ließ mich das Gefühl nicht los, das, was wirklich wichtig war, noch gar nicht wahrgenommen zu haben. Ich kam mir vor wie der Sheriff von Nottingham, der ein paar von Robin Hoods Bande festgenommen hat, aber genau weiß, dass der Haupttäter noch nicht gefasst ist und ihm demnächst an den Kragen will. Was natürlich ein blöder Gedanke war, denn der Sheriff war der Böse, während ich eindeutig zu den Guten gehörte. Aber zu wem gehörte hier die Lady Marian? Vielleicht half mir ja das Gespräch mit Julia Themann weiter.

Als ich vor ihrem Zimmer ankam, stand eine junge Frau auf, Jeans und Lederjacke, die da gesessen hatte und sich als Polizistin auswies. Also war Kommissar Kramsky doch vorsichtig geworden und ließ Julia Themann bewachen. Die Polizistin war über mein Kommen informiert, holte aber trotzdem die Stationsschwester dazu, die müsse erst noch ihr O.k. geben. Das bekam ich dann auch, aber mir wurde eingeschärft, höchstens zehn Minuten zu bleiben und die Kranke nicht aufzuregen, sie sei noch ziemlich mitgenommen. Und dann drückte mir die Polizistin noch etwas in die Hand, mit einem Gruß von Kommissar Kramsky: mein Handy. Die Kollegen hatten es bei der Durchsuchung von Hochmoning gefunden. Wie ich Kramsky kannte, hatte er bestimmt meine letzten Telefonkontakte überprüft.

Julia Themann sah wirklich nicht gut aus. Bleich und mit geschlossenen Augen lag sie in den Kissen, um den Kopf trug sie einen Verband und an der linken Wange waren ein paar blutige Schrammen zu sehen, die man gar nicht erst verbunden hatte. Aus einem Tropfbehälter perlte es langsam in die Vene.

»Hallo«, sagte ich vorsichtig, als ich neben ihrem Bett stand.

Sie öffnete die Augen. »Hallo«, erwiderte sie leise. »Da sind Sie ja endlich. Setzen Sie sich doch.«

Ich zog mir einen Stuhl heran. »Wie geht es Ihnen?«

»Geht so. Ich muss Ihnen etwas sagen. Es ist vielleicht wichtig. Und wir haben nicht mehr viel Zeit.«

»Warum wollten Sie nicht mit der Polizei sprechen?«

»Weil es um Christa geht. Vielleicht können Sie sie noch aufhalten. Die Polizei kann das bestimmt nicht.«

»Aufhalten wobei?«

»Das weiß ich nicht genau. Aber es wird bestimmt etwas Schlimmes passieren, wenn Sie es nicht schaffen.«

Ich merkte, dass ich so nicht weiter kam. Also versuchte ich es chronologisch. »Hat Christa Sie entführen lassen?«

»Ja. Das heißt nein. Sie hat mich beschützt, man wollte mich umbringen. So wie die anderen.«

Allmählich wurde ich ungeduldig. »Ja, was denn nun? Hat sie Sie beschützt, oder …«

Auch sie schien nervös zu werden, ihre Hände strichen unruhig über die Bettdecke. »Mein Gott, das ist doch jetzt unwichtig. Na gut, die Sekte hatte beschlossen, mich aus dem Weg zu räumen. Weil ich zu viel wusste. Christa hat das immer verhindert …«

»Waren Sie es, die Stutz informiert hat?«, unterbrach ich sie.

»Nein. Christa muss ihm etwas erzählt haben, als er sie da herausgeholt hat. Er hat dann wohl auf eigene Faust nachgeforscht.«

»Und das hat man dann mit Gewalt unterbunden?«

»Ja.«

»Und jetzt wollte man auch Sie verschwinden lassen, und Christa hat erreicht, dass man Sie vorerst nur entführt hat?«

»Stimmt. Sie ist schließlich meine Freundin. Aber das war nur vorerst. Sie konnte jetzt nichts mehr für mich tun.«

Ich hätte jetzt eigentlich fragen müssen, warum das so war, aber zuvor interessierte mich etwas anderes. »Und was war mit Oltschnigg? Wer hat ihm Tipps gegeben, wer wollte sich mit ihm treffen?«

»Ich.«

Ich schwieg einen Moment, um nachzudenken. Zu viele Fragen auf einmal kamen mir in den Sinn. Ich begann mit der einfachsten: »Wie sind Sie eigentlich zu der Sekte gekommen? Hat Christa Sie dort eingeführt?«

»Sie hat mich mal dorthin mitgenommen. Damals waren sie ja noch in Obermenzing. Ich habe aber schnell gemerkt, dass das nichts ist für mich. Dann hat eine Cousine von mir ein Kind gekriegt und sie war am Anfang total überfordert. Für Christa war es nicht schwer, sie für die Sekte zu gewinnen. Ich habe es schließlich geschafft, dass Barbara, also meine Cousine, wieder weg wollte. Dann ist die kleine Gaby plötzlich krank geworden.«

Julia Themann hatte zuletzt mit belegter Stimme gesprochen, jetzt schwieg sie. Ich sah, dass sie Tränen in den Augen hatte.

Ich ließ ihr Zeit, obwohl ich das drängende Gefühl verspürte, keine Zeit zu haben.

»Ich war ihre Patentante«, sagte sie leise, »und ich habe sie sehr gemocht.« Das Reden strengte sie sichtlich an, lange konnte das nicht mehr so weitergehen – und sie war noch immer nicht damit rausgerückt, warum sie mich so dringend hatte sprechen wollen.

Aber dann gab sie sich einen Ruck, sie sah mich an und sagte: »Ich sage Ihnen jetzt, was Sie wissen müssen. Unterbrechen Sie mich bitte nicht.«

Sie begann zu reden.

Manchmal ist es richtig schön, nachts mit dem Auto unterwegs zu sein. Auf einer Landstraße bei wenig Gegenverkehr etwa, wenn das Fernlicht weit nach vorne greift, Bäume und Büsche rechts und links vor der Dunkelheit dahinter weiß aufleuchten, wenn die Lichtbündel sich in der Ferne verlieren oder der Wald zu beiden Seiten eine helle Mauer bildet, durch die die Nacht vergeblich durchzubrechen versucht. Genauso war es, als ich jetzt Richtung Bad Tölz rollte – aber von angenehmen Empfindungen konnte bei mir keine Rede sein. Das, was Julia Themann mir erzählt hatte, ließ so etwas nicht zu.

Ich war, wieder mal, unterwegs nach Hochmoning.

Einiges war mir durch das Gespräch im Krankenhaus klar geworden, anderes blieb immer noch im Dunkeln. Wenn ich sie richtig verstanden hatte, war Gaby gestorben und die vor Kummer halb verrückt gewordene Mutter war mit der kleinen Leiche verschwunden. Wahrscheinlich, um sie obduzieren zu lassen, vermutete Themann. Aber dann fand man sie ein paar Tage später im Wald. Sie hatte sich erhängt. Das Kind war nicht bei ihr. Die Polizei nahm an, dass sie es irgendwo vergraben hatte, man hatte eine kleine Schaufel bei ihr gefunden. Das war der Grund für Julia Themann gewesen, in die Sekte einzutreten, um herauszubekommen, was wirklich passiert war. An den Selbstmord wollte sie nicht glauben. Aber man hatte schon bald ihre wahren Absichten entdeckt und ihr Hausverbot erteilt. Sie hatte dann versucht, sich als Putzfrau einzuschleichen, aber auch das war schiefgegangen. Ich war ja gerade dazugekommen, als man sie hinausgeworfen hatte. Auch die zerrissene Todesanzeige in ihrer Wohnung hatte wahrscheinlich damit zu tun. All das konnte jedoch nicht erklären, warum sie es so eilig hatte, mich zu sehen. Was sollte ich Schlimmes verhindern?

Dann sprach sie weiter, und ich verstand sehr schnell, was sie befürchtete. Christa Berner war zu ihr in den Wohnwagen gekommen, sie sagte, dass sie sie nun nicht mehr schützen könne. Sie habe schlimm ausgesehen, berichtete Themann, und sie habe gesagt, endlich hätte sie herausgefunden, was mit Anselm geschehen sei, und sie werde nun das Nötige tun. Im Namen der Gottesmutter. Dann habe sie zu ihren beiden Bewachern gesagt, sie könnten nun mit der Gefangenen machen, was sie wollten und sei wieder weggefahren. Zum Glück war kurz darauf die Polizei auf dem Campingplatz erschienen.

Natürlich fiel mir da sofort die blutige Gruselmadonna ein. Wenn Christa Berner in ihrem Namen etwas vorhatte, konnte das in der Tat böse enden.

Anselm war Christas Sohn, auch er war krank gewesen und dann plötzlich verschwunden, aber Bruder Bertram habe gesagt, er sei im Krankenhaus. Und die Heilige Mutter Maria sei ihm erschienen und habe angeordnet, dass Christa ihren Sohn vorerst nicht mehr sehen dürfe. Dies sei ein ganz besonderes Kind, die Heilige Mutter habe etwas Besonderes mit ihm vor und deshalb dürfe jetzt nur noch der Bruder Bertram zu ihm. Christa müsse erst noch einige Prüfungen bestehen, bevor sie ihr Kind wieder in die Arme schließen dürfe. Alle hatten ihm geglaubt.

Und Christa?

»Ich weiß es nicht«, antwortete Julia Themann. »Aber sie wurde von Tag zu Tag fanatischer.«

»Hat sie gewusst, dass Sie sich mit Jörg Olschnigg treffen wollten?«

»Kann sein, ich weiß es nicht mehr. Sie glauben doch nicht …?«

»Ich glaube gar nichts mehr. Aber wenn sie es wusste, hat sie es bestimmt Bruder Bertram erzählt.«

Dann war die Schwester ins Krankenzimmer gekommen und hatte mich energisch hinauskomplimentiert. Julia Themann war in der Tat völlig erschöpft.

»Wissen Sie, ob Bruder Bertram wieder in Hochmoning ist?« fragte ich zum Schluss.

»Ich weiß es nicht.«

Und so fuhr ich nun durchs nächtliche Oberbayern, so schnell es die Dunkelheit und die kurvige Straße erlaubten. Vorher hatte ich noch Gloria Pokalke angerufen und ihr eingeschärft, Kommissar Kramsky zu verständigen, wenn ich mich bis morgen früh nicht gemeldet haben würde.

»Passen Sie auf sich auf«, sagte Gloria nur.

Seltsamerweise dachte ich während der Fahrt nicht nur an das, was mich möglicherweise erwartete, sondern immer wieder auch an das, was Gloria Pokalke zum Schluss gesagt hatte. Ich solle auf mich aufpassen – und es hatte sehr besorgt geklungen. Machte sie sich tatsächlich Sorgen um mich?

Hochmoning kam in Sicht. Der Schlosshügel erhob sich vor mir als schwarze Silhouette, er schien nachts höher zu sein als tagsüber. Ich stellte den Wagen an der gleichen Stelle ab, an der er schon mal gestanden hatte. Man würde mir ja nicht gleich wieder die Reifen aufschlitzen.

Nach dem Gespräch mit Julia Themann war mir eines klar geworden: Bruder Bertram hatte Christa Berner erpresst. Was hatte er von ihr verlangt, was hatte sie alles getan, um die angeblichen Forderungen der Gottesmutter zu erfüllen? Sie wollte ihr Kind wiederhaben und sie wollte den menschenverachtenden Regeln der Sekte folgen – wenn man das zusammenrechnete, konnte es eigentlich nichts geben, was sie nicht getan hätte. Zum Beispiel kleine Kinder entführen. Und jetzt hatte sie offenbar herausgefunden, dass der Bruder, dem sie vertraut hatte, sie belogen hatte. Ich fröstelte, und mir war nicht klar, ob das die kühle Nachtluft war oder eine Vorahnung dessen, was mir hier womöglich gleich bevorstand. Denn der Bruder war hier, da war ich mir sicher.

Alles war ruhig, als ich die Zufahrt zum Schloss hinauf ging, nur unterhalb des Hügels, in einem der Wirtschaftsgebäude, brannte Licht. Das Tor zum Schlosshof stand offen. Gleich dahinter waren zwei Autos geparkt. Das zweite, ein kleiner Fiat, war so schräg abgestellt, dass der erste nicht mehr durch das Tor hinaus konnte. Das konnte nur der Wagen sein, mit dem Christa gekommen war; sie wollte verhindern, dass Bruder Bertram wieder verschwand, bevor sie ihn zur Rede gestellt hatte. Ich legte die Hand auf die Motorhaube: Sie war noch warm.

Ich betrat den Schlosshof. Auch hier war alles still und finster – nur im Hauptgebäude, im ersten Stock, waren zwei nebeneinander liegende Fenster hell erleuchtet. Ich lief über den Hof und rannte die Treppe hoch, hoffentlich kam ich nicht zu spät. Eine Tür stand offen, ich ging vorsichtig hinein, aber alles war leer. Das hier schien das Vorzimmer von Bruder Bertram zu sein. Es sah aus, wie die meisten Vorzimmer aussehen: Schreibtisch, Computer, Regale, Telefonanlage mit vielen Knöpfen, Aktenordner – nur die beiden Kruzifixe in den Ecken, die von zwei gegenüberliegenden Seiten aus den Schreibtisch zu überwachen schienen, waren ungewöhnlich. An einer freien Wand hing im Goldrahmen Maria mit dem Jesuskind, aber das hier war ein altes, vielleicht sogar wertvolles Bild.

Bevor ich das Büro von Bruder Bertram betrat, zog ich die

Beretta: Auf einen Zweikampf mit diesem ehemaligen Boxer wollte ich mich nicht einlassen, vielleicht stand er ja in einer Ecke und wartete auf mich. Ich sprang hinein, die Pistole im Anschlag, aber da war niemand, auch nicht hinter der Tür. Ich nahm flüchtig einen großen Schreibtisch wahr, eine Ledercouch, schon wieder ein Marienbild, einen eingeschalteten Fernseher, bei dem der Ton abgestellt war. Es lief eine Fußballübertragung.

Ich rannte wieder hinaus und die Treppe hinunter. Irgendwo mussten die beiden ja sein, schließlich war vor kurzem noch jemand im Büro gewesen. Als ich wieder im Freien stand, blieb ich kurz stehen. Um meine Augen an die Dunkelheit zu gewöhnen, aber auch, weil mir gerade etwas eingefallen war. Bei meinem ersten unangemeldeten Besuch hier war ich ja über den kleinen alten Friedhof neben der Schlosskapelle gekommen. Im Schein der Taschenlampe hatte ich die verwitterten Grabkreuze gesehen – aber auch unter einem alten Kreuz kann eine frische Leiche liegen. Ein ideales Versteck, wer kommt schon auf die Idee, ausgerechnet dort nachzusehen. Ich erinnerte mich auch an die weiche Erde, in die ich getreten war.

Nach einem kurzen Sprint über den Hof erreichte ich den Wagen von Bruder Bertram, einen dicken Mercedes. Die Tür war offen, der Schlüssel steckte. Ich ließ den Motor an, manövrierte kurz, sodass die Scheinwerfer in Richtung Friedhof zeigten, der schräg gegenüber lag, und schaltete das Fernlicht ein. Dort stand jemand im hellen Lichtkegel und schaute zu mir herüber. Es war Christa Berner. Sie stand unbeweglich da, wahrscheinlich war sie erschrocken, sie musste ja annehmen, das sei Bruder Bertram. Ich stieg aus und rief: »Ich bin's, Mike Moser!« Denn sie konnte im Gegenlicht ja nichts erkennen.

Sie blieb stehen, während ich auf sie zuging. Und wie sie so stand, im harten Licht der Xenon-Scheinwerfer, kam sie mir wieder vor, als sei sie nicht von dieser Welt. Ich hatte schon mal diesen Eindruck gehabt, damals bei der ersten Begegnung im Treppenhaus – sie schien mir erschreckend weit zurückzuliegen –, als ich dachte, sie könne jeden Augenblick engelsgleich davonfliegen. Jetzt allerdings schien sie eher einer Welt des Wahnsinns anzugehören, aus der sie plötzlich auf die Erde gestürzt war. Ihr Gesicht drückte starres Entsetzen aus, aber auch eine Art von Wut, wie ich sie noch nie bei jemandem wahrgenommen hatte. Sie sah mich an, mit aufgerissenen Augen, es wirkte auf mich, als könne sie durch mich hindurch sehen. Trotz der Kälte trug sie nur ein dünnes hellblaues Kleid, aber sie schien nicht zu frieren. Das Kleid war über und über mit Schlamm befleckt, sie hatte mit bloßen Händen in der nassen Erde gegraben, auch im Gesicht und in den Haaren war Erde, wahrscheinlich weil sie sich da den Schweiß abgewischt hatte.

Als ich zu ihr trat, sah ich neben ihr eine Umhängetasche und eine Jacke auf dem Boden liegen, vor ihr, dort, wo vorher ein Grabhügel gewesen war, war jetzt ein Loch in der Erde. Sie deutete hinein.

»Da«, sagte sie so leise, als fürchte sie, jemand könne sie hören, »Anselm.«

Das Loch war nicht sehr tief, dadurch gelangten ein paar Scheinwerferstrahlen bis nach unten. Sie beleuchteten etwas Flaches, Glattes – Holzbretter, nicht sehr breit: den Deckel eines kleinen Sarges. Also hatte die Sekte sich wenigstens die Mühe gemacht, den kleinen Anselm nicht einfach so zu verscharren. Christa Berner begann jetzt zu zittern, vor Kälte oder vor Erschöpfung. Ich hob ihre Jacke auf und hängte sie ihr um, ich nahm auch ihre Tasche, legte vorsichtig den Arm um ihre Schultern und drängte sie weg vom Grab.

»Kommen Sie«, sagte ich. »Sie können hier nicht bleiben.«

Ich führte sie zum Haus zurück. Dort war es wärmer, sie

würde sich setzen können, während ich die nötigen Telefonate führte. Aber da gab es noch etwas, das mich beunruhigte …

»Wo ist Bruder Bertram?«, fragte ich.

Ich bekam keine Antwort. Wie eine Schlafwandlerin stolperte sie neben mir her. Doch plötzlich schien sie kurz zu sich zu kommen, sie bemerkte, dass ich ihre Tasche trug, und riss sie mir aus der Hand. »Ich trage das«, sagte sie. Ich wiederholte meine Frage nach Bruder Bertram, bekam jedoch wieder keine Antwort. Die Aktion mit der Tasche schien nur ein kurzes Aufflackern eigenen Willens gewesen zu sein. Irgendwie, vielleicht durch Bruder Bertram selbst, vielleicht durch eine seiner Vertrauten, musste sie erfahren haben, dass ihr kleiner Sohn tot war, dass der Bruder sie mit seinen Versprechungen nur benutzt hatte.

Ich führte sie in das Büro des Bruders und ließ sie sich auf die Couch setzen. Sie blieb zusammengesunken sitzen und hielt die Tasche auf ihrem Schoß fest, und ich überlegte, was ich nun als nächstes tun sollte. Doch dann begann sie plötzlich zu sprechen, stockend, monoton, den Blick vor sich auf den Boden gerichtet. »Sie haben ihn mir weggenommen, ich durfte ihn nur sehen, wenn ich neue Babys brachte. Ich habe gedacht, das ist in Ordnung, am Anfang, es war ja alles für die Heilige Maria, ich habe ihnen Anselm gerne gegeben, er sollte sein Leben der Heiligen Maria weihen, ich habe es ja auch getan …«

Sie schwieg wieder, schien sich in ihren Gedanken zu verlieren. Ich setzte mich auf einen Stuhl und wartete ab.

»Die Mütter wollten uns ja ihre Babys anvertrauen. Bei Bruder Bertram hätten sie ein besseres Leben bekommen … Stutz hat das nicht verstanden, er wollte, dass ich zu ihm komme, aber ich konnte Anselm ja nicht mitnehmen. Ich bin dann trotzdem mitgegangen, weil er versprochen hat, Anselm herauszuholen. Er hat sein Versprechen nicht gehalten und die Große Mutter hat ihn dafür bestraft.«

So konnte man es natürlich auch sehen. Der Tod von Udo Stutz war für sie also eine gerechte Strafe gewesen. Wenn ich ihren Besuch damals bei mir richtig deutete, wusste sie zu diesem Zeitpunkt noch nicht, dass er ermordet worden war. Aber für sie schien das inzwischen keinen Unterschied zu machen. Wie fanatisch muss man sein, um so zu urteilen! Trotzdem empfand ich immer noch Mitleid mit ihr, ich konnte einfach nicht anders, wenn ich sie so zusammengesunken vor mir sitzen sah. Und das Schicksal, das sogenannte, hatte sie ja auch hart für ihre Taten bestraft. Schließlich war sie von Bruder Bertram dazu gezwungen worden.

»Wie war das mit Stefan Stutz?«, fragte ich.

Es dauerte etwas, bis sie sprach, es kam mir vor, als hätte sie Mühe, sich an ihn zu erinnern.

»Stefan? Ich habe versucht, ihn mit Liebe zu bekehren, so wie Bruder Bertram es uns gelehrt hat. Aber er ist nicht würdig.«

»Und Jörg Oltschnigg?«

»Er wollte unsere Gemeinschaft zerstören. Die Heilige Maria hat ihn dafür bestraft.« Sie hob plötzlich den Kopf und sah mich an, und es war ein Blick, der so kalt und so böse war, dass ich erschrak. »Auch Sie haben das vor. Die Große Mutter wird auch Sie bestrafen.«

Was für eine Frau! Selbst der Tod ihres Kindes war kein Grund für sie, die Sekte zu verdammen. Aber wie schuldig ist jemand, der selbst verführt wurde, der auf Grund seines Glaubens davon überzeugt ist, schlimme Dinge tun zu müssen? Aber Verbrechen sind nun mal nicht zu entschuldigen; ich war mir klar darüber, dass nur dieser ganz besondere Fall mich zu solchen Überlegungen verleitete. Mein Mitleid nahm rapide ab. Ich musste sie unbedingt noch mal nach Bruder Bertram fragen; dass er immer noch nicht aufgetaucht war, beunruhigte mich mehr und mehr. Und was war mit den anderen noch ziemlich frisch aussehenden Gräbern da draußen? Julia Themanns Cousine fiel mir ein und Gaby, deren verschwundene Tochter. Aber zunächst einmal wollte ich ihr eine kleine Unterbrechung gönnen. »Möchten Sie ein Glas Wasser?«

Sie nickte, und ich ging nach nebenan ins Vorzimmer, um mich da nach Mineralwasser oder ähnlichem umzusehen. Aber da war nichts. Ich trat auf den Flur hinaus. Jetzt erst sah ich, dass eine Tür schräg gegenüber nur angelehnt war, durch den Spalt schimmerte Licht. Vom Hof aus war das nicht zu sehen gewesen, denn dieser Raum ging zur anderen Seite. Ich dachte sofort an Bruder Bertram. Vorsichtig ging ich zu der Tür, dabei trat ich in etwas Feuchtes, Klebriges. Ich achtete nicht darauf und drückte langsam die Tür nach innen, bis sie auf Widerstand stieß. Es war eine kleine Küche. Noch ein Schritt weiter und ich sah Bruder Bertram auf dem Rücken liegen. Blutüberströmt, in einer großen Blutlache. Er war erstochen worden, soviel war zu erkennen, anscheinend mit mehreren Stichen in Oberkörper und Hals. Und das Klebrige, in das ich getreten war, war ebenfalls Blut, das Blut, das auch an den Schuhen des Mörders kleben musste. Besser gesagt, der Mörderin, denn das konnte nur Christa Berner gewesen sein. Die dunklen Flecken auf ihrem Kleid waren also nicht nur Erde, wie ich geglaubt hatte.

Ich hatte die Ahnung immer weggedrückt, aber in diesem Moment stand für mich fest, dass sie auch Jörg Oltschnigg auf dem Gewissen hatte. Der stand ja bereits ins Verbindung mit Julia Themann, er musste sie über sein geplantes Treffen informiert haben, und sie hatte es dann, ohne sich etwas dabei zu denken, ihrer Freundin Christa weitererzählt. Nichtsahnend hatte Oltschnigg die Seitenscheibe heruntergelassen, als sie plötzlich neben seinem Wagen stand und an die Scheibe klopfte. Und dann ein schneller Stich in den Hals.

Ich musste tief durchatmen und mich an den Türrahmen

lehnen. Die Heilige Mutter hatte sie alle bestraft, und Christa Berner war ihr Werkzeug gewesen. Außer bei Udo Stutz, da war Amberger ihr zuvorgekommen. Vielleicht hatte Bertram sie da auch noch nicht völlig unter Kontrolle gehabt. Und sie würde auch mich bestrafen, hatte sie gerade gesagt. Ich hatte immer noch Mühe es zu glauben, ich stand immer noch da, die Füße bleischwer, und starrte auf den toten Bruder zu meinen Füßen, der jetzt, wo er tot dalag, gar nicht mehr so groß aussah, er kam mir vor, als wäre er geschrumpft. Ein Geräusch irgendwo im Haus ließ mich hochschrecken. Ich musste mir einen Ruck geben, um mich hier loszureißen, dann rannte ich zurück ins Vorzimmer, von dort in Bruder Bertrams Büro – es war leer, Christa Berner war weg.

Das Geräusch hatte sich angehört, als käme es von unten. Als ich wieder aus dem Zimmer kam, sah ich, dass Treppenhaus und Flur erleuchtet waren, Christa Berner musste irgendwo auf den Schalter gedrückt haben. Ich lief die Treppe hinunter, auch in den Gängen im Keller brannte Licht, ich kam an der Schreckensmaria vorbei – als ich zu ihr hochblickte, war mir, als liege ein triumphierendes Grinsen auf ihrem Gesicht. Ich war mir jetzt sicher, wo ich die Berner finden würde.

Vorsichtig öffnete ich die Tür des großen Saales, in dem die Sekte sich zum Gebet zu versammeln pflegte und in dem man mich der hasserfüllten Sippschaft vorgestellt hatte. Nur ein Teil der Beleuchtung war eingeschaltet, der, der sich über der Empore befand, auf der Bruder Bertram zu den Seinen predigte. Das Kruzifix war im Licht, auch die Gemälde mit der Heiligen Maria, und am Rand der Empore, mit angezogenen Beinen, saß Christa. Das Licht schien auf ihre blonden Haare, die jetzt nicht mehr leuchteten, sondern stumpf und schmutzig herunterhingen.

Sie saß zusammengesunken da, ihre Schultern zuckten.

Weinte sie? Ich stieg nicht auf die Empore, sondern ging unten auf sie zu. Sie hob den Kopf, sie hatte Tränen in den Augen und streckte bittend die Hand nach mir aus. Ich trat noch näher, irgendwo in mir versuchte sich schon wieder das verdammte Mitleid bemerkbar zu machen, jetzt stand ich vor ihr – und sah, dass sie die andere Hand in ihrer Umhängetasche hatte, die auf ihrem Schoß lag. Und da zog sie sie auch schon hervor, etwas schimmerte in ihrer Hand, ich machte eine reflexartige Abwehrbewegung, das Messer flog durch die Luft, Christa Berner zischte etwas, das wie »verflucht sollst du sein« klang, sie stand blitzschnell auf und rannte auf den Vorhang an der Rückwand zu. Sie kannte natürlich auch den Gang, der dort mündete und durch den Korreuter mich bei meiner Flucht geführt hatte.

Und ich? Ich blieb stehen. Ich sah, wie der Vorhang sich hinter ihr schloss, ich schaute auf das lange, schmale Messer, das auf dem Boden lang und an dem noch das Blut von Bruder Bertram klebte, und ich hatte keine Lust mehr, keinen Bock, kein gar nichts. Ich konnte nicht mehr, ich mochte nicht mehr, ich fühlte mich erschöpft, ich setzte mich auf den Rand der Empore und ließ die Beine hinunterhängen. Aber dann raffte ich mich doch auf und stieg langsam die Treppe hoch, weil ich unten ja kein Netz fürs Handy hatte. Dabei hörte ich, wie draußen ein Motor angelassen wurde und ein Auto wegfuhr. Das musste Christa Berner sein. Ich rief Gloria Pokalke an. Es dauerte etwas, bis sie sich aus dem Schlaf so weit herausgearbeitet hatte, dass sie kapierte, was ich sagte. Ich gab ihr die Privatnummer von Kommissar Kramsky, sie solle ihn anrufen, sagen, was in Obermenzing los war und ihn gleichzeitig bitten, die für Hochmoning zuständigen Kollegen dorthin zu schicken. Es gäbe da schon wieder eine Leiche. Natürlich wollte sie jetzt wissen, was geschehen war, aber ich sagte nur danke und brach ab. Und dann schaltete ich das Handy ganz aus. Ich wollte meine Ruhe haben. Was aus Christa Berner wurde, war mir in diesem Moment sowas von egal.

Zwei Tage später saß ich in meinem geliebten Ohrensessel und schaute durch die Terrassentür hinaus auf den Haidhauser Hinterhof. Es wurde langsam Abend. Der alte Ahorn, der da stand, hatte schon einen Teil seiner Blätter verloren, die übrig gebliebenen leuchteten gelb in der tiefstehenden Herbstsonne. Von seiner Krone aus führte ein langes Brett zu einem Balkon im zweiten Stock vom Haus gegenüber, gedacht als Steg für die dort beheimatete Katze. Ich hatte sie allerdings nur einmal darauf gesehen, und da war sie auf halber Strecke wieder umgekehrt. Was hätte sie auch auf dem Baum tun sollen. Es war ein friedliches Bild, das ich da in mich aufnahm, und das mir, nach all dem, was sich in den vergangenen Tagen ereignet hatte, schon recht gut tat.

Auf halber Strecke wieder umkehren, ohne Nachteile befürchten zu müssen – das wäre mir auch schon manchmal lieber gewesen. Aber meistens muss man bis zum Ende durchhalten, und viel zu oft ist es ein bitteres. Mir war auch schon der Gedanke durch den Kopf gegangen, was gewesen wäre, wenn Gloria Pokalke keinen Verdacht geschöpft hätte. Ich wäre nicht in die Geschichte hineingezogen worden, hätte weiter irgendwelche Routinejobs erledigt. Aber dann musste ich an die Kinder denken, an die, die diese irre Sekte sich schon angeeignet hatte, und an die, denen das noch bevorgestanden hätte. Irgendwann wären Bruder Bertram und die Seinen bestimmt auch so aufgeflogen, aber bis dahin hätten sie noch viel Unheil anrichten können. Da war es schon besser so, wie es gekommen war.

Am Tag nach meinem letzten Auftritt in Hochmoning war ich zu Kommissar Kramsky gefahren. Dazwischen lagen meine Rückfahrt nach München und zwei, drei Stunden Schlaf.

Entsprechend gerädert tauchte ich im Polizeipräsidium auf; der Kommissar machte allerdings auch keinen besonders ausgeruhten Eindruck. Er hatte noch in der Nacht, gleich nach Gloria Pokalkes Anruf, mit seinen Leuten das Nest in Obermenzing ausgehoben. Allen Kindern ging es gut, nur eines hatte man mit hohem Fieber ins Krankenhaus gebracht.

»Aber es besteht keine Gefahr«, sagte er. »In ein paar Tagen ist es wieder okay.«

Das Wichtigste sei nun, sich um die Mütter der Babys zu kümmern, sie in psychologische Betreuung zu bringen. Bei zwei Kindern seien keine Mütter da gewesen, die müsse man erst noch ausfindig machen.

»Zum Glück gibt es dort so etwas wie eine Buchführung, da dürften wir schnell etwas finden.«

»Und was ist mit den Gräbern in Hochmoning?«, wollte ich wissen.

Kramsky schwieg einen Augenblick, dann bemühte er sich um einen sachlichen Ton. »In einem haben wir noch ein kleines Mädchen gefunden. In einem zweiten die Leiche einer jungen Frau. Wir müssen ihren Namen erst noch ausfindig machen.«

»Das Mädchen heißt Gaby«, sagte ich, und ich musste mich sehr anstrengen, meine Wut und meine Trauer unter Kontrolle zu halten. »Fragen Sie Julia Themann, sie wird Ihnen alles über sie erzählen. Und Sie sollten sich auch um die Mutter der Kleinen kümmern, sie hat angeblich Selbstmord begangen. Angeblich.«

»Machen wir«, sagte Kramsky. »Wollen Sie nicht wissen, was aus Christa Berner geworden ist?«

»Reden Sie schon.«

Man habe sie, berichtete der Kommissar, ein paar Kilometer von Hochmoning entfernt gefunden. Sie war, nach dem vergeblichen Versuch mich umzubringen, mit dem Auto davongerast und, ein paar Kilometer weiter, zwischen Humbach und Thankirchen, von der Straße abgekommen und in einem kleinen Teich gelandet.

»Wir wissen noch nicht, ob das wirklich ein Unfall war oder ob sie sich hat umbringen wollen. Jedenfalls war der Teich nicht tief genug zum Ertrinken. Das Auto ist im Schlamm steckengeblieben und bis zur halben Höhe vollgelaufen. Raus konnte sie nicht, denn die Türen gingen nicht auf, die Fenster genausowenig. Also musste sie im eiskalten Wasser sitzenbleiben.«

Als man sie schließlich entdeckte, war sie völlig unterkühlt gewesen und wurde ins Krankenhaus gebracht.

»Sie hat wirres Zeug geredet«, berichtete Kramsky weiter. »Dauernd die Heilige Maria angerufen und sie um Verzeihung gebeten.«

»Verzeihung? Wegen der Morde?«

»Nein. So viel wir verstanden haben, weil man der Großen Mutter nun keine unschuldigen Seelen mehr weihen kann. Und weil sie sich dafür verantwortlich fühlt.«

»Hat sie wenigstens etwas zum Mord an Bruder Bertram gesagt?«

»Nur einen Satz: Er hat gesündigt, er musste sterben.«

»Was geschieht nun mit ihr?«

»Wenn sie körperlich wieder auf dem Damm ist, kommt sie wahrscheinlich in die Psychiatrie. Geschlossene Abteilung. Aber damit haben wir, Gott sei Dank, nichts mehr zu tun, das ist Sache der Staatsanwaltschaft.«

Christa Berners Vater sei verständigt worden, sagte Kramsky noch, und bereits auf dem Weg hierher. Mich interessierte etwas anderes: »Wie ist die Berner denn überhaupt an die Sekte gekommen?«

»Durch ihre Schwangerschaft. Sie muss ziemlich verzweifelt gewesen sein, weil der Vater des Kindes sie hat sitzen lassen. Sich ihrem eigenen Vater anvertrauen konnte sie nicht, sie war ja mit ihm zerstritten. Eines Tages hat sie in einem Bibelkreis, den sie regelmäßig besuchte, eine Frau kennengelernt, die sie mit Bruder Bertram zusammengebracht hat. Und der hat ihr vorgeschlagen, das Kind bei ihm zur Welt zu bringen. Wir haben das alles aus den Aussagen der anderen Mitglieder. Mit Berner selbst konnten wir ja noch nicht reden.«

»Und wie war das mit Udo Stutz?«

»Irgendwie muss er es geschafft haben, sie da rauszuholen. Aber nach Stutz' Tod hat Bruder Bertram gedroht, ihr das Kind für immer wegzunehmen, und da ist sie zu ihm zurückgekommen.«

»Und das Kind ist dabei krank geworden.«

»Richtig. Und wissen Sie, was das Unbegreifliche an der Sache ist? Christa Berner hat nicht dem Bruder die Schuld an Krankheit und Tod ihres Kindes gegeben, sondern Stutz, Oltschnigg und Ihnen, den Leuten also, die die Sekte in ihrem Treiben gestört haben.«

»Aber sie hat Bertram doch ermordet.«

»Ja. Aber wahrscheinlich nur, weil er ihr den Tod ihres Kindes verheimlicht hat. Sie hat in Hochmoning praktisch neben dem Grab von Anselm gewohnt, ohne es zu ahnen.«

Wir schwiegen beide. Für eine Weile wusste keiner von uns, was er sagen sollte. Was sollte man zu so etwas auch sagen?

Ich wollte von etwas anderem reden. »Wie ist das mit der Ermordung von Udo Stutz? Hat Amberger gestanden?«

»Es blieb ihm nichts anderes übrig. Er war nämlich so blöd, das Motorrad in Hochmoning in einem Schuppen zu verstecken. Und unsere Techniker sind gerade dabei, die Spuren zu sichern.«

Also war auch das geklärt. Aber ich hatte mich trotzdem nicht erleichtert gefühlt, als ich im Büro von Kommissar Kramsky gesessen hatte. Erst jetzt, im alten Ohrensessel mit Blick auf den Haidhauser Hinterhof, stellte sich dieses Gefühl ganz langsam ein. Aber das war nicht nur wegen des abge-

schlossenen Falles so. Etwas anderes war mindestens ebenso
wichtig: Ich hatte mich gleich nach der Rückkehr vom Polizeipräsidium entschlossen, den Umzug rückgängig zu machen.
Ich hatte den Hausbesitzer angerufen und die Maklerin, hatte
mir angehört, was sie zu sagen hatten – unmögliches Verhalten, Vertrag bereits unterschrieben, Entschädigung, Verlust
der Kaution – und hatte zu allem Ja und Amen gesagt. Auch
der Vermieter meiner bisherigen Bleibe hatte nichts dagegen
gehabt, dass ich weiterhin im fünften Stock hauste. Nach diesen Gesprächen hatte ich mich gefühlt, als wäre ich dem Fege-
feuer entronnen.

Es ging mir also relativ gut in meinem Haidhauser Ohrensessel, und das Umzugschaos um mich herum konnte mich
auch nicht mehr schrecken. Die Möbel waren ja noch da, das
war die Hauptsache, und die Kisten und Kartons musste ich
eben wieder auspacken. Aber auch die Erinnerung war noch
da, die Erinnerung an früher, an die Zeit mit Tania und
Patrick, vor der ich die Flucht hatte ergreifen wollen. Aber
damit musste ich eben fertig werden. Vielleicht, so dachte
ich jetzt, hätte sie mir ja sogar gefehlt, diese Erinnerung,
wenn ich anderswo wohnte. Ich musste es einfach darauf
ankommen lassen. Um mich abzulenken, holte ich aus dem
Stapel Post, der sich inzwischen auf meinem Schreibtisch
angesammelt hatte, eine Ansichtskarte hervor, die ich vorhin mit einigem Vergnügen gelesen hatte. Sie war von Peter
Steinbuchner, jenem Pleite gegangenen Unternehmer, den
ich überprüft und inzwischen schon wieder vergessen hatte.
Die Karte kam aus Gran Canaria, er habe dort ein kleines
Unternehmen eröffnet, schrieb er, es werde ja viel gebaut,
und ein paar Euro habe er doch retten können. *Ich hoffe, Sie
nehmen es mir nicht übel, dass ich Sie ein bisschen getäuscht
habe, aber ich hatte keine Wahl* hieß es zum Schluss. Also
hatte das Schlitzohr doch etwas beiseite geschafft! Natürlich

nahm ich es ihm nicht übel. Seine schauspielerische Leistung war wirklich Spitze gewesen.

Korreuter fiel mir ein. Ich würde ihn an einem der nächsten Tage zum Essen einladen und ihm alles erzählen, das war ich ihm schuldig. Und Gloria Pokalke? Ich bekam noch Honorar von ihr, außerdem musste ich ihr Bericht erstatten. Vermutlich wusste sie aber schon alles, sie war ja bestimmt auch schon von Kramsky vernommen worden. Ich dachte an den Abend mit ihr beim Italiener und wie sie da ausgesehen hatte und was ich mir dabei und nachher so vorgestellt hatte. Aber man soll sich nicht so viel vorstellen, vor allem nichts, was in den Bereich der Illusion fällt.

Draußen wurde es dunkel und ich überlegte gerade, in welcher Kneipe ich meinen achthundertsechsundzwanzigsten Single-Abend, oder den wievielten auch immer, hinter mich bringen sollte, als es an der Tür klingelte. Wer mühte sich da zu mir in den fünften Stock hoch? Mir fiel niemand ein, also öffnete ich – und da stand sie! Gloria Pokalke! Ohne Brille, mit offener, weich-welliger Frisur und einem Lächeln, das strahlend sein sollte, aber leicht verkrampft wirkte, denn sie war völlig außer Atem. Der mit einem Tuch abgedeckte Korb, den sie trug, schien ganz schön schwer zu sein.

»Hallo«, schnaufte sie, »noch ein Stockwerk höher, und Sie hätten den Notarzt rufen müssen.«

Ich fing schon wieder an, mir etwas vorzustellen, aber dann sagte ich nur: »Kommen S' doch rein.«

Sie stellte den Korb auf einen Stuhl und nahm das Tuch ab. Ich sah zwei Flaschen Wein, ich sah zwei frische Baguettes und eine Menge eingepacktes Zeug, das appetitliche Gerüche verströmte.

»Wo ist die Küche?«, fragte sie. »Ich muss etwas aufwärmen.« Sie schaute mich an, und jetzt klappte es richtig mit dem Lächeln. »Oder wollten Sie lieber auswärts essen?«

Ich grinste verhalten, nahm den Korb und ging voran zur Küche.

Als sie alles ausgepackt hatte, entdeckte ich, dass auf dem Grund des Korbes noch etwas lag: das kleine Kopfkissen, das sie mir nach Hochmoning mitgebracht hatte.

»Ich habe so etwas auch ganz gerne, wenn ich unterwegs bin«, erklärte sie.

Warum eigentlich sollte man sich keine Illusionen machen? Wenigstens eine Zeit lang?

Kennen Sie schon Mike Mosers ersten Fall?

THOMAS GIESAU:

DER STAR MUSS STERBEN

Privatdetektiv Mike Moser ist ein Münchner »Gwachs«. Und
er mag seinen Job und seine Stadt. Meistens. Als er aber engagiert wird, weil eine bekannte Schauspielerin während der
Dreharbeiten zu ihrem neuesten Film einen Drohbrief erhalten hat, ist er wenig begeistert: Er soll als ihr Bodyguard
herhalten! Andererseits – einen Kurzurlaub am bilderbuch-
gleichen Drehort am Starnberger See, noch dazu mit saftigem
Honorar, schlägt man auch wieder nicht aus. Moser beginnt
zu ermitteln und während er noch vermutet, dass das Ganze einfach ein PR-Gag ist, stolpert er über die erste Leiche.
Und plötzlich steckt er drin, der Moser, in einer brisanten Jagd
nach dem Täter …

184 S., Taschenbuch, ISBN 978-3-86906-703-2

Noch mehr von Mike Moser gibt's im Frühjahr 2016!

Der E-Book-Bestseller als Taschenbuch!

TONY LEEVEN:

DAS GEHEIMNIS DES KARDINALS

Kardinal Dresler wird tot im Münchner Erzbischöflichen Palais aufgefunden – erschlagen mit einer bronzenen Heiligenstatue. Dresler galt bei der bevorstehenden Papstwahl als aussichtsreicher Anwärter. Musste der liberal eingestellte Kardinal sterben, weil er den erzkonservativen Katholiken ein Dorn im Auge war? Das Ermittlerduo Berrit Blombach und Ben Dillinger stellt schnell fest, dass auch andere Personen von seinem vorzeitigen Ableben profitieren und steht einer ganzen Reihe von Verdächtigen gegenüber. Als plötzlich ein mysteriöser Gesandter aus Rom auftaucht und sich in die Ermittlungen einmischt, vermuten die Fahnder eine Vatikan-Verschwörung.

238 S., Taschenbuch, ISBN 978-3-86906-701-8